cristal qui songe

THEODORE STURGEON	*ŒUVRES*
LES PLUS QU'HUMAINS	*J'ai Lu* 355**
CRISTAL QUI SONGE	*J'ai Lu* 369***
KILLDOZER — LE VIOL COSMIQUE	*J'ai Lu* 407***
VÉNUS PLUS X	
LES TALENTS DE XANADU	*J'ai Lu* 829***
LES ENFANTS DE STURGEON	
LE CŒUR DÉSINTÉGRÉ	
EXCALIBUR P. 38	
FANTÔMES ET SORTILÈGES	
L'HOMME QUI A PERDU LA MER	
MÉDUSE	
LES SONGES SUPERBES	
LA SORCIÈRE DU MARAIS	
AMOUR, IMPAIR ET MANQUE	

THEODORE STURGEON

cristal qui songe

traduit de l'américain par Alain Glatigny

Éditions J'ai Lu

Ce roman a paru sous le titre original :

THE DREAMING JEWELS

1

L'enfant s'était fait surprendre dans un coin du stade scolaire, alors qu'il se livrait à un acte répugnant; on l'avait renvoyé chez lui en l'expulsant ignominieusement de l'école. A cette époque, il avait huit ans ; cela faisait plusieurs années déjà qu'il pratiquait ce vice.

En un sens, c'était dommage. Il était gentil ce gosse ; il était même plutôt beau, quoiqu'il n'eût rien d'extraordinaire. Il y avait d'autres enfants, et même certains professeurs, auxquels il était plutôt sympathique, mais il y en avait aussi qui ne l'aimaient guère. En tout cas, lorsque son forfait fut connu, tout le monde se ligua contre lui. Il s'appelait Horty (ou plus exactement Horton) ; Horty Bluett. Il devait bien s'attendre à se faire recevoir plutôt fraîchement en rentrant chez lui.

Il ouvrit la porte le plus doucement qu'il put, mais ils l'entendirent quand même. Ils l'empoignèrent par la peau du cou et le déposèrent au beau milieu du salon. Il y resta planté, tout rouge, la tête basse, une de ses chaussettes retombant sur sa cheville, les bras chargés de ses livres de classe et d'un gant de base-ball. Pour un gamin de huit ans, il avait vraiment des dispositions pour le base-ball.

— Je me suis fait renv... commença-t-il.

— Nous sommes au courant, dit Armand Bluett.

Armand était un homme osseux qui possédait une petite moustache et une paire d'yeux glacés, perpétuellement humides. Il se prit la tête dans les mains, puis leva les bras au ciel. « Mon Dieu, mais quelle idée a eu ce maudit gamin d'aller faire une chose pareille ! » gémit-il. Armand Bluett était dépourvu de toute conviction religieuse, mais il invoquait ainsi le Seigneur, chaque fois qu'il se prenait la tête dans les mains, ce qui lui arrivait souvent.

Horty resta muet. Mme Bluett, qui répondait au prénom de Tonta, poussa un profond soupir et réclama un cocktail. Comme elle ne fumait pas, elle avait besoin, lorsqu'elle se trouvait à court de paroles, de remplacer d'une façon ou d'une autre ces pauses méditatives au cours desquelles le fumeur allume ses cigarettes. Il est juste de dire qu'il lui arrivait rarement de n'avoir rien à dire et qu'un quart de rhum lui durait bien six semaines. Armand et Tonta n'étaient pas les véritables parents de Horty. Ceux-ci habitaient à l'étage supérieur, mais les Bluett l'ignoraient. Horton avait la permission d'appeler Armand et Tonta par leurs prénoms.

— Pourrais-je savoir, reprit Armand d'un ton glacial, depuis combien de temps tu te livres à cette répugnante habitude ? A moins que ce n'ait été ton coup d'essai aujourd'hui ?

Horty savait bien qu'ils ne prendraient pas la chose à la légère. Le visage d'Armand avait l'expression concentrée qui lui était habituelle lorsqu'il goûtait du vin et le trouvait d'une qualité aussi exceptionnelle qu'inattendue.

— Ça ne m'est pas arrivé souvent, dit Horty, qui attendit la suite.

— Que le Seigneur ait pitié de nous à cause de la générosité dont nous avons fait preuve en recueillant ce petit pourceau, dit Armand avec onction, en se prenant de nouveau la tête dans les mains.

Horty soupira. Il était sûr maintenant que ça allait barder. Armand en effet ne manquait jamais de proférer cette prière chaque fois qu'il était vraiment en colère contre l'enfant. Il alla d'abord préparer un cocktail pour Tonta.

— Pourquoi as-tu fait cela, Horty ?

Tonta avait la voix plus douce que son mari, mais seulement parce que la nature l'avait dotée de cordes vocales différentes. Son visage exprimait la même impitoyable froideur que celui d'Armand.

— Parce que... euh... parce que j'aime ça, là !

Horty déposa ses livres et son gant sur un tabouret.

Tonta détourna la tête et émit un son guttural,

assez semblable à un hoquet et impossible à transcrire. Armand revint vers elle, tenant à la main un verre où tintait un morceau de glace.

— Jamais je n'ai entendu chose pareille, décréta-t-il avec un écrasant mépris. Et toute l'école est au courant, probablement ?

— Je crois.

— Tes camarades, tes professeurs, tout le monde ? Oui, il fallait s'y attendre. Mais comment donc ! Quelqu'un t'a-t-il dit quelque chose ?

— Le principal. Il m'a dit... il a dit qu'ils n'avaient...

— Vas-tu en sortir ?

Horty était déjà passé par-là une autre fois. Pourquoi, oh ! pourquoi fallait-il subir de nouveau cette torture ?

— Il a dit que l'école n'était pas faite pour des sauvages... ou pour des... des petits dégoûtants comme moi.

— Je le comprends ! intervint Tonta d'un ton pharisaïque.

— Et les autres ? Tes camarades ? Ils n'ont rien dit ?

— Hecky m'a apporté des vers. Et Jimmy m'a appelé le Tatou.

Kay Hallowell, elle, avait ri aux éclats, mais Horty ne s'en vanta pas.

— Le Tatou ! Pas mal trouvé pour un gosse ! Un fourmilier, en somme...

Une fois de plus les mains d'Armand se portèrent à son front.

— Mon Dieu, gémit-il, mais de quoi vais-je avoir l'air lundi matin, en arrivant au bureau, si M. Anderson me crie : « Salut, le Tatou ! » Cette histoire-là va faire le tour de la ville, aussi sûr que deux et deux font quatre.

Il fixa Horty d'un regard humide et acéré à la fois.

— As-tu par hasard l'intention de gagner ta vie plus tard en dévorant des cafards dans les foires ?

— Pas des cafards, rectifia prudemment Horty, mû par un souci d'exactitude scientifique. Des fourmis. Des petites brunes.

Tonta manqua de s'étrangler avec son cocktail.

— Fais-nous grâce des détails ! protesta-t-elle.

— Mon Dieu ! répéta une fois de plus Armand. Mais que deviendra donc cet enfant en grandissant ?

Il mentionna deux éventualités. Horty n'en comprit qu'une, mais la seconde fit sursauter Tonta qui en avait pourtant entendu de toutes les couleurs.

— File ! conclut péremptoirement Armand.

Horty se dirigea vers l'escalier, tandis qu'Armand, exaspéré, se laissait tomber lourdement à côté de Tonta.

— J'en ai soupé, déclara-t-il. J'en ai jusque-là ! Depuis le premier jour où j'ai vu sa sale petite gueule, ce gosse est pour moi un symbole de l'échec. L'un de nous deux est de trop ici. Horton !

— Oui.

— Veux-tu me faire le plaisir de ramasser tes saletés ? Je ne tiens pas à ce qu'elles me rappellent ton existence en ce moment.

Horty revint lentement sur ses pas, tout en prenant bien garde de rester hors de portée. Il prit ses livres, son gant de base-ball, laissa tomber un plumier, ce qui arracha à Armand un « Mon Dieu ! » supplémentaire, le rattrapa, faillit lâcher le gant et grimpa finalement l'escalier quatre à quatre.

— Les péchés des pères adoptifs retomberont sur leurs têtes jusqu'à la trente-quatrième génération et au-delà ! Mais qu'est-ce que j'ai donc fait au Ciel, pour mériter ça ?

Tonta fit tourner son verre entre ses doigts sans le quitter des yeux. Ses lèvres esquissaient une moue lourde d'expérience. Il y avait eu une époque où elle s'était trouvée fréquemment en opposition avec Armand. Plus tard il y en avait eu une autre où, sans être d'accord avec lui, elle avait appris à se taire. Mais à la longue l'une et l'autre attitude s'étaient révélées trop fatigantes. Maintenant elle se composait une expression compréhensive et attendait qu'elle eût fait le maximum d'effet sur son époux. Grâce à cette méthode, la vie conjugale devenait beaucoup plus facile.

Une fois dans sa chambre, Horty se laissa tomber sur son lit, les bras encore chargés de ses livres. Il ne ferma pas sa porte parce que la pièce n'en possédait pas ; c'était un principe d'Armand que la faculté de s'isoler ne vaut rien aux enfants.

Il n'alluma pas l'électricité parce qu'il connaissait le moindre objet que contenait sa chambre ; il aurait pu, les yeux fermés, en retrouver la place. Il n'y en avait du reste pas tant : un lit, une toilette, une penderie, une psyché fêlée et un pupitre d'enfant, presque un jouet, devenu depuis longtemps trop petit pour lui. Dans la penderie, il y avait trois housses de toile cirée bourrées à craquer de vêtements dont Tonta ne se servait plus, ce qui ne laissait presque pas de place disponible pour les siens, à lui.

Les siens...

Rien dans cette pièce ne lui appartenait réellement. Si la maison avait comporté une chambre encore plus petite, on l'y aurait fourré sans hésiter. N'y avait-il pas deux chambres d'ami à son étage et une à celui du dessus, toutes trois presque toujours inoccupées ? Les vêtements même qu'il portait n'étaient pas à lui ; ils représentaient une concession à ce qu'Armand appelait « sa position sociale » ; sans cette « position », des haillons auraient été jugés encore bien assez bons pour l'enfant.

Il se leva. Ce mouvement lui fit prendre conscience des objets qu'il serrait encore dans ses bras. Il posa le tout sur son lit. Le gant, du moins, lui appartenait bien en propre. Il l'avait acheté soixante-quinze *cents* au magasin de l'Armée du salut. Il s'était procuré la somme nécessaire à force de rôder autour du marché de Dempledorf et de porter des paquets — moyennant dix *cents* la course — croyant qu'Armand, qui parlait toujours de la nécessité de se débrouiller et d'apprendre la valeur de l'argent, serait enchanté de son idée. Mais il avait interdit à Horty de recommencer. « Mon Dieu, avait-il dit, les gens vont nous croire réduits à la mendicité. » Le gant de base-ball était donc le seul souvenir qui restât à Horty de ce bref épisode de son existence.

Ce gant était tout ce qu'il possédait au monde — avec Junky, naturellement.

Par la porte entrouverte de la penderie, il jeta un coup d'œil sur la planche supérieure, tout encombrée des accessoires qui servaient à orner l'arbre de Noël (l'arbre était dressé chaque année à l'extérieur de la maison, pour que les voisins pussent le voir ; jamais à l'intérieur), de vieux rubans, d'un abat-jour et de... Junky.

De dessous le pupitre trop petit, il tira la chaise trop grande, la souleva dans ses bras (s'il l'avait traînée sur le plancher, Armand aurait grimpé l'escalier quatre à quatre pour voir ce qu'il faisait et, si par hasard, ç'avait été quelque chose d'amusant, il le lui aurait interdit) et la posa sans bruit devant la penderie. Il monta dessus et chercha à tâtons derrière les objets de rebut entassés sur la planche jusqu'à ce qu'il sentît sous ses doigts la forme cubique et dure de Junky. Il l'attira à lui. C'était un cube de bois bariolé de couleurs criardes et qui portait la trace de bien des chocs. Il le porta jusqu'au pupitre.

Junky était un de ces jouets si connus, si usés,

qu'on n'a même plus besoin de les voir, ni de les toucher, pour savoir qu'ils sont toujours bien à leur place. Horty était un enfant trouvé — on l'avait ramassé dans un parc, un soir d'automne, enroulé dans une couverture pour tout vêtement. Il était entré en possession de Junky, un peu plus tard, à l'orphelinat, et, lorsque Armand l'avait adopté, Junky l'avait suivi. Ceci s'était passé au cours de la campagne électorale d'Armand qui avait l'ambition de devenir conseiller municipal ; il avait été blackboulé, mais il avait cru de bonne propagande de faire savoir à ses concitoyens qu'il avait adopté « un pauvre enfant sans foyer ».

Horty poussa doucement Junky sur le pupitre et pressa un bouton usé sur le côté du cube de bois. Violemment d'abord, puis en hésitant sur son ressort rouillé et enfin avec une sorte de défi triomphant, Junky émergea de sa prison. C'était un diable à ressort, reliquat d'une génération aux mœurs innocentes. Il avait une tête de polichinelle dont le nez crochu tout écaillé rejoignait presque le menton pointu. Dans la mince fente qui les séparait s'étalait un sourire chargé d'expérience.

Toute la personnalité de Junky (et c'était la raison principale de l'affection que lui portait Horty) résidait dans ses yeux. Ils semblaient faits d'une sorte de verre teinté, moulé ou taillé à arêtes mousses, qui, même dans une chambre obscure, avait un reflet, un scintillement étrange et complexe. Maintes et maintes fois Horty avait cru constater qu'ils possédaient une espèce de rayonnement propre — mais il n'avait jamais pu en être tout à fait sûr.

— Bonsoir, Junky, murmura-t-il.

Le pantin hocha dignement la tête. Horty allongea la main et saisit son menton poli.

— Allons-nous-en d'ici, Junky. Personne ne nous aime. On ne trouvera peut-être rien à manger ; on aura peut-être froid, mais quand même... Tu te rends compte, Junky ? Ne plus avoir peur quand on entend *sa* clef dans la serrure, ne plus avoir à écouter *ses* questions pendant tout le dîner, ne plus être forcé de mentir et tout...

Avec Junky il n'y avait pas besoin de mettre les point sur les *i*.

Il lui lâcha le menton, et la tête souriante du polichinelle se balança de haut en bas, comme pour acquiescer pensivement.

— Il n'y avait pas de quoi faire tant d'histoires pour ces malheureuses fourmis, lui confia Horty. Je ne leur avais pas demandé de me regarder, moi ! J'étais tout seul. C'est ce cochon de Hecky qui me guettait. Il est allé me cafarder à M. Carter. Ce n'était quand même pas chic, pas vrai, Junky ?

Il tapota le nez crochu. Le polichinelle exprima de nouveau son assentiment.

— J'ai horreur des cafards, conclut Horty.

— C'est sans doute de moi que tu veux parler ? dit Armand Bluett sur le pas de la porte.

Horty resta figé sur place et, pendant un long moment, son cœur s'arrêta aussi. Il se recroquevilla derrière le pupitre sans se tourner vers la porte.

— Qu'est-ce que tu fais ?

— Rien.

Armand le gifla. Horty laissa échapper un petit gémissement et se mordit la lèvre.

— Ne mens pas, dit Armand. Tu faisais forcément quelque chose. Tu parlais tout seul. C'est un signe certain de dégénérescence mentale. Qu'est-ce que c'est que ça ? Ah ! oui, l'horrible joujou qui est arrivé ici en même temps que toi. Toute ta richesse, en somme. Vous me dégoûtez autant l'un de l'autre.

Il prit Junky sur le pupitre, le laissa tomber sur le plancher, s'essuya la main sur la jambe de son pantalon et écrasa délibérément la tête du jouet sous son pied.

Horty poussa un cri aussi perçant que si sa propre tête avait reçu le coup et se rua sur Armand. L'attaque fut si inattendue que le père adoptif perdit l'équilibre. Il heurta violemment le pied du lit, se fit très mal, voulut se raccrocher au lit, manqua son coup et glissa sur le plancher. Il resta quelques secondes immobile. Il grognait à mi-voix et ses petits yeux clignotaient. Soudain ils parurent se rétrécir encore et se fixèrent sur Horty tout tremblant.

— Hum, fit Armand, sur un ton de vive satisfaction en se levant. La vermine, moi je la dresse !

Il empoigna Horty par le devant de sa chemise et commença à le frapper. Il continuait à parler tout en giflant l'enfant alternativement de la paume et du revers de la main, comme pour ponctuer son discours.

— Un assassin... Voilà ce que tu es... Je voulais... te mettre en pension... mais tu es... trop dangereux... C'est la police... que ça regarde... Ils ont des maisons de correction... pour les voyous comme toi... Espèce de... sale... petit... pervers...

Il traîna l'enfant tout étourdi jusqu'à l'autre bout de la chambre et le poussa dans la penderie.

— Là au moins, tu te tiendras tranquille, en attendant que la police vienne te chercher, cria-t-il, haletant.

Il claqua la porte de la penderie. Trois doigts de la main gauche de l'enfant restèrent coincés entre le battant et le chambranle à la hauteur de la charnière.

Au cri de Horty qui exprimait une douleur sur la sincérité de laquelle il n'y avait pas à se tromper, Armand rouvrit la porte.

— Et il est inutile de hurler ! Tu... Mon Dieu ! Te voilà bien arrangé ! Maintenant il va encore falloir faire venir le docteur. Dire qu'il n'y a pas une minute... pas une seconde... où tu ne nous causes de nouveaux ennuis. Tonta !

Il descendit en courant au rez-de-chaussée.

— Tonta !

— Oui, mon chou ?

— Ce petit démon s'est pincé la main dans une porte. Il l'a fait exprès, le sale gosse ! Il voulait sans doute se faire dorloter. Il saigne comme un bœuf. Tu ne sais pas ce qu'il a fait ? Il m'a frappé. Il s'est jeté sur moi, tu m'entends, Tonta. Nous ne pouvons plus le garder. Il est dangereux.

— Mon pauvre chéri ! T'a-t-il fait mal ?

— Dis que c'est un miracle qu'il ne m'ait pas tué ! Je vais prévenir la police.

— Je ferais peut-être bien de monter pendant que tu téléphoneras ? dit Tonta en passant sa langue sur ses lèvres.

Mais lorsqu'elle arriva dans la chambre, Horty avait disparu. Sur le moment, une grande agitation s'ensuivit. Au début, Armand voulait à tout prix remettre la main sur Horty, pour des raisons à lui connues, mais ensuite il commença à avoir peur de ce que pourraient dire les gens si le petit leur présentait une version déformée des événements... Un jour passa, puis une semaine, puis un mois ; il arriva enfin un moment où Armand put regarder pensivement le ciel quand on lui parlait de Horty, en disant d'un ton mélancolique : « Il est heureux maintenant, le pauvre mioche. » Les gens répondaient avec embarras : « Oui, bien sûr... » D'ailleurs tout le monde savait pertinemment que Horty n'était pas l'enfant d'Armand.

Mais Armand Bluett avait maintenant dans un coin de son cerveau une idée solidement ancrée : c'était de prendre bien garde, à l'avenir, à tout jeune homme à la main gauche duquel il manquerait trois doigts...

2

Les Hallowell habitaient, en bordure de la ville, une maison qui n'avait qu'un défaut : celui de se trouver juste à l'intersection de la grand-route nationale et de la rue principale, si bien que le flot de la circulation n'arrêtait jamais, ni de jour ni de nuit, de gronder devant les deux entrées de la maison.

Les Hallowell avaient une fille aux cheveux blonds comme l'étoupe ; elle s'appelait Kay et elle avait des préjugés de classe comme seule peut en avoir une fillette de sept ans. On lui avait dit d'aller vider la poubelle et, comme d'habitude, elle entrebâilla la grille du jardinet et jeta un coup d'œil sur la grand-route pour s'assurer que personne de connaissance ne risquait de l'apercevoir occupée à une aussi servile besogne.

— Tiens, Horty !

Il se renfonça dans les ombres brumeuses qui flottaient derrière le signal régulateur de circulation.

— Je t'ai vu, Horton Bluett.

— Kay...

Il se rapprocha, tout en restant plaqué contre la barrière.

— Ecoute, Kay, tu ne diras à personne que tu m'as vu, hein ? A personne.

— Mais qu'est-ce que... Oh ! tu te sauves de chez toi ? s'écria-t-elle stupéfaite en apercevant le petit balluchon que l'enfant portait sous son bras. Horty, ça ne va pas ?

Elle avait remarqué la pâleur de son visage crispé.

— Tu t'es fait mal à la main ?

— Un peu.

Il serrait fortement son poignet gauche avec sa main droite. Son autre main était enveloppée d'un ou deux mouchoirs.

— Ils allaient appeler la police, expliqua-t-il, alors je suis sorti par la fenêtre, je me suis laissé glisser sur le toit de la cabane à outils et je m'y suis caché tout l'après-midi. Ils m'ont cherché dans la rue, partout. Tu ne me vendras pas, dis ?

— Non, bien sûr. Qu'est-ce que tu portes dans ton paquet ?

— Rien.

Si elle avait exigé de voir le contenu du paquet, si elle avait cherché à le lui arracher, il ne l'aurait sans doute jamais revue de sa vie. Mais elle lui dit seulement :

— Je t'en prie, Horty, montre-moi.

— Tu peux regarder.

Sans lâcher son poignet gauche, il se tourna de façon qu'elle pût prendre le balluchon sous son bras. Elle l'ouvrit (c'était un sac en papier) et en retira l'affreuse tête écrasée de Junky. Les yeux de Junky étincelèrent dans la pénombre et elle poussa un petit cri.

— Qu'est-ce que c'est que ça ?

— C'est Junky. Je l'ai depuis ma naissance. C'est Armand qui a marché dessus.

— C'est pour cela que tu te sauves de chez toi ?

— Kay, pourquoi restes-tu si longtemps dehors ?

— Je viens, maman. Il faut que je rentre, Horty. Est-ce que tu vas retourner chez toi ?

— Ça non ! Jamais.

— Eh bien, mon vieux... Il est si méchant que ça, M. Bluett ?

— Kay, veux-tu rentrer tout de suite ! Il pleut.

— Oui, maman. Je voulais te dire quelque chose, Horty, je n'aurais pas dû me moquer de toi cet après-midi. Quand Hecky t'a apporté les vers, moi j'ai cru que c'était une farce, pas autre chose. Je ne savais pas que tu mangeais des fourmis pour de bon. Peuh !... après tout, moi, une fois, j'ai bien mangé du cirage. Ce n'est rien du tout.

Horty écarta son coude et elle y replaça soigneusement le paquet. Il dit alors, comme s'il venait seulement d'y penser — ce qui était d'ailleurs le cas :

— Je reviendrai, tu sais, Kay. Un jour je reviendrai.

— Kay...

— Au revoir, Horty.

Elle disparut. Horty vit une chevelure couleur d'étoupe, une robe jaune clair et un liséré de dentelle se métamorphoser sous ses yeux en une grille fermée qui coupait une palissade, tandis qu'un bruit de petits pas rapides décroissait rapidement.

Horton Bluett resta seul dans la nuit pluvieuse ; il avait froid mais sa main blessée le brûlait. Sa gorge aussi. Il avalait avec difficulté la grosse boule de chagrin qui l'étouffait quand, levant la tête, il aperçut l'arrière d'un camion arrêté au feu rouge, qui semblait lui faire signe. Il y courut et lança son paquet dans le camion qu'il escalada en s'accrochant de son mieux avec sa main droite, tout en s'efforçant de ne pas se servir de sa gauche. Le camion démarra brusquement. Horty dut s'agripper de toutes ses forces pour ne pas tomber. Le paquet qui contenait les restes de Junky commença à glisser vers lui, à le dépasser... Il voulut le rattraper, lâcha la ridelle à laquelle il se raccrochait et commença à glisser à son tour...

Soudain une forme indistincte remua à l'intérieur du camion ; une atroce douleur traversa comme un coup d'épée la main gauche de Horty saisie au vol dans une poigne vigoureuse. Il manqua s'évanouir. Quand il reprit ses sens, il était allongé sur le dos, sur le plancher du camion que secouaient d'incessantes vibrations ; il tenait de nouveau son poignet gauche dans sa main droite, et n'exprimait sa souffrance que par des sanglots étouffés et de petits grognements à peine audibles.

— Dis donc, petit, on dirait que tu n'as pas envie de faire de vieux os !

Celui qui venait de prononcer ces mots était un jeune garçon à peu près du même âge que Horty. Il était excessivement gras et penchait au-dessus de l'enfant une tête poupine reposant sur un triple menton.

— Qu'est-ce que tu t'es fait à la main ? ajouta-t-il.

Horty resta silencieux. Il était à ce moment bien incapable de répondre. Avec une douceur surprenante, le gros garçon écarta la main valide de Horty des mouchoirs entortillés autour de sa main gauche qu'il commença à dérouler. Quand il fut arrivé à la dernière couche de ce pansement improvisé, il aperçut du sang, à la lueur fugitive d'un réverbère qu'ils venaient de dépasser. « Sacrédié ! » dit-il.

Quand le camion s'arrêta à un autre feu rouge, il regarda de plus près. « Oh ! sacrédié », répéta-t-il. La vigueur de son exclamation semblait venir du tréfonds de lui-même ; ses yeux se contractèrent au point de n'être plus que deux réseaux de rides apitoyées. Horty comprit que le gros garçon le plaignait ; ce fut alors seulement qu'il se mit à pleurer sans se gêner. Il aurait bien voulu se contenir, mais il ne le pouvait pas ; il continua pendant tout le temps que mit l'inconnu à lui rebander sa main, et même un bon moment après.

Le gros garçon se rassit sur un rouleau de toile et attendit que Horty se fût calmé. Un peu plus tard, comme il commençait à s'apaiser un peu, le garçon lui adressa un clin d'œil amical et Horty, profondément sensible à la moindre gentillesse, se remit à gémir. Son compagnon ramassa le sac en papier, regarda à l'intérieur, poussa un petit grognement, le referma soigneusement et le posa à côté de lui sur le rouleau de toile. Puis, au grand étonnement de Horty, il sortit de la poche intérieure de sa veste un grand étui à cigares en argent, formé de cinq cylindres accolés ; il y prit un cigare, le mit dans sa bouche, le tourna entre ses lèvres pour en humecter l'extrémité et l'alluma, s'entourant bientôt d'un nuage de fumée bleue, à la fois âcre et douceâtre. Il n'essaya pas d'engager la conversation. Au bout d'un moment, Horty dut finir par s'endormir, car, quand il rouvrit les yeux, il s'aperçut que le gros garçon avait plié son veston et l'avait posé sous sa tête, en guise d'oreiller, mais fut incapable de se souvenir quand il l'avait vu faire. La nuit était maintenant tout à fait tombée. Horty s'assit. Aussitôt, la voix du gros garçon sortit des ténèbres.

— Reste tranquille, bonhomme.

Une petite main grassouillette vint caler le dos de Horty.

— Comment te sens-tu ?

Horty voulut répondre, s'étrangla, avala sa salive et fit une nouvelle tentative.

— Pas mal. Enfin, je crois. Oh ! là là, ce que

j'ai faim. Nous sommes dans la campagne maintenant ?

Il eut conscience que l'autre venait s'accroupir près de lui. La main s'écarta de son dos ; une seconde plus tard, la flamme d'une allumette le fit sursauter et, pendant un instant, le visage de pleine lune du garçon se découpa devant lui comme une eau-forte, dans la lumière vacillante ; ses lèvres délicates pinçaient toujours le gros cigare noir. D'un mouvement précis de ses doigts bien entraînés, il projeta l'allumette au-dehors, en lui faisant décrire une trajectoire lumineuse dans la nuit.

— Tu veux une sèche ?

— Je n'ai jamais fumé, dit Horty. Rien que des épis de maïs. Une seule fois...

Il regardait avec admiration le rubis qui scintillait à l'extrémité du cigare.

— Vous, vous fumez beaucoup, n'est-ce pas ?

— C'est pour m'empêcher de grandir, dit l'autre en éclatant d'un rire aigu. Et ta main ? Comment va-t-elle ?

— Elle me fait encore un peu mal, mais moins.

— Tu as du cran, tu sais, petit. Moi, à ta place, je hurlerais jusqu'à ce qu'on m'ait donné de la morphine. Qu'est-ce qui t'est arrivé ?

Horty lui raconta ses malheurs. Son récit était désordonné et fragmentaire, mais le gros garçon parut néanmoins très bien comprendre. Il posa quelques brèves questions à l'enfant, quand il le fallait, et s'abstint de tout commentaire. La conversation tomba quand il eut épuisé la liste des questions qu'il paraissait avoir en tête, et, pendant un instant, Horty crut qu'il s'était assoupi. La lueur du cigare pâlissait de plus en plus ; de temps à autre, il grésillait sur les bords et, à un moment, il se mit tout à coup à briller, ranimé par un courant d'air parfumé venu de l'arrière du camion...

— Tu cherches du travail ? lui demanda soudain le gros garçon d'une voix parfaitement réveillée.

— Du travail ? Peut-être... oui, je crois...

— Pourquoi mangeais-tu des fourmis ? demanda-t-il ensuite.

— Euh !... je ne sais pas. Il me semble que... enfin, j'en avais envie, voilà...

— Ça t'arrive souvent ?

— Pas très souvent.

Ce n'était pas du tout le genre de questions que lui avait posées Armand. Celui-là lui demandait tout cela sans répugnance et, à vrai dire, sans plus de curiosité que s'il lui avait demandé son âge ou la classe dans laquelle il se trouvait à l'école.

— Tu sais chanter ?

— Enfin... je crois... Un peu...

— Chante-moi quelque chose. Si ça te dit, naturellement. Surtout ne te fatigue pas. Voyons... connais-tu *Stardust ?*

Horty jeta un coup d'œil sur la grand-route inondée de clair de lune, qui s'enfuyait entre les roues grondantes du camion, sur les aveuglants faisceaux de lumière jaune qui se changeaient brusquement en étoiles rouges de plus en plus lointaines, lorsqu'ils croisaient d'autres autos ; le brouillard s'était levé, sa main blessée le faisait beaucoup moins souffrir et, par-dessus tout, il était maintenant loin d'Armand et de Tonta. Tout à l'heure, la gentillesse de Kay lui avait été douce comme la caresse d'une plume sur sa joue ; maintenant cet étrange garçon lui parlait comme aucun autre garçon ne l'avait jamais fait, tout en faisant preuve à son égard d'une espèce de gentillesse. Horty sentait grandir en lui une merveilleuse chaleur ; c'était une sensation qu'il n'avait jamais connue qu'une ou deux fois dans sa vie : par exemple le jour où il avait gagné une course en sac et où on lui avait donné un mouchoir kaki comme prix, ou encore le jour où, lorsqu'il avait sifflé un chien errant, il l'avait vu aussitôt accourir vers lui, sans prêter attention aux autres enfants. Il commença à chanter ; le camion ronflait si fort qu'il était obligé de mettre toutes ses forces dans son chant pour se faire entendre. Et justement à cause de cela, il prenait sa chanson pour point d'appui et lui abandonnait une partie de lui-même, tel un ouvrier sur un échafaudage, au sommet d'un gratte-ciel, qui abandonne au vent une partie de son poids...

Il s'arrêta enfin. Le gros garçon dit : « Hé, hé... » Ces deux syllabes exprimaient un éloge discret mais très net. Sans autre commentaire, il gagna l'avant du camion et frappa contre le panneau de verre qui les séparait de la cabine du chauffeur.

Le camion ralentit aussitôt et s'arrêta sur le bas-côté de la route. Le gros garçon revint vers l'arrière, s'assit sur le rebord du camion et sauta sur le sol.

— Reste là, dit-il à Horty. Il faut que j'aille un peu devant. Tu m'entends bien ? Surtout ne bouge pas.

— Je ne bougerai pas, promit Horty.

— Je me demande comment tu fais pour chanter comme ça avec ta main écrasée.

— Je ne sais pas. Elle me fait moins mal, maintenant.

— Est-ce que tu manges aussi des sauterelles ? Ou des vers ?

— Oh non ! s'écria Horty horrifié.

— O. K., dit l'autre.

Il grimpa dans la cabine, la portière claqua et le camion démarra de nouveau.

Horty s'avança avec précaution et s'accroupit contre la paroi arrière de la cabine dont il pouvait voir l'intérieur à travers la vitre.

Le chauffeur du camion était un grand homme maigre, dont la peau présentait un aspect étrange : elle était en effet d'un gris verdâtre et semblait couverte d'écailles. Il avait un nez qui rappelait celui de Junky et presque pas de menton, ce qui le faisait ressembler à un vieux perroquet. Il était si grand qu'il devait se courber sur son volant comme une liane.

Deux petites filles étaient assises à côté de lui. L'une avait une toison de cheveux blancs, ou plus exactement blond platiné ; l'autre deux grosses nattes et de très belles dents. Le gros garçon était installé entre elles et leur parlait avec animation. Le chauffeur ne semblait prêter aucune attention à la conversation.

Horty n'avait pas les idées très nettes, mais il ne se sentait pas mal à l'aise. Tout cela avait l'air de faire partie d'un rêve, plutôt agréable. Il revint vers l'arrière du camion où il s'allongea, la tête posée sur la veste du gros garçon. Il se rassit presque aussitôt et tâtonna à quatre pattes parmi le fouillis d'objets qui l'entourait, jusqu'à ce que sa main eût rencontré le grand rouleau de toile ; elle le parcourut d'un bout à l'autre et ne s'arrêta que lorsqu'elle eut touché le sac de papier. Alors l'enfant s'allongea de nouveau ; il plaça sa main gauche à plat sur son ventre pour la reposer et plongea sa main droite dans le sac en glissant quatre doigts entre le nez et le menton de Junky. Ce fut dans cette position que le sommeil le surprit.

3

Quand il s'éveilla, le camion était arrêté et il ouvrit de grands yeux, encore tout embués de sommeil, sur une nappe aveuglante de lumière multicolore — rouge, orangée, verte et bleue — qui tranchait sur un éblouissant fond d'or.

Il leva la tête en clignant des yeux et les lueurs se transformèrent en un pylône massif auquel étaient accrochées des enseignes au néon : *Ice-Creams — Parfums — Bungalows — Bar-Restaurant*. La nappe d'or liquide émanait d'un groupe de projecteurs qui illuminaient l'aire de béton précédant une station-service. Trois roulottes automobiles étaient arrêtées derrière le camion du gros garçon ; l'une d'elles avait un toit et des flancs d'acier inoxydable, soutenus par de gros arceaux. Elle faisait très bel effet sous les projecteurs.

— Tu es réveillé, petit ?

— Euh... oui...

— Viens, on va casser la croûte.

Horty se mit péniblement à genoux.

— C'est que je n'ai pas d'argent, dit-il.

— T'en fais pas pour ça, répliqua le gros garçon. Viens vite.

Il passa une main vigoureuse sous l'aisselle de l'enfant au moment où celui-ci se laissait glisser sur le sol. Le battement rythmé d'un pick-up automatique servait de fond sonore au ronronnement d'une pompe à essence et le mâchefer criait agréablement sous leurs pieds.

— Comment vous appelez-vous ? demanda Horty à son compagnon.

— On m'appelle La Havane, dit le gros garçon, mais je n'y ai jamais mis les pieds. C'est à cause des cigares, tu comprends.

— Moi, je m'appelle Horty Bluett.

— On changera ça.

Le chauffeur et les deux petites filles les attendaient près de la porte d'un petit restaurant express. Horty ne les aperçut distinctement que quand ils entrèrent tous ensemble dans la salle et vinrent s'aligner devant le comptoir. Il s'assit entre le chauffeur et la fille aux cheveux platinés. L'autre, celle qui avait des nattes brunes, prit le tabouret suivant, et La Havane prit place tout au bout du rang.

Horty regarda d'abord le chauffeur. Dans l'espace d'une brève seconde, il parvint à le regarder, à le dévisager même, et à détourner les yeux. La peau de cet homme étrange était effectivement d'un gris verdâtre et avait l'aspect à la fois sec, lâche et grenu du cuir. Il avait des poches sous les yeux, des yeux tout rouges et comme enflammés. Sa lèvre inférieure retombait en découvrant ses longues incisives blanches. Le dos de ses mains était également recouvert d'un épiderme d'un ton vert terne, aussi flasque que celui de son visage ; il avait cependant des doigts normaux, mais très longs, dont les ongles avaient été faits avec grand soin.

— Ça, c'est Solum, dit La Havane. (Il se pencha en avant au-dessus du comptoir pour pouvoir parler à Horty :) L'homme le plus laid actuellement en captivité !

Il dut comprendre que Horty craignait que le chauffeur ne se vexât de ce qualificatif.

— Il est sourd, expliqua-t-il. Il ne peut pas entendre ce qu'on dit.

— Moi je m'appelle Bunny, dit la petite fille la plus proche de Horty.

Elle était fort dodue, non pas grasse comme La Havane, mais potelée et ronde comme une balle, avec des chairs fermes qui tendaient une peau sans le moindre pigment jaune et que le sang colorait en un joli ton rose. Ses cheveux étaient blancs comme de la bourre de coton, mais plus brillants et ses prunelles avaient cette extraordinaire teinte rubis qu'ont les yeux des lapins russes. Elle avait une petite voix fluette, et l'éclat de rire dont elle ponctua sa phrase était aigu au point d'en devenir presque inaudible. Elle arrivait à peine à l'épaule de Horty, bien qu'ils fussent assis sur des tabourets de même hauteur. Elle n'était pourtant pas disproportionnée, sinon qu'elle avait un torse très long et des jambes très courtes.

— Et celle-là, c'est Zena, conclut-elle.

Horty regarda bien en face la seconde petite fille, et en eut le souffle coupé. Zena était la plus ravissante miniature qu'il eût jamais vue de sa vie. Ses cheveux noirs brillaient comme du jais, de même que ses yeux. Les méplats dessinés par ses tempes et les courbes qui reliaient ses joues à son menton étaient d'une douceur, d'une harmonie parfaites. Sa peau lisse était très hâlée et, sous le hâle, on discernait, en profondeur, une coloration délicate et fraîche, rappelant les ombres roses qui marbrent les pétales des églantines. Son rouge à lèvres était très foncé, presque brun même, ce qui, avec sa peau hâlée, faisait briller le blanc de ses yeux comme des escarboucles. Elle portait une robe à grand col retombant en arrière sur ses épaules ; par-devant, au contraire, la robe était échancrée presque jusqu'à la ceinture. Ce fut ce décolleté qui révéla à Horty pour la première fois que ces enfants qui se nommaient La Havane, Bunny et Zena n'étaient pas des enfants en réalité. Les formes rondes de Bunny étaient celles d'une fillette, ou si l'on veut d'un jeune chiot ; des bébés de quatre ans auraient pu en avoir de pareilles. Zena, elle, avait de vrais seins, des seins fermes, bien séparés, qui tendaient l'étoffe de son corsage. Quand Horty les eut bien regardés, les trois petits visages prirent soudain un aspect tout nouveau à ses yeux. Le langage de La Havane, si étudié, si décidé, suffisait, avec ses cigares, à prouver sa maturité. Quant à Bunny, la petite albinos, Horty sentait qu'elle aussi ne tarderait pas à lui apporter des révélations de même nature.

— Je ne vous dis pas comment il s'appelle, fit La Havane, parce qu'il va changer de nom dès ce soir. Pas vrai, petit ?

— Euh... oui... balbutia Horty, encore tout éberlué du bouleversement des valeurs reçues que ses découvertes venaient de provoquer en lui. Oui... Enfin, je crois...

— Il est mignon, dit Bunny. Tu sais que tu es vraiment très mignon, petit ?

Elle lâcha un nouvel éclat de rire, aussi aigu que le précédent.

Horty s'aperçut qu'il contemplait une fois de plus la poitrine de Zena et il en rougit jusqu'aux oreilles.

— Ne le taquine pas, dit Zena.

C'était la première parole qu'elle prononçait... Un des plus anciens souvenirs de Horty c'était d'avoir vu un jour, au bord d'un petit ruisseau, un de ces roseaux qu'on appelle en Amérique des « queues de chat ». Il savait à peine marcher et ce boudin brun sombre, fixé à sa tige jaune desséchée, devait être, lui semblait-il, un objet dur et cassant. Il y avait passé prudemment le doigt et en découvrant qu'il s'agissait non d'un bout de mois mort, mais d'un cylindre mou et doux comme du velours, il avait éprouvé une sensation inoubliable. D'entendre la voix de Zena pour la première fois lui fit à peu près le même effet.

Le serveur, un adolescent blafard, à la bouche fatiguée, mais dont les yeux et les narines étaient cerclés de rides moqueuses, s'approcha d'eux. Il ne manifesta aucun étonnement à la vue des trois nains ou de l'horrible Solum, l'homme à la peau verdâtre.

— Bonsoir, La Havane, lança-t-il. Vous vous arrêtez dans le secteur ?

— Guère avant six semaines. Nous descendons d'abord sur Eltonville. Quand la foire de l'Etat sera finie, nous remonterons vers le nord en nous arrêtant en cours de route. Nous sommes allés chercher du matériel. Sers une gratinée à notre pin-up boy. Et pour vous, mesdames, qu'est-ce que ce sera ?

— Un œuf brouillé sur canapé, dit Bunny.

— Moi, vous me ferez griller une tranche de bacon jusqu'à ce qu'elle soit presque noire, dit Zena, et...

— ... Et vous me la servirez avec du maïs grillé et du beurre de cacahuètes. On connaît vos goûts, princesse, dit le serveur en riant. Et vous, La Havane ?

— Un steak saignant. Pour toi aussi, hein ? dit-il à Horty. Et puis, au fait, non, il ne pourrait pas le couper. Donne-lui du hachis et tâche de ne pas y fourrer de mie de pain ou je te coupe les oreilles. Avec des pois et de la purée.

Le serveur dessina un cercle de son pouce et de son index joints et alla faire préparer la commande.

— Vous êtes dans un cirque ? demanda timidement Horty.

— Nous sommes des gens du voyage, parfaitement, jeune homme, dit fièrement La Havane.

— Des forains, si tu aimes mieux, expliqua Zena en souriant de son étonnement. Tu sais bien ce que c'est ? Ta main te fait-elle encore très mal ?

— Pas beaucoup, dit Horty, grisé par le sourire de sa voisine.

— Ça alors, c'est un monde ! s'écria La Havane. Si vous la voyiez...

Il passa sa main droite au-dessus des doigts de sa main gauche et fit le geste de broyer des noix.

— Sacrédié ! conclut-il.

— On le soignera bien, dit Bunny. Comment va-t-on l'appeler ?

— Faudrait d'abord savoir ce qu'il pourra faire, dit La Havane. Il vaudrait mieux que le Cannibale soit de bonne humeur !

— A propos de fourmis, dit Bunny, est-ce que tu pourrais manger des limaces, des sauterelles, des machins comme ça ?

Elle lui avait posé la question tout à trac, et cette fois, très sérieusement.

— Oh ! non, s'écria Horty, dégoûté.

— Je lui ai déjà demandé la même chose, intervint La Havane. Pas question, Bunny. D'ailleurs, le Cannibale ne veut pas de *geek* dans la troupe.

— On n'a jamais vu un nain qui faisait le *geek* en même temps, dit Bunny avec regret. Ça serait formidable...

— Qu'est-ce que c'est qu'un *geek* ? demanda Horty inquiet.

— Rien de bien joli, expliqua Zena. C'est quelqu'un qui avale des tas de saletés et qui coupe avec ses dents des têtes de lapins et de poulets vivants.

— Je ne crois pas que j'aimerais beaucoup faire ça, dit Horty avec un tel calme que les trois nains éclatèrent en même temps d'un rire aigu.

Horty les regarda tour à tour et comprit qu'ils riaient non pas de lui, mais avec lui, et il se joignit à eux. De nouveau il sentait d'agréables ondes de chaleur monter en lui. Tout était si simple avec ses nouveaux amis : ils paraissaient si bien comprendre qu'il avait le droit de ne pas être tout à fait comme tout le monde. La Havane avait apparemment prévenu ses camarades de la situation et elles ne demandaient qu'à l'aider.

— Je vous ai dit qu'il chantait comme un ange, reprit La Havane. Je n'avais jamais rien entendu de pareil. Attendez et vous m'en direz des nouvelles.

— Tu joues d'un instrument ? demanda Bunny. Dis donc, Zena, tu ne pourrais pas lui apprendre la guitare ?

— Comment veux-tu ? intervint La Havane. Avec sa main gauche dans cet état...

— Assez ! cria Zena. Et d'abord, qui vous a dit qu'il travaillerait avec nous ?

La Havane ouvrit une bouche stupéfaite.

— Mais... mais je croyais... commença Bunny.

Horty regarda Zena en ouvrant de grands yeux. Que se passait-il donc ? Ses amis reprenaient-ils d'une main ce qu'ils offraient de l'autre ?

— Ne me regarde pas avec ces yeux-là, mon lapin, dit Zena, tu me fais trop de peine.

Malgré sa tristesse, Horty sentait que la voix même de Zena créait entre eux une sorte de lien.

— Je ferais n'importe quoi pour t'aider, mon petit, reprit Zena. Mais il faudrait que ce soit une chose vraiment bonne pour toi. Et je ne crois pas que nous ferions bien de te prendre avec nous.

— Mais pourquoi ? protesta La Havane. Comment veux-tu qu'il mange, autrement ? Où veux-tu qu'il aille ? Ecoutez : après ce qui lui est arrivé, il a bien mérité qu'on lui offre sa chance. Qu'est-ce qui ne te va pas là-dedans, Zena ? C'est le Cannibale qui t'inquiète ?

— Oh ! le Cannibale, je m'en charge, déclara-t-elle.

Un éclair d'intuition fit comprendre à Horty que cette remarque négligente expliquait précisément pourquoi les autres attendaient avec tant de déférence la décision de Zena.

— Ecoute-moi, La Havane, reprit-elle, c'est ce qui vous arrive quand on a l'âge de ce petit qui vous fait devenir ce que l'on sera, une fois adulte. La vie des forains, c'est bon pour nous parce que nous n'en avons jamais connu d'autre et parce qu'il n'y a que comme cela que nous pouvons être ce que nous sommes sans en souffrir. Mais pour lui ? Tu te rends compte de ce que ce serait d'ici quelques années ? Ce n'est pas une atmosphère pour un gosse.

— A t'entendre, on croirait qu'il n'y a que des nains et des phénomènes chez les forains.

— En un sens, c'est assez vrai, murmura-t-elle. Non, je regrette, ajouta-t-elle aussitôt, je n'aurais pas dû dire ça. Ce soir je n'ai plus mes idées très nettes. Il y a quelque chose...

Elle se secoua.

— Enfin, je ne sais pas... mais je ne trouve pas votre idée bien fameuse...

Bunny et La Havane se regardèrent. La Havane haussa les épaules dans un geste d'impuissance. Horty sentit soudain les larmes lui venir aux yeux malgré lui.

— Oh ! là là... gémit-il.

— Mon petit lapin, ne pleure pas...

— Hé là ! cria La Havane, attrapez-le ! Vous voyez bien qu'il tourne de l'œil.

Le visage de Horty avait pâli tout à coup et se convulsait de douleur. Zena se laissa glisser à bas de son tabouret et lui passa le bras autour du cou.

— Tu es souffrant, mon chéri ? C'est ta main ?

Horty, haletant, secoua la tête.

— Junky, murmura-t-il en râlant comme s'il

étouffait, et en désignant la porte de sa main bandée. Dans le camion, continua-t-il d'une voix étranglée. Junky... Oh !... dans le camion...

Les trois nains s'entre-regardèrent. La Havane sauta à bas de son siège, courut jusqu'à Solum et lui donna un coup de poing sur le bras. Il gesticula rapidement en lui montrant la route, en faisant tourner un volant imaginaire et en indiquant la porte avec sa tête.

Avec une rapidité surprenante, le géant gagna la sortie et disparut dans la nuit, suivi de près par ses camarades. Horty et les trois nains n'étaient pas encore sortis du restaurant que Solum avait déjà atteint le camion. Il fit le tour de la cabine, à grands bonds de félin, y jeta un coup d'œil rapide, se dirigea vers l'arrière du véhicule et sauta dedans. On entendit deux chocs sourds et Solum réapparut presque aussitôt. La silhouette d'un vagabond en haillons se balançait entre ses mains verdâtres, comme une poupée de son. Le vagabond se débattait comme un beau diable, mais quand la lueur des projecteurs tomba en plein sur le visage hideux de Solum, il laissa échapper un ululement rauque qui dut porter au moins à trois cents mètres. Solum le laissa choir sans douceur sur le mâchefer ; il tomba lourdement sur le dos et y resta quelques secondes en se tortillant comme un ver et en s'efforçant de reprendre son souffle coupé par la terreur panique qu'il éprouvait.

La Havane lança au loin le mégot de son cigare, se rua sur la silhouette étendue sur le sol et la fouilla brutalement. Il laissa échapper un juron impossible à imprimer.

— Tenez, cria-t-il. Nos cuillers toutes neuves, quatre poudriers, un bâton de rouge... Espèce de salaud ! grinça-t-il à l'adresse du voleur qui n'était pas grand, mais avait cependant près de trois fois sa taille.

Le vagabond s'agita comme pour rejeter La Havane au loin. Solum se pencha aussitôt sur lui et lui frictionna le visage avec le dos de sa main écailleuse. Le vagabond poussa un nouveau hurlement et, cette fois, se redressant d'une seule détente, il envoya La Havane rouler à deux mètres de là. Il ne cherchait du reste pas à l'attaquer, mais seulement à s'éloigner au plus vite tant l'aspect de Solum l'avait épouvanté. Il traversa la grand-route en courant et disparut dans les ténèbres, serré de près par le géant.

Horty s'approcha de l'arrière du camion.

— Vous ne voudriez pas me chercher mon paquet ? demanda-t-il timidement à La Havane.

— Ton sac en papier ? Bien sûr.

La Havane se hissa dans le camion et réapparut quelques secondes plus tard avec le sac qu'il tendit à Horty.

Armand s'était donné beaucoup de mal pour briser Junky. La tête du polichinelle s'était séparée de son corps et tout le jouet avait été aplati de telle sorte que Horty n'avait pu sauver du désastre que le visage de carton-pâte. Mais maintenant la catastrophe était complète.

— Oh ! là là... gémit Horty. Mon pauvre Junky ! Il est tout démoli...

Il sortit du sac deux fragments du hideux visage, un grand et un petit. Le nez était réduit en poussière. Dans chacun des morceaux brillait toujours un œil.

— Oh ! là là, répéta Horty essayant de son mieux de ressouder les débris de sa main valide.

— Pas de veine, mon pauvre vieux, lança par-dessus son épaule La Havane très occupé à rassembler le butin reconquis sur le voleur. Le type a dû poser le genou dessus pendant qu'il fouinait dans nos bagages.

Il jeta le tas d'objets dépareillés dans la cabine du camion tandis que Horty réemballait Junky dans son sac.

— Retournons dîner, dit-il. Notre commande doit être prête.

— Et Solum ? demanda Horty.

— Il nous rattrapera.

Horty prit tout à coup conscience des grands yeux de Zena fixés sur lui. Il faillit parler, ne trouva rien à dire, rougit avec embarras et rentra le premier au restaurant. Cette fois Zena vint s'asseoir à côté de lui. Elle se pencha pour prendre le sel et murmura :

— Comment savais-tu qu'il y avait quelqu'un dans le camion ?

Horty posa son sac sur ses genoux et s'aperçut

en même temps qu'elle regardait maintenant le paquet. Elle dit : « Oh ! » puis, au bout d'une seconde, mais sur un ton tout différent : « Oh-h-h ! » Il ne savait comment répondre à la question qu'elle venait de lui poser, mais il comprit brusquement que toute réponse était inutile ou plus exactement qu'elle l'était devenue.

— Comment savais-tu qu'il y avait quelqu'un dehors ? demanda à son tour La Havane, occupé à déboucher une bouteille de sauce anglaise.

Horty allait répondre, mais Zena l'interrompit.

— J'ai changé d'avis, dit-elle tout à coup. Dans le fond, je crois que la vie de forain fera plus de bien que de mal au petit. Ça vaudra mieux pour lui que d'être forcé de se débrouiller tout seul dans la vie.

— Eh bien, c'est parfait, dit La Havane, rayonnant, en reposant sa bouteille sur le comptoir.

Bunny se mit à battre des mains.

— Bravo, Zena ! Je savais bien que tu finirais par voir la chose comme nous.

— Moi aussi, dit La Havane. Je... je vois même autre chose...

Il pointait l'index devant lui.

— Le percolateur ? dit Bunny stupidement. Le grille-pain ?

— La glace, idiote ! Regarde donc.

Il se pencha en avant, en passant un bras autour du cou de Horty, et rapprocha la tête de l'enfant de celle de Zena. Le miroir renvoya l'image de deux petits visages pareillement ovales et bruns, tous deux encadrés de cheveux noirs et où brillaient des yeux profonds. Si Horty avait porté des nattes et s'était fardé, son visage aurait certes été un peu différent de celui de Zena, mais guère.

— Mais c'est ton frère jumeau ! s'écria Bunny stupéfaite.

— Non, c'est mon cousin... ou plutôt ma cousine, rectifia Zena. Ecoutez, vous autres : il y a deux couchettes dans ma roulotte.... As-tu fini de ricaner, idiot ? Je pourrais être sa mère. Et de toute façon... Oh ! la ferme, tu m'embêtes ! Non, sérieusement, c'est la seule solution. Nous n'aurons pas besoin de dire au Cannibale qui est vraiment le petit. Je compte sur vous pour la boucler.

— Nous ne dirons rien, promit La Havane.

Solum continuait à manger paisiblement.

— Qui est le Cannibale ? demanda Horty.

— Le patron, expliqua Bunny. Autrefois il était médecin. Il soignera ta main.

Les yeux de Zena paraissaient fixer quelque chose qui ne se trouvait pas dans la pièce.

— Il déteste les gens, dit-elle. Tous les gens...

Horty en fut tout étonné. C'était la première indication que lui fournissaient ces gens étranges qu'il pouvait exister quelque chose ou quelqu'un dont ils eussent peur. Zena devina sa pensée et lui caressa le bras.

— Ne te tourmente pas, mon chou. Il ne te fera pas de mal.

4

Ils rejoignirent le reste de la caravane avant l'aube, à l'heure où dans le lointain les collines commençaient à se détacher du ciel pâlissant.

Tout, dans la nouvelle vie qui l'attendait, semblait à Horty mystérieux et passionnant. Non seulement il avait fait la connaissance de gens extraordinaires, mais une foule d'énigmes fascinantes l'attendait encore, sans parler du rôle qu'il avait à tenir, du jeu qu'il devait jouer, des paroles qu'il ne devait jamais oublier. Et voici qu'apparaissait maintenant devant lui le monde de la foire. La grande avenue sombre, toute parsemée de copeaux de bois, semblait faiblement luminescente entre les rangées de baraques, précédées de leurs estrades. Ici un tube au néon encore allumé rendait semblables à des fantômes les premiers rayons timides de l'aube ; ailleurs un manège découpait dans l'air la silhouette décharnée de ses bras avides. On entendait tout autour de soi mille bruits étranges, somnolents mais incessants. Cela sentait la terre humide, le maïs grillé, la sueur et le fumier — un fumier exotique aux relents douceâtres...

Le camion s'engagea derrière les baraques et s'arrêta enfin auprès d'une grande roulotte munie d'une porte à chaque bout.

— Nous voilà chez nous, dit Bunny en bâillant.

Horty était maintenant dans la cabine, avec les deux naines, et c'était La Havane qui était allé s'étendre à l'arrière du camion.

— Descends vite, lui ordonna Zena. Ne traîne pas. Passe par la porte, là, devant toi. Le Cannibale dort sûrement encore ; personne ne te verra. Quand nous t'aurons transformé, nous irons faire soigner ta main.

Horty s'arrêta une seconde sur le marchepied du camion, jeta un coup d'œil autour de lui, fila comme une flèche vers la roulotte et s'engouffra à l'intérieur. Il y faisait très sombre, et il attendit Zena près de l'entrée sans oser s'aventurer plus loin. Celle-ci ne tarda pas à le rejoindre, referma la porte et tira les rideaux devant les petites fenêtres de la roulotte avant d'allumer l'électricité.

Quand il fut revenu du premier éblouissement que provoqua chez lui la lumière crue d'une forte ampoule, Horty vit qu'il se trouvait dans une petite chambre carrée, meublée de deux minuscules couchettes disposées contre les parois, et d'une petite cuisinière dans un angle ; dans l'autre se trouvait ce qui lui parut être un placard.

— Parfait, dit Zena. Maintenant, tu vas te déshabiller.

— Complètement ?

— Bien sûr, complètement.

Elle s'aperçut de sa surprise et se mit à rire.

— Ecoute-moi, mon petit loup : il faut que je t'explique quelque chose. Tu comprends, nous autres nains... A propos, quel âge disais-tu que tu avais ?

— Presque neuf ans.

— Seulement Enfin, je vais tâcher de me faire comprendre. Tu sais que les grandes personnes ordinaires prennent bien soin qu'on ne les voie jamais toutes nues. Ce n'est peut-être pas bien malin, mais c'est comme ça. Quand ils sont grands, les hommes et les femmes ne sont pas du tout faits de la même façon. Il y a bien plus de différence entre eux qu'entre les petits garçons et les petites filles. C'est pour cela qu'ils ne se montrent jamais tout nus. Au contraire, les nains, eux, restent toute leur vie pareils à des enfants, à peu près en tout, sauf peut-être pendant un an ou deux. C'est pour cela que nous autres nous ne nous embarrassons pas de toutes ces histoires. Il vaut mieux qu'il soit bien entendu, une fois pour toutes, qu'entre nous, cela ne compte pas. D'abord il n'y a que Bunny, La Havane et moi qui sachions que tu es un petit garçon. Et puis la roulotte est trop petite pour que deux personnes puissent y vivre si elles doivent passer leur temps à se cacher l'une de l'autre, pour des choses qui n'ont aucune importance. Tu comprends ?

— Je... je crois.

Elle l'aida à se déshabiller et il reçut sa première leçon dans l'art de se comporter en femme — extérieurement, tout au moins.

— Dis-moi, Horty, fit-elle tout à coup en explorant l'intérieur d'un tiroir admirablement rangé afin de lui trouver des vêtements appropriés, qu'y a-t-il donc dans ton sac en papier ?

— Junky. C'est un diable à ressort dans sa boîte. Enfin, ça l'était avant qu'Armand ne me le casse. Je vous l'ai déjà dit. Le voleur a achevé de le démolir.

— Tu veux bien me le montrer ?

Tout en s'introduisant péniblement dans une des paires de bas de Zena, il lui désigna une des couchettes d'un mouvement de tête.

— Allez-y, dit-il.

Elle tira du sac les morceaux de carton-pâte.

— Mais il y en a deux ! s'écria-t-elle avec une soudaine véhémence.

Elle se retourna et regarda Horty avec autant de stupeur que s'il était subitement devenu violet ou que s'il lui était poussé des oreilles de lapin.

— Deux ! répéta-t-elle. Au restaurant je croyais n'en avoir vu qu'un. Et ils sont vraiment à toi ? Tous les deux ?

— Ce sont les yeux de Junky, expliqua-t-il.

— Et d'où vient Junky ?

— Je l'avais avec moi avant qu'Armand m'adopte. Un policeman m'a trouvé dans un square quand j'étais tout petit. On m'a mis dans un orphelinat. C'est là qu'on m'a donné Junky. Je crois bien que je n'ai jamais eu de famille.

— Et Junky... Attends, je vais t'aider... Junky est toujours resté avec toi ?

— Oui. Forcément.

— Pourquoi, forcément ?

— Comment donc s'accroche ce machin-là ?

Zena réprima un violent désir de pousser l'enfant dans un coin et de l'y maintenir de vive force jusqu'à ce qu'elle eût réussi à extraire de lui le renseignement qui l'intéressait.

— Je te parlais de Junky, reprit-elle cependant avec patience.

— Ah ! oui, Junky... Je tenais à l'avoir toujours près de moi. Non, pas exactement près de moi : je pouvais m'en séparer du moment qu'il ne lui arrivait rien et qu'on me le laissait bien à moi. Cela m'était égal de ne pas le voir, même pendant longtemps, mais, si on y touchait, je le savais, et si on lui faisait du mal, j'avais mal aussi. Vous comprenez ?

— Très bien, dit Zena, à la grande surprise de l'enfant.

Une fois de plus, Horty ressentit un délicieux choc au cœur : ces gens-là, décidément, paraissaient tout comprendre.

— Je croyais que tout le monde était pareil, continua-t-il. Que chacun avait, comme cela, un objet qui le rendait malade s'il le perdait. Mais je n'ai jamais pensé à en parler à personne. Et puis Armand s'est mis à me tourmenter avec Junky. Il le cachait exprès pour m'énerver. Une fois il l'a jeté à la poubelle. Cela m'a rendu si malade qu'il a fallu faire venir le docteur. Je criais tout le temps en réclamant Junky. Le docteur a dit à Armand que, s'il ne me rendait pas Junky, je mourrais. Il a appelé ça une fix... je ne sais quoi.

— Une fixation, dit Zena avec un sourire. Je connais la chanson.

— Armand était furieux, mais il n'a pas pu faire autrement. Quand il en a eu assez de me tourmenter avec Junky, il l'a mis dans le haut du placard et n'y a plus pensé.

— Tu as vraiment l'air d'une fille, dit Zena avec admiration. D'une très jolie petite fille.

Elle posa ses mains sur les épaules de Horty et le regarda gravement dans les yeux.

— Ecoute-moi bien, Horty, dit-elle, c'est très important. Il s'agit du Cannibale. D'ici quelques minutes tu vas le voir et il va falloir que je lui raconte des histoires — des histoires qui ne seront pas vraies. J'aurai besoin que tu m'aides. Il est indispensable qu'il me croie, sans quoi tu ne pourras pas rester avec nous.

— J'ai une très bonne mémoire, vous savez, dit Horty avec inquiétude. Je peux me rappeler tout ce que je veux. Dites-moi ce que je dois retenir.

— Parfait.

Elle ferma un instant les yeux ; elle réfléchissait profondément.

— Moi aussi, j'étais orpheline, dit-elle enfin. J'ai été recueillie par ma tante Jo. Quand je me suis aperçue que j'étais une naine, je me suis sauvée avec une troupe de saltimbanques. Je suis restée quelques années avec eux, le Cannibale m'a rencontrée et je suis venue travailler avec lui...

Elle passa sa langue sur ses lèvres.

— Ma tante Jo s'est remariée et a eu deux enfants : un garçon et une fille. Le premier est mort. La fille, c'était toi. Quand ma tante s'est aperçue que tu étais aussi une naine, elle est devenue très méchante avec toi. Tu t'es sauvée. Tu as travaillé quelque temps dans une ferme. Un des ouvriers — le menuisier — a eu le béguin pour toi. Hier soir il t'a surprise alors que tu étais seule ; il t'a attirée dans son atelier et t'a fait quelque chose d'horrible — quelque chose de si atroce que tu ne peux même pas en parler. Tu comprends bien ? Si on te demande quoi, tu n'auras qu'à pleurer. As-tu bien tout retenu ?

— Bien sûr, dit Horty d'un ton rassuré. Dans quel lit est-ce que je vais coucher ?

Zena fronça le sourcil.

— Mais, mon chéri, c'est très, très important. Il faudra que tu te rappelles mot à mot ce que je t'ai dit.

— Oh ! je me rappellerai, affirma Horty.

Et à la grande surprise de Zena, il lui récita, mot pour mot, ce qu'elle venait de lui dire.

— Ça, par exemple ! s'écria-t-elle, stupéfaite.

Elle embrassa l'enfant qui rougit comme une tomate.

— Quel bon élève ! C'est vraiment formidable. Donc, c'est parfait : tu as dix-neuf ans et tu t'appelles... euh... Hortense. Comme cela, si quelqu'un t'appelait un jour Horty par mégarde et que le Cannibale te voie tourner la tête, ça n'aurait pas d'importance. Mais tout le monde te surnomme Kiddo.

— J'ai dix-neuf ans. Je m'appelle Hortense et Kiddo. Ça va.

— Très bien. Je suis désolée d'être obligée de te faire penser à tant de choses à la fois, tu sais, mon loup. Ce que je vais te dire maintenant, c'est pour nous deux tout seuls : d'abord il ne faut jamais, jamais, tu entends, que le Cannibale apprenne ce que tu m'as raconté à propos de Junky. Nous trouverons un coin dans la roulotte pour le ranger et je veux que tu ne parles de lui à personne d'autre qu'à moi. C'est promis ?

Horty acquiesça en ouvrant de grands yeux.

— Bon. Encore autre chose ; c'est très important aussi : le Cannibale va soigner ta main. N'aie pas peur, c'est un très bon médecin. Je voudrais que tu repousses de mon côté, sans qu'il puisse s'en apercevoir, jusqu'au plus petit bout de ton vieux bandage, jusqu'au moindre débris de coton dont il se sera servi. Il ne faut pas qu'il reste une seule goutte de ton sang dans la roulotte, tu m'entends. Pas une goutte. Je lui offrirai de tout nettoyer moi-même. Il sera très content, il a horreur de ça. Toi, tu m'aideras de ton mieux. D'accord ?

Horty lui promit d'y penser. A ce moment, La Havane et Bunny frappèrent à la porte. Horty sortit le premier, en cachant sa main blessée derrière son dos. Ils le prirent pour Zena et, quand celle-ci sortit en riant de la roulotte, elle sauta de joie en les voyant regarder Horty avec stupeur.

— Sacrédié ! dit La Havane qui en laissa tomber son cigare.

— Mais, Zena, il est adorable, s'écria Bunny.

Zena leva son index minuscule.

— *Elle* est adorable. Tâche de ne pas l'oublier !

— Je me sens tout drôle, dit Horty en tortillant sa jupe entre ses doigts.

— Où diable as-tu dégoté ces cheveux-là ?

— Une simple paire de fausses nattes, dit Zena. Elles vous plaisent ?

— Et la robe ?

— Je l'avais achetée il y a quelque temps, mais je ne l'avais jamais portée. Elle était trop juste de poitrine... Venez, les enfants ; allons réveiller le Cannibale.

Ils se faufilèrent entre les roulottes.

— Fais de plus petits pas, recommanda Zena. Là, c'est mieux. Tu te souviens bien de tout ?

— Naturellement.

— Tu es un bon... une bonne fille, Kiddo. S'il te pose une question à laquelle tu ne saches pas répondre, contente-toi de sourire. Ou de pleurer, si tu préfères. Je serai à côté de toi.

Sur le flanc d'une longue roulotte argentée, rangée derrière une tente, s'étalait une énorme affiche bariolée représentant un homme en chapeau haut de forme, avec de longues moustaches pointues et des éclairs en zigzag qui lui sortaient des yeux. En dessous on pouvait lire en lettres flamboyantes :

TOUT CE QUE VOUS PENSEZ
MEPHISTO LE SAIT

— Il ne s'appelle pas Méphisto, expliqua Zena. Il s'appelle Ganneval. Avant de devenir forain, il était médecin. Tout le monde l'appelle le Cannibale. Ça lui est égal.

La Havane frappa à la porte de la roulotte.

— Hé ! Cannibale, vous allez roupiller comme ça toute la journée ?

— Je te congédie, grommela une voix, à l'intérieur de la roulotte.

— Si vous voulez, dit La Havane sans s'émouvoir. Venez donc un peu voir ce qu'on vous a ramené.

— Si c'est une nouvelle recrue, rien à faire, dit une voix encore toute pâteuse de sommeil.

On entendit néanmoins quelqu'un bouger à l'intérieur de la roulotte. Bunny poussa Horty en avant et fit signe à Zena de ne pas se montrer. Elle s'aplatit contre la paroi.

La porte s'ouvrit enfin. L'homme qui apparut soudain dans l'encadrement du chambranle était très grand et d'aspect cadavérique, avec des joues creuses et une longue mâchoire bleuâtre. Dans la lumière matinale ses yeux semblaient deux trous sombres, au fond de ses orbites profondes.

— Qu'est-ce qu'il y a ? grogna-t-il.

Bunny lui montra Horty du doigt.

— A votre avis, Cannibale, qui est-ce ?

— Qui est-ce ? répéta-t-il en jetant un coup d'œil étonné. Mais Zena, naturellement. Bonjour, Zena, ajouta-t-il sur un ton plus courtois, tout à coup.

— Bonjour ! lança Zena qui sortit en riant de sa cachette.

Le Cannibale regarda tour à tour Zena et Horty.

— Aïe, ma caisse ! gémit-il. Un numéro de jumelles ! Et si je ne l'engage pas, tu me plaques, Bunny et La Havane aussi, bien entendu ?

— Tu vois bien qu'il sait lire les pensées des gens, dit La Havane en poussant Horty du coude.

— Elle s'appelle comment, ta nouvelle petite sœur ?

— Papa a tenu à ce que je sois baptisée Hortense, récita Horty, mais tout le monde dit Kiddo.

— Excellente idée, fit le Cannibale d'une voix aimable. Ecoute-moi bien, Kiddo : je t'avertis que votre bluff à tous les quatre ne prend pas. Tu vas me débarrasser le plancher, et si tes copains ne sont pas contents, ils peuvent faire comme toi. Si je ne vous revois pas sur la route à 11 heures, ce matin, j'aurai compris ce que vous avez décidé.

Il referma sa porte avec douceur, mais fermeté.

— Oh ! là là... gémit Horty.

— T'en fais pas, dit La Havane en souriant. Il ne parle pas sérieusement. Il passe ses journées à mettre tout le monde à la porte. Quand c'est sérieux, il vous règle votre compte. Va un peu lui parler, Zena.

Zena heurta de son poing délicat la porte d'aluminium de la roulotte.

— Monsieur le Cannibale, chantonna-t-elle.

— Je suis en train d'arrêter votre compte, lança la voix, de l'intérieur.

— Je vous en prie, insista Zena. Rien qu'une seconde.

La porte se rouvrit. Le Cannibale avait de l'argent plein les mains.

— Alors ? dit-il.

Horty entendit Bunny murmurer :

— Tiens bon, Zena, tiens bon.

Zena fit signe à Horty qui s'avança avec hésitation.

— Montre-lui donc ta main, Kiddo, dit-elle.

Horty étendit sa main blessée devant lui. Zena retira un à un les mouchoirs souillés de sang. Le dernier avait collé aux chairs et Horty laissa échapper un gémissement quand Zena voulut le détacher. L'œil exercé du Cannibale n'en distingua pas moins que trois des doigts de l'enfant étaient irrémédiablement condamnés et que le reste de la main était en fort piteux état.

— Comment diantre t'es-tu fait arranger comme ça, petite ? hurla-t-il.

Horty effrayé fit un pas en arrière.

— Kiddo, va donc un peu là-bas avec La Havane, tu veux ?

Horty s'éloigna avec reconnaissance. Zena commença à parler rapidement à voix basse au Cannibale. Horty ne distingua que quelques mots par-ci, par-là : « ... Une secousse terrible. Surtout ne l'y faites jamais penser... C'était le menuisier... Il l'a attirée dans son atelier... Quand elle... il lui a serré les doigts dans son étau... »

— Et on s'étonnera après ça que je sois devenu misanthrope, gronda le Cannibale.

Il posa une question discrète à Zena.

— Non, dit celle-ci. Elle a pu s'échapper à temps. Mais sa main...

— Viens un peu ici, Kiddo, dit le Cannibale.

Son visage présentait un remarquable spectacle. Sa voix chantante semblait sortir de ses narines, fendues comme au burin, qui, brusquement, étaient devenues deux trous ronds, aux bords dilatés. Horty pâlit.

La Havane le poussa doucement en avant.

— Vas-y, Kiddo. Il n'est pas en colère après toi ; il te plaint. Va donc !

Horty s'avança timidement et grimpa les marches qui conduisaient à la porte de la roulotte.

— Entre, ordonna le Cannibale.

— A tout à l'heure, dit La Havane.

Il s'en alla avec Bunny. Au moment où la porte se refermait derrière Zena et lui, Horty se retourna et aperçut Bunny et La Havane en train de se serrer gravement la main.

— Assieds-toi là, dit le Cannibale.

L'intérieur de la roulotte était étonnamment vaste. Le petit lit posé contre la paroi avant était en partie dissimulé par des rideaux formant alcôve. La roulotte contenait en outre une petite cuisine très propre dans un coin, un appareil à douches, un coffre-fort, une grande table, des casiers de bois et plus de livres qu'on se serait attendu à en voir dans un espace si réduit.

— Ça te fait mal ? murmura Zena.

— Pas beaucoup.

— Ne t'occupe pas de ça, grommela le Cannibale.

Il préparait de l'alcool, du coton et une seringue à injections hypodermiques.

— Que je t'explique d'abord ce que je vais te faire, dit-il : rien que pour ne pas imiter les autres docteurs, je vais anesthésier le nerf de ton bras gauche tout entier. Quand j'enfoncerai mon aiguille, cela te fera un peu mal, mais pas beaucoup — guère plus qu'une piqûre d'abeille. Après ça ton bras te semblera tout drôle, comme s'il devenait un ballon en train de se gonfler. Je nettoierai ensuite ta main, mais tu ne sentiras plus rien.

Horty lui sourit. Malgré ses surprenants changements d'intonation, son humour plutôt noir et l'atmosphère de cruauté qui l'entourait, il y avait chez cet homme étrange une douceur secrète que l'enfant trouvait extrêmement attirante. Elle le faisait penser à la douceur de Kay, de la petite

Kay à qui il était bien égal qu'il eût mangé des fourmis vivantes. Mais en même temps il devinait chez le Cannibale une cruauté assez voisine de celle d'Armand Bluett. A défaut d'autre chose, le Cannibale servirait donc à Horty de lien avec son passé — momentanément tout au moins.

— Allez-y, dit Horty.

— Bravo, petite ! Tu es courageuse, c'est bien. Le Cannibale se pencha sur la main de l'enfant tandis que Zena suivait tous ses mouvements avec un intérêt passionné, écartait adroitement les objets qui auraient pu le gêner, bref lui facilitait la tâche de son mieux. Il s'absorbait tellement dans son travail que si, par hasard, il avait encore en réserve d'autres questions à poser à « Kiddo », il les oublia totalement.

Quand il eut terminé, Zena remit tout en ordre.

5

A l'âge de seize ans moins trois jours, Pierre Ganneval avait terminé ses études secondaires. Avant d'avoir atteint vingt et un ans, il avait achevé sa médecine. Un de ses patients mourut un jour sur le billard, au cours d'une banale appendicectomie, mais sans que le jeune médecin eût rien à se reprocher professionnellement.

Cependant un des administrateurs de l'hôpital fit une allusion vexante à cet accident. Ganneval alla le voir pour protester et la conversation se termina brusquement lorsqu'il lui eut brisé la mâchoire d'un coup de poing. Naturellement il fut aussitôt mis à pied, et se vit interdire toute opération à l'hôpital. La rumeur publique attribua cette interdiction à la malheureuse appendicectomie. Plutôt que de démontrer aux gens une innocence qu'il estimait n'avoir besoin d'aucune preuve, il préféra donner sa démission définitive. Il se mit à boire et donna au public le spectacle de son ivrognerie de la même façon qu'il avait jusqu'alors exercé ses brillants talents, c'est-à-dire en se moquant éperdument du qu'en dira-t-on. Seulement, ce qu'on avait dit de son habileté l'avait aidé. Ce qu'on dit par la suite de son ivrognerie le coula radicalement.

Il finit par se débarrasser de son vice : l'alcoolisme en effet n'est pas une maladie, mais un simple symptôme. Il y a deux manières d'en venir à bout : la première consiste à guérir les désordres qui l'ont provoqué ; l'autre à y substituer un autre symptôme. Ce fut la deuxième solution qu'adopta Pierre Ganneval.

Il résolut de mépriser ceux qui avaient fait de lui un paria et prit bientôt l'habitude de mépriser aussi, par la même occasion, le reste de ses semblables, parce qu'il les jugeait trop proches de ses ennemis.

Il jouissait du dégoût que lui inspirait l'humanité. Il avait bâti à sa haine une tour d'ivoire dans laquelle il s'enfermait pour contempler dédaigneusement le monde entier. Il y trouvait l'altitude dont il avait besoin pour respirer à l'aise. Certes, pendant ce temps-là, il crevait de faim, mais comme les richesses matérielles avaient de la valeur aux yeux de ce monde qu'il haïssait, il retirait de sa pauvreté une jouissance supplémentaire. Cela dura quelque temps, mais pas toujours...

L'homme qui adopte une pareille attitude ressemble malheureusement à l'enfant qui possède un fouet ou à la grande nation pourvue de cuirassés : il leur suffit de se camper fièrement au soleil pour bien faire voir à tout le monde qu'ils disposent d'une enviable supériorité, mais bientôt il devient absolument indispensable à leur bonheur que le fouet siffle et claque, et que les canons tonnent. L'homme a besoin d'autre chose que d'un piédestal : il lui faut tôt ou tard passer à l'action.

Pendant quelque temps, Pierre Ganneval milita dans des groupements subversifs. Peu lui importaient le groupe ou ses tendances, pourvu que son but fût de renverser l'ordre établi. Il ne limitait d'ailleurs pas ce point de vue à la seule politique. Il fit, par exemple, tout ce qui était en son pouvoir pour introduire l'art abstrait dans les galeries les plus conservatrices, il lutta pour imposer la musique atonale dans les quatuors à cordes, il versa de l'extrait de viande de bœuf dans les marmites d'un restaurant végétarien, bref, il se livra à une douzaine de manifestations analogues, non moins stupides et futiles. C'étaient là des révoltes pour l'amour de la révolte, et qui n'avaient rien à voir avec la valeur intrinsèque qu'il attribuait à tel ou tel dogme artistique, musical ou alimentaire.

Pendant ce temps le dégoût que lui inspirait l'humanité se nourrit si bien de sa propre substance qu'il finit par n'être plus ni stupide ni mesquin. Une fois encore il se trouva à court de moyens d'expression satisfaisants. Il devint de plus en plus amer, et ses vêtements de plus en plus râpés, tandis qu'il émigrait successivement de taudis en taudis. Il ne se blâmait jamais lui-même, mais se considérait au contraire comme une victime du reste de l'humanité, une humanité qu'il estimait, en bloc et en détail, inférieure à lui de cent coudées. Un beau jour il reçut enfin du Ciel le don qu'il attendait.

Il avait besoin de manger. Le faisceau corrosif de ses haines se concentrait sur ce point. Il n'avait pas le moyen d'échapper à cette nécessité et, pendant longtemps, il n'eut pas non plus le moyen de manger, sinon par le travail — ce qui, à ses yeux, avait un inconvénient majeur : celui de devenir ainsi, dans une certaine mesure, utile à une fraction de cette humanité qu'il haïssait. Cette idée le remplissait de rage, mais il ne pouvait pas convaincre autrement l'humanité qu'elle devait lui fournir sa subsistance. Il mit donc à profit une partie des connaissances qu'il avait acquises au cours de ses études et se fit engager dans un laboratoire de biologie où il fut chargé d'analyses cellulaires. Sa haine de l'humanité n'était pas parvenue à modifier les caractéristiques d'un esprit à la fois ouvert, fureteur et brillant ; il aimait son travail et ne lui reprochait que d'être utile à des individus qui étaient pour la plupart des médecins et leurs malades ; c'est-à-dire ses patrons et leurs clients.

Il habitait alors une maisonnette solitaire, une ancienne écurie transformée, à la lisière d'une petite ville. Il pouvait ainsi se livrer à de grandes promenades solitaires dans les bois, et y nourrir d'étranges méditations. Seul un homme qui se serait, comme lui, consciemment détourné depuis des années de tout ce qui était humain pouvait remarquer ce qu'il remarqua un certain jour d'automne, et surtout, l'ayant remarqué, pouvait avoir la curiosité de l'examiner plus à fond. Seul un homme bénéficiant au même degré que lui de ce rare mélange de connaissances scientifiques et de raisonnement logique aurait pu en fournir une explication. Et, à coup sûr, seul un monstre social tel que lui pouvait par la suite tirer le même parti que lui de sa découverte.

Ce jour-là, il vit deux arbres.

Chacun d'eux était un arbre pareil à tous les autres ; c'étaient en effet deux baliveaux de chêne légèrement tordus par un accident de croissance, mais restés, par ailleurs, sains et vigoureux. Rien, absolument rien, n'aurait attiré son attention sur l'un ou l'autre de ces deux arbres s'il les avait vus isolément. Mais il les vit en même temps. Son regard les parcourut de haut en bas ; l'étonnement lui fit lever légèrement les sourcils et il passa son chemin. Au bout d'un instant, il s'arrêta, revint sur ses pas et regarda mieux. Soudain, il poussa une sorte de petit grognement comme s'il avait reçu un coup de pied. Il passa entre les deux arbres qu'une douzaine de mètres séparait et les contempla tour à tour avec stupeur.

Ils avaient la même taille. Chacun d'eux portait une grosse branche noueuse qui pointait vers le

Nord. Chacun avait une cicatrice circulaire sur le premier rameau se détachant de cette branche. Et l'extrémité de chaque rameau portait une touffe de cinq feuilles.

Ganneval s'approcha davantage et, immobile, contempla les deux arbres, de la racine au sommet.

Ce qu'il voyait était incroyable, impossible. Certes, la loi des grands nombres ne s'oppose pas à ce qu'il existe deux arbres rigoureusement identiques, mais la probabilité de ce fait est si infinitésimale que l'adjectif « impossible » convient seul à qualifier cette éventualité.

Ganneval allongea la main et arracha une feuille à l'un des arbres ; puis la feuille correspondante sur le second arbre.

Leurs dimensions, leur forme, leur contexture, leurs nervures même, étaient identiques.

C'en fut assez pour Ganneval. Il poussa de nouveau un petit grognement de satisfaction, regarda attentivement autour de lui pour bien fixer dans son esprit l'emplacement des deux arbres et rentra chez lui au triple galop.

Bien avant dans la nuit il s'attarda à étudier les deux feuilles de chêne. Il les examina à la loupe jusqu'à en attraper mal aux yeux. Il prépara des solutions de tous les ingrédients qu'il pouvait avoir sous la main : vinaigre, sucre, sel, et même phénol, et il y fit mariner des fragments de ses feuilles. Sur chacun d'eux, il colora des zones correspondantes avec de l'encre diluée.

Ce qu'il découvrit ce soir-là se trouva entièrement confirmé et au-delà, quand il eut apporté les feuilles à son laboratoire, le lendemain matin. Analyses quantitatives et qualitatives, dosages volumétriques, mesures de températures, de poids spécifiques, examens spectroscopiques, recherche du pH — tout aboutissait à la même conclusion : les deux feuilles étaient incroyablement, mais rigoureusement identiques.

Avec fièvre, Ganneval étudia, au cours des mois qui suivirent, d'autres fragments des deux arbres. Les microscopes ordinaires lui répétèrent à chaque fois la même chose. Il réussit à convaincre son patron de le laisser se servir du microscope à très fort grossissement que l'on conservait au laboratoire sous une cloche de verre : l'instrument confirma les résultats précédents. Les deux arbres étaient bien identiques, non pas seulement feuille à feuille, mais cellule à cellule. Ecorce, aubier, liber, tout était semblable.

Ce fut le constant prélèvement d'échantillons auquel il se livrait qui fournit à ses recherches un nouveau point de départ. Il n'y procédait en effet qu'après les mensurations les plus méticuleuses. A tout échantillon prélevé au foret sur l'arbre A correspondait un autre échantillon pris au même endroit sur l'arbre B, à une fraction de millimètre près. Un jour où Ganneval, après avoir mis son foret en place, prélevait un échantillon sur l'arbre A, il cassa la mèche de son instrument en la retirant, avant d'avoir pu recueillir l'échantillon correspondant sur l'arbre B.

Il incrimina, bien entendu, non sa maladresse, mais le foret et, par voie de conséquence, ceux qui l'avaient fabriqué, puis l'humanité entière ; il rentra chez lui furieux. Fort heureusement il n'avait pas de voisins.

Le lendemain il remarqua dans l'arbre B un trou qui correspondait exactement à celui qu'il avait percé dans l'arbre A.

Il s'arrêta stupéfait, le doigt sur ce trou inexplicable ; pendant un long moment son esprit, pourtant fort agile, resta au point mort. Enfin il tira son couteau et grava avec soin une croix sur l'arbre A et, à la même place de l'arbre B, un triangle. Il les grava aussi profondément qu'il put, de façon que les contours en fussent bien apparents, et rentra chez lui se plonger dans la lecture de traités abscons sur la structure cellulaire.

Lorsqu'il revint dans la forêt, il constata que ses arbres portaient tous deux une croix.

Il se livra à bien d'autres expériences encore. Il découpa des dessins bizarres sur chaque arbre ; il les badigeonna de peintures variées.

Il s'aperçut alors que des enduits superficiels, comme de la peinture, ou des apports extérieurs, comme un morceau de bois cloué dans l'écorce des arbres, ne se modifiaient aucunement. Mais tout ce qui affectait les tissus mêmes de l'arbre, comme une entaille, une écorchure, une lacération, un trou de vrille, se trouvait reporté magiquement de l'arbre A à l'arbre B.

L'arbre A était l'original. L'arbre B une espèce de... de copie...

Pendant deux ans, Pierre Ganneval poursuivit ses recherches de l'arbre B avant de découvrir, grâce à un microscope électronique, que, outre son rôle de duplicateur exact de l'arbre A, l'arbre B présentait par rapport à ce dernier une différence essentielle : dans le noyau de chaque cellule de l'arbre B, il y avait une molécule géante, assez voisine des enzymes des hydrocarbones, qui était capable de transmuter certains éléments. Si l'on enlevait trois cellules d'un fragment d'écorce ou de feuille, trois cellules de remplacement apparaissaient moins d'une heure après. Cette espèce de monstrueux enzyme se reposait alors, comme à bout de forces, pendant une ou deux heures, puis commençait à se reconstituer, atome par atome, aux dépens des tissus environnants.

Le mécanisme de restauration des tissus lésés est une question fort complexe, même dans les cas les plus simples. Le premier biologiste venu pourra vous décrire très clairement ce qui se passe quand la cellule commence à reconstruire le tissu disparu ; il vous dira quels facteurs doivent être présents dans le métabolisme, quelles oxydations-réductions se produisent, à quelle vitesse et dans quel but des cellules nouvelles apparaissent. Mais il ne peut vous fournir la cause, le pourquoi de ces phénomènes. Il ne peut dire ce qui donne à une cellule à demi détruite le signal du départ et le signal d'arrêt dans ce travail de reconstitution. Il sait que le cancer n'est autre chose qu'un dérèglement de ce mécanisme de contrôle, mais ce qu'est au juste le mécanisme lui-même, il ne vous le dira pas. Et c'est encore plus vrai lorsqu'il s'agit de tissus normaux.

L'arbre B, lui, ne reconstituait jamais ses tissus normalement, mais seulement pour calquer l'arbre A. Si, par exemple, l'on entaillait une branche de A, si l'on brisait la branche correspondante de B et si on l'emportait chez soi, la branche de B subissait pendant douze à quatorze heures un laborieux processus de régénération qui aboutissait à reproduire exactement l'entaille de la branche A. Après cela tout s'arrêtait et la branche B redevenait un morceau de bois comme les autres. Si l'on retournait ensuite à l'arbre B, on y découvrait une autre branche régénérée qui remplaçait celle que l'on avait coupée ; elle aussi portait une entaille calquée sur celle de la branche A.

Quand il en fut arrivé à ce point, Pierre Ganneval se trouva réduit à *quia* malgré son génie indiscutable. La régénération cellulaire est déjà un mystère, mais une duplication des cellules, telle que celle qu'il constatait, est une énigme infiniment plus insondable. Pourtant, quelque part, d'une façon quelconque, cette fantastique duplication était contrôlée par un mécanisme que Ganneval, avec son obstination indomptable, se mit en tête de découvrir. Il était comme un sauvage qui entendrait un poste de T.S.F. et chercherait à comprendre l'origine des sons qu'il perçoit, ou encore comme un chien qui verrait son maître pleurer parce qu'une femme lui aurait écrit qu'elle ne l'aimait plus. Il voyait un résultat et essayait de déterminer une cause, sans instruments adéquats, sans possibilité réelle de la comprendre, même si on la lui avait mise sous le nez.

Ce fut un incendie qui la lui fournit.

Les rares personnes qui le connaissaient de vue — c'était la seule façon dont on pût le connaître — furent très surprises qu'il vînt se joindre, un jour d'automne, aux volontaires qui luttaient contre un incendie de forêt, tandis que la fumée, poussée par un vent qui attisait les flammes, envahissait les collines. Pendant des années une légende resta vivace dans la région, au sujet d'un homme maigre qui avait lutté contre le feu comme un damné auquel on aurait promis la délivrance. On se racontait l'histoire du coupe-feu, et l'on se souvenait de la façon dont l'homme maigre avait menacé le chef des forestiers de l'abattre sur place, s'il ne reculait pas son coupe-feu à une centaine de mètres plus au nord qu'il n'avait d'abord été prévu. L'histoire de l'homme maigre et de la lutte qu'il soutint contre le feu qu'il arrosait de sa propre sueur pour l'empêcher de s'étendre jusqu'à une certaine zone du bois passa à la postérité. Et quand le feu fut sur le point de rejoindre le contre-feu, et que tout le monde prit la fuite devant lui, l'homme maigre, lui, ne suivit pas les autres, mais resta accroupi sur la mousse fumante, entre deux baliveaux de chêne, une hache et une pelle serrées dans ses mains saignantes et, dans le regard, une flamme plus brûlante encore que celle qui faisait pétiller les branches. Cela, bien des gens le virent de leurs yeux...

Mais ils ne virent pas l'arbre B commencer à frémir. Ils n'étaient pas à côté de Ganneval pour sentir, à travers la chaleur, la fumée et le lourd nuage de fatigue qui l'enveloppait, l'esprit du chercheur s'efforçant d'appréhender un fait inexplicable : le frémissement de l'arbre B était en effet rigoureusement synchronisé avec le va-et-vient des flammes qui se tordaient au-dessus d'une petite clairière, à une quinzaine de mètres de là.

Les yeux rougis par la fumée, il observait toujours. Les flammes atteignirent la clairière rocheuse, et l'arbre frissonna ; elles parurent attirer la terre à elles dans un mouvement de succion, comme un ouragan qui vous fait dresser les cheveux sur le crâne, et, après une brève hésitation, bondirent dans les airs à la verticale : l'arbre B tint bon. Mais quand une rafale d'air plus froid, poursuivie à ras du sol par des langues de feu, vint brutalement combler le vide créé par la chaleur, l'arbre trembla, parut se secouer, se raidir, puis vaciller tout à coup.

Ganneval, le corps couvert d'ampoules à vif,

se traîna jusqu'à la clairière pour mieux observer les flammes. Une lance orangée pointait-elle dans une certaine direction que l'arbre tenait bon ; une furieuse langue de feu dardait-elle dans une autre qu'il oscillait.

Ce fut ainsi que, au milieu d'une efflorescence de basalte, Ganneval finit par découvrir l'objet mystérieux. Il retourna un rocher avec des doigts que le contact faisait grésiller et trouva dessous une sorte de cristal, tout couvert de boue. Il le logea sous son aisselle et retourna en titubant près de ses arbres qui se trouvaient maintenant au centre d'un petit îlot que sa démoniaque énergie avait construit pour eux avec de la terre, de la sueur, et même du feu. Il roula inanimé sur le sol, entre les deux jeunes chênes, tandis que les flammes le dépassaient en rugissant.

Un peu avant l'aube, il parvint à se traîner jusqu'à sa maisonnette au milieu d'un cauchemar, d'un enfer qui exhalait ses derniers râles. Il y cacha le cristal. Il réussit à parcourir encore un quart de mille en direction de la ville et s'évanouit. Il reprit connaissance à l'hôpital d'où il demanda aussitôt à sortir. On refusa d'abord, puis, devant son insistance furieuse, on l'attacha à son lit. Finalement, quand la nuit fut tombée, il sauta par une fenêtre et s'enfuit pour courir rejoindre son trésor.

Peut-être parce qu'il était arrivé aux extrêmes confins de la folie, peut-être parce que son conscient et son inconscient se trouvaient ce soir-là presque totalement confondus, ou, plus probablement, parce qu'il était doué d'un exceptionnel esprit de recherche, il parvint à réaliser ce que bien peu d'hommes avant lui — en admettant qu'il en eût existé — auraient pu faire : il établit un contact psychique avec le cristal.

Il y arriva en se servant involontairement de sa haine comme d'une arme. La pierre précieuse étincelait passivement sous ses yeux, tandis qu'il la soumettait à toutes les expériences imaginables. Il n'opérait qu'avec prudence, car il s'était vite aperçu que le cristal était un être vivant. Son microscope lui avait appris qu'il avait affaire non à un véritable cristal, mais à une sorte de gel, constituant une énorme cellule unique, à parois en facettes. Ce gel, presque solide, était un colloïde doté d'un indice de réfraction voisin de celui du polystyrène. Au centre, il apercevait un noyau complexe dont il était incapable de s'expliquer la structure.

Sa curiosité luttait contre sa prudence ; il n'osait pas soumettre le cristal à une chaleur excessive, à l'action de produits corrosifs ou à des secousses électriques ou autres. De dépit, il projeta sur lui une bouffée de cette haine concentrée qu'il avait accumulée depuis tant d'années. Ce fut alors que le cristal cria...

Oh ! sans émettre le moindre son, certes ; Ganneval sentit cependant une sorte de pression dans son cerveau ; aucun mot, mais cette pression psychique correspondait à une négation angoissée ; c'était une pulsion, une onde mentale, colorée en « non ».

Stupéfait, Pierre Ganneval s'immobilisa devant sa table de bois blanc ; du fond de l'ombre qui emplissait sa chambre, il contempla le cristal placé par lui en plein centre du faisceau lumineux qui tombait de sa lampe de bureau. Il se pencha en avant, fronça le sourcil et, avec une conviction intense — il avait une horreur instinctive de tout ce qui tentait de porter un défi à sa compréhension — il projeta une seconde fois vers le cristal une décharge de haine.

— *Non.*

Le mystérieux objet réagit par ce cri silencieux comme s'il l'avait piqué avec une épingle rougie au feu.

Ganneval n'ignorait pas les phénomènes de piézo-électricité ; il savait que certains cristaux comme le quartz émettent une petite quantité d'électricité quand ils sont comprimés et, inversement, changent légèrement de dimension quand on les place dans un circuit électrique. Il comprit qu'il se trouvait en présence d'un phénomène analogue, bien que son étrange pierre précieuse ne fût pas un véritable cristal. Le flux de sa pensée provoquait apparemment chez le pseudo-cristal une réaction qui se manifestait en fréquences de « pensée ».

Il réfléchit.

Une première donnée du problème était cet arbre extraordinaire, qui, d'une façon ou d'une autre, se trouvait en liaison avec la pierre précieuse enterrée à quinze mètres de lui, puisqu'il tremblait chaque fois que la flamme s'approchait de celle-ci. D'autre part, en effleurant le cristal d'une flamme de haine, on obtenait une réaction indiscutable.

Etait-il donc possible que le cristal eût *créé* un des arbres, en se servant de l'autre comme modèle ? Mais comment ? Comment ?

— Peu importe comment ! murmura-t-il.

Il finirait toujours par le découvrir en temps voulu. En tout cas, dès à présent, il était en mesure de faire souffrir le cristal. Les lois, les châtiments font souffrir : la puissance n'est, en fin de compte, que la capacité d'infliger de la souffrance à autrui. Il décida donc que ce fantastique objet se conformerait à ses ordres. Sinon, il le torturerait jusqu'à la mort.

Il empoigna un couteau et bondit dehors. A la lueur d'une lune sur son déclin, il déplanta un rameau de basilic qui poussait près de la vieille écurie et le repiqua dans une boîte de conserves. Dans une autre boîte identique, il mit de la terre. Il rapporta le tout dans sa chambre et enterra le cristal dans la seconde boîte.

Il s'assit à sa table et se concentra, en rassemblant toute son énergie psychique. Il savait depuis longtemps qu'il jouissait d'un extraordinaire pouvoir sur son propre cerveau ; il était à cet égard comme un contorsionniste qui parvient à faire tressauter ou se contracter séparément tel ou tel muscle de son épaule, de sa cuisse ou de son bras. Avec son cerveau il effectua une opération que l'on pourrait comparer au réglage d'un condensateur mobile de T.S.F. Il contraignit son énergie psychique à émettre sur la « longueur d'onde » spécifique qu'il sentait avoir le plus de chances d'être perçue douloureusement par le cristal et, brusquement, il pressa sur la détente invisible.

Sans pitié, en décharges successives de haine, il frappa le cristal. Puis il le laissa se reposer, tandis qu'il essayait de faire passer un ordre, une injonction précise dans ses cruels coups de fouet. Il fixa son regard sur la tige de basilic et s'efforça de se la représenter dans le second récipient.

— *Fais-en un.* — *Copie ça.* — *Fais-en un autre.* — *Crée-le pareil.*

A coups redoublés, il cinglait le cristal de ses ordres comme d'autant de cuisantes lanières. Il lui semblait presque l'entendre gémir. Une seconde, il crut discerner, tout au fond de son esprit, de fugitives et kaléidoscopiques impressions correspondant à un chêne, à des flammes, à un vide immense et sombre, tout piqueté d'étoiles, à un triangle découpé dans de l'écorce. Ce fut très rapide, et pendant longtemps rien de pareil ne se reproduisit plus, mais Ganneval eut la certitude que ces impressions émanaient du cristal, qui cherchait, à sa manière, à exprimer une protestation.

Le cristal finit par céder. Ganneval le sentit capituler. Il le cingla deux fois encore, pour faire bonne mesure, et alla se coucher.

Le lendemain matin il y avait un plant de basilic dans chaque récipient. Mais l'un de ces plants était un monstre botanique.

6

L'existence des forains s'écoulait paisiblement, chaque saison suivant la précédente à la queue leu leu. Les années qui passaient apportèrent trois dons précieux à Horty : d'abord un point fixe, un centre, auquel son existence pouvait se rattacher, puis Zena et enfin une grande lumière cerclée d'ombre.

Lorsque, grâce aux bons soins du Cannibale, sa main ne le fit plus souffrir et que le tissu cicatriciel commença à se former, le nouveau nain (ou plutôt la nouvelle naine) fut accepté définitivement dans la troupe. Peut-être fut-ce à cause de la bonne volonté qui irradiait de toute sa personne, à cause de son désir ardent, joyeux, de trouver enfin sa place et d'avoir une véritable utilité, peut-être fut-ce caprice ou négligence de la part du Cannibale, toujours est-il que Horty resta avec ses nouveaux amis.

Chez les forains, les phénomènes, les acrobates, les aboyeurs et leurs compères, les danseurs, les avaleurs de sabres, les hommes-serpents, le mécanicien de manèges, les monteurs de tentes et les chefs de troupe ont quelque chose en commun, par-delà toutes les différences de couleur, de sexe, de race ou d'âge, qui peuvent les opposer : tous ils sont avant tout des forains et ont leur métier dans le sang. Pour eux le grand but ici-bas est d'attirer la foule et de la faire entrer dans leur baraque. C'est pour cela et pour cela seulement qu'ils feront des efforts. Horty devint bientôt semblable à eux.

Dans le tour de chant avec Zena qui constituait son numéro, la voix de Horty ne semblait qu'une partie de celle de la naine, tant leur accord était parfait. Ils passaient juste après Bets et Bertha, deux sœurs qui totalisent à elles deux dans les sept cents livres. L'affiche présentait Zena et Kiddo sous le nom de *Lilliput Sisters.* Elles se livraient d'abord à une désopilante parodie du numéro précédent, puis passaient à leur propre numéro, qui consistait en une combinaison habilement dosée de danses et de chansons et se terminait par une étourdissante tyrolienne à deux voix. Celle de Kiddo était claire comme du cristal et très juste ; elle s'harmonisait avec le riche contralto de Zena comme deux registres d'orgue. Ils s'exhibaient aussi dans le *Village lilliputien* : cité en miniature avec un poste d'incendie, une horloge, une mairie et un restaurant, le tout proportionné à des tailles d'enfant. Les adultes n'y étaient pas admis ; Kiddo servait du thé léger et des petits gâteaux aux gosses ébahis, couverts de taches de rousseur, qui composent le public des foires de province. Il sentait qu'une partie de leur admiration, une partie de leur foi dans cette ville magique se reportait sur lui. Etre une partie de quelque chose... Appartenir à un tout... Cette idée revenait comme un leitmotiv infiniment séduisant dans tout ce quc faisait Kiddo. Kiddo était une partie de Horty et Horty était une partie de l'univers ; pour la première fois de sa vie il se sentait rattaché à un ensemble.

La caravane des quarante roulottes de la troupe serpenta à travers les Montagnes Rocheuses et s'étira le long de l'autoroute de Pennsylvanie ; elle pénétra en grondant sur le champ de foire de Ottawa et se perdit dans l'exposition de Fort-Worth. Une fois, il y avait dix ans, Horty aida la géante Bets à accoucher ; il n'y attacha du reste aucune importance, car c'était là un des aléas prévus de la vie des forains. Une autre fois, un pauvre nain sans cervelle, tout heureux de vivre, qui gloussait tout bas ou riait aux éclats sans savoir pourquoi du matin au soir dans un coin de la galerie des phénomènes, mourut entre les bras de Horty après avoir bu par erreur une bouteille de lessive. La cicatrice laissée dans la mémoire de Horty par cette terrifiante bouche rouge, par ces yeux étonnés et douloureux, devint, elle aussi, une partie de Kiddo, qui était elle-même une partie de Horty, qui était une partie de l'univers...

Il y avait ensuite Zena. Tant qu'il n'eut pas acquis une parfaite aisance dans sa nouvelle existence de naine, elle fut à la fois ses mains, ses yeux et son cerveau. Elle était le lien qui le rattachait à cet univers nouveau auquel il devait s'intégrer ; la personnalité de l'enfant, sevré jusque-là de toute tendresse, s'épanouit voluptueusement au contact de celle qui lui était prodiguée. Elle lui faisait la lecture pendant des heures : toutes sortes de livres y passèrent qu'elle lui lisait de sa voix grave et expressive, et qui, presque automatiquement, se modifiait pour tenir le rôle de chaque personnage. Elle se servit de sa guitare et de disques pour lui enseigner la musique. Rien de ce qu'il apprenait ne le transformait, mais rien non plus n'était oublié, car Horty, ou Kiddo, retenait tout sans effort, étant doué d'une mémoire prodigieuse et purement machinale.

La Havane répétait souvent qu'il était bien dommage que Kiddo eût une main en capilotade. Zena et l'enfant portaient des gants noirs pendant leur numéro, et cela avait l'air un peu bizarre ; de plus il aurait été préférable qu'elles pussent toutes deux, jouer de la guitare. Mais il ne pouvait naturellement pas en être question. Le soir, La Havane disait parfois à Bunny que Zena finirait par s'user les doigts si elle jouait toute la journée sur une estrade pour le public, et recommençait toute la nuit pour amuser Horty ; il est vrai que la guitare, tour à tour gémissante et joyeuse, chantait pendant des heures, quand tout le monde était couché. Bunny lui répondait invariablement d'une voix somnolente que Zena savait bien ce qu'elle avait à faire : c'était l'exacte vérité.

Elle savait aussi ce qu'elle faisait quand elle s'arrangea pour que Huddy fût renvoyé de la troupe. Pendant quelque temps elle en eut beaucoup de chagrin. Elle avait dû pour y parvenir violer la loi non écrite des forains, et elle était foraine jusqu'au bout des ongles. Cela lui fut d'autant plus difficile que Huddy n'avait pas pour deux sous de malice. C'était un acrobate au large dos et à la grande bouche tendre. Il idolâtrait Zena et ne demandait qu'à inclure Kiddo dans sa muette adoration. Il leur apportait des gâteaux et des petits cadeaux sans valeur qu'il achetait dans les villes où ils passaient, et se cachait sous leur estrade pour les écouter répéter. C'était sa plus grande joie.

Quand le Cannibale l'eut renvoyé, il vint leur dire au revoir dans leur roulotte. Il s'était proprement rasé, mais son costume de confection ne lui allait pas très bien. Il s'arrêta sur le pas de la porte, son vieux canotier entre ses doigts, mâchonnant péniblement entre ses dents des mots qu'il ne parvenait jamais à terminer complètement.

— Il m'a renvoyé, dit-il enfin.

Zena lui caressa la joue.

— Est-ce que... est-ce qu'il t'a dit pourquoi ?

Huddy secoua la tête.

— Il m'a fait appeler et il m'a donné mon compte. Je n'avais rien fait de mal, Zena. Je... je n'ai rien osé lui dire. Il me regardait avec des yeux... comme s'il avait voulu me tuer. Je... j'aurais voulu... (Il cligna des yeux, posa sa valise à terre et s'essuya les paupières avec sa manche.) Tiens, dit-il, c'est pour toi.

Il fouilla dans sa poche, en tira un petit paquet qu'il mit entre les mains de Zena et s'enfuit à toutes jambes.

Assis sur sa couchette, Horty les avait écoutés en ouvrant de grands yeux.

— Mais... Zena... qu'est-ce qu'il a donc fait ? Il était si gentil...

Zena referma la porte et regarda le paquet. Il était enveloppé dans du papier doré et ficelé d'un ruban rouge dont le nœud s'épanouissait en cocarde. Les gros doigts maladroits de Huddy avaient dû passer une bonne heure à le confectionner, et Zena le fit glisser sans le dénouer. Le paquet contenait un foulard de soie, criard et vulgaire à souhait, mais dans l'esprit de Huddy c'était sûrement le plus bel objet qu'il lui avait été possible de découvrir après des heures de laborieuses recherches.

Horty s'aperçut soudain que Zena pleurait.

— Qu'est-ce qu'il y a ? demanda-t-il.

Elle vint s'asseoir à côté de lui et lui prit les mains.

— Je suis allée raconter au Cannibale que Huddy me... enfin, m'ennuyait. C'est pour cela qu'il l'a renvoyé.

— Mais... mais, Huddy ne t'avait jamais rien fait ! Rien de mal, je veux dire.

— Je sais, murmura Zena. Oh ! je sais bien. J'ai menti. Mais il fallait absolument qu'il s'en aille. Et tout de suite.

— Je ne comprends pas, fit Horty en la regardant avec étonnement.

— Je vais t'expliquer, dit-elle en choisissant ses mots avec soin. Je vais te faire de la peine, Horty, mais cela évitera peut-être pour l'avenir des malheurs qui t'en feraient encore bien plus. Ecoute-moi bien : toi qui te rappelles toujours tout, tu te souviens que tu parlais à Huddy, hier ?

— Oh ! oui. Je le regardais enfoncer des piquets avec Jemmy, Ole et Stinker. J'aime bien les voir enfoncer des piquets. Ils se mettent en rond autour du piquet avec leurs grands maillets ; ils commencent par taper lentement — plip-plip-plip-plip, et puis ils font tourner leurs maillets au-dessus de leur tête et se mettent à taper de toutes leurs forces — blap-blap-blap-blap... très vite. Et le piquet s'enfonce dans la terre comme dans du beurre ; on dirait qu'il fond par le bout.

Il s'interrompit ; ses yeux brillaient ; grâce à la précision de cet étrange cinéma sonore qu'il avait dans l'esprit, il semblait entendre et voir les lourdes masses de bois en train de s'abattre.

— Très bien, mon chéri, dit Zena avec patience. Et qu'est-ce que tu as dit à Huddy ? T'en souviens-tu ?

— Je suis allé tâter le haut du piquet, là où il y a un cercle de fer. Il était tout fendillé. J'ai dit : « Mais il est complètement en bouillie ! »

Et Huddy a dit : « Tu te rends compte de ce qui arriverait à ta main si tu la laissais là pendant qu'on tape ? » Je me suis moqué de lui et j'ai dit : « Ça ne me gênerait pas bien longtemps. Elle repousserait. » C'est tout, Zena, je t'assure.

— Les autres ne t'ont pas entendu ?

— Non ; ils commençaient déjà à enfoncer un autre piquet.

— Eh bien, tu vois, à cause de ce que tu lui as dit, il fallait que Huddy s'en aille.

— Mais... mais il a pris ça pour une blague. Il a ri... Zena, qu'est-ce que j'ai fait de mal ?

— Horty, mon chéri, je t'avais dit qu'il ne fallait jamais, jamais rien dire à personne au sujet de ta main, ni parler de choses qui repoussent toutes seules une fois coupées. Il faut que tu gardes nuit et jour un gant à ta main gauche et que tu ne la laisses jamais voir à personne.

— Même maintenant que j'ai trois doigts tout neufs ?

Elle posa sa main sur la bouche de l'enfant.

— Surtout ne parle jamais de ça à personne d'autre qu'à moi, siffla-t-elle. Il faut que tout le monde l'ignore toujours. Tiens... (Elle se leva et posa le foulard bariolé sur les genoux de Horty.) Garde-le. Regarde-le de temps en temps et pense à ce que je t'ai dit... et laisse-moi un peu seule. Huddy était... enfin... je regrette, mon pauvre Horty, mais en ce moment je ne peux plus t'aimer tout à fait comme avant.

Elle lui tourna le dos et sortit, le laissant tout triste, tout ahuri et profondément honteux. Très tard dans la nuit, lorsqu'elle s'approcha de son lit, glissa ses petits bras tièdes autour de son cou et lui dit que maintenant c'était fini et qu'il ne fallait plus pleurer, il en fut si heureux qu'il ne put répondre. Il enfouit son visage au creux de l'épaule de Zena et promit — c'était une promesse solennelle qu'il se faisait à lui-même, bien plus qu'à elle — de toujours, toujours, faire tout ce qu'elle lui dirait à l'avenir. Jamais plus il ne fut question de Huddy entre eux.

Toutes les sensations visuelles et même olfactives qu'il éprouvait étaient pour Horty comme de véritables trésors ; il attachait aussi un prix inestimable au souvenir des livres que Zena et lui avaient lus ensemble : des histoires fantastiques, surtout ; des livres étranges et ironiques, mais profondément humains, dont chacun était l'unique spécimen de son espèce. La musique était encore un autre trésor. Il en connaissait maintenant qui était gaie, ou naïve, ou même cacophonique ; il y en avait de tendre, de romantique, de sonore et d'azurée comme celle de Tchaïkovsky, d'architecturale comme celle de Franck qui semblait bâtir ses mélodies avec des plumes d'oiseau, des fleurs et de la foi, tandis que Bach utilisait l'agate et l'acier chromé.

Mais ce qu'il chérissait par-dessus tout, c'étaient les conversations échangées sans hâte dans l'obscurité, parfois sur un champ de foire, après le travail, parfois sur des routes baignées de lune, au rythme des cahots.

— Horty...

Elle était la seule qui l'appelât Horty, et seulement quand personne ne pouvait l'entendre. C'était devenu un petit surnom secret et tendre d'amoureux.

— Quoi ?

— Tu ne peux pas t'endormir ?

— Je réfléchissais...

— A quoi, mon chéri ? A ta jeunesse ?

— Comment le sais-tu ? Oh ! ne te paie pas ma tête, Zena !

— Je te demande pardon, mon chéri.

La voix de Horty s'éleva soudain dans l'ombre.

— Tu sais, Zena, Kay était la seule qui me disait des choses gentilles. La seule. Et pas seulement la nuit où je me suis sauvé. Quelquefois, en classe, elle me souriait sans rien dire. Je... j'attendais ce moment-là pendant des heures. Tu te moques de moi, hein ?

— Non, Kiddo, je t'assure. Tu es si mignon.

— Enfin, voilà, dit-il, maintenant sur la défensive. J'aime bien penser à elle de temps en temps.

Il pensait en effet souvent à Kay Hallowell, très souvent même. C'était là cette lumière cerclée d'ombre qui lui était si précieuse. L'ombre, c'était Armand Bluett. Il ne pouvait penser à Kay sans penser en même temps à Armand, malgré tous ses efforts. Parfois, les yeux humides et froids d'un roquet hérissé, aperçu dans une cour de ferme, ou le bruit sec, précis, menaçant d'une clef tournant dans une serrure Yale faisaient tout à coup apparaître à côté de lui Armand Bluett, ses froids sarcasmes, ses dures mains, toujours prêtes à frapper... Zena le savait bien et c'est pour cela qu'elle se moquait toujours de lui quand il parlait de Kay...

Que de choses il apprit au cours de ces conversations indolentes... au sujet du Cannibale entre autres :

— Comment est-il devenu un forain, Zena ?

— Je ne sais pas exactement. Il y a des moments où j'ai l'impression qu'il déteste la vie qu'il mène. Il a l'air de mépriser tous les gens avec lesquels il vit. Je crois qu'il a choisi ce métier parce que c'était la seule façon pour lui de garder ses...

Elle s'interrompit tout à coup.

— Ses quoi, Zena ?

Elle se taisait toujours. Ce fut lui qui rompit de nouveau le silence.

— Il y a pourtant des gens auxquels il... il tient, finit-elle par expliquer. Solum, par exemple, et aussi Gogol, l'homme-poisson. Il y avait encore le petit Pennie... (Le petit Pennie était le nain qui avait bu de la lessive.) Et d'autres encore. Et aussi certains des animaux. Le chat à deux pattes, le cyclope... Il... il aime à rester près d'eux. Avant de se faire forain, il en avait déjà plusieurs avec lui. Mais cela devait lui coûter cher, tandis que, maintenant, au contraire, ils lui rapportent de l'argent.

— Pourquoi, au juste, les aime-t-il ?

Elle s'agita avec nervosité.

— Parce qu'il est de la même race qu'eux, souffla-t-elle.

Un silence tomba.

— Horty, reprit-elle enfin, ne lui laisse surtout jamais voir ta main.

Une nuit, dans le Wisconsin, quelque chose réveilla Horty en sursaut.

— *Viens ici.*

Ce n'était pas un son. Ce n'étaient pas des mots. C'était un appel intraduisible, tout chargé de cruelles résonances. Horty ne bougea pas.

— *Viens ici. Viens ici. Viens. Viens.*

Horty s'assit sur sa couchette. Il n'entendait que le vent dans la prairie et le chant des grillons.

— *Viens.*

Cette fois l'appel avait changé de nature. Il lui était parvenu enveloppé dans une bouffée brûlante de colère contenue, volontaire, où s'exprimait cette nuance subtile de volupté qu'éprouvait Armand Bluett lorsqu'il prenait Horty en faute. Il sauta à bas de son lit et s'immobilisa, tout hors d'haleine.

— C'est toi, Horty ? Qu'est-ce qu'il y a ?

Zena, à demi nue, surgit de la blancheur indistincte de ses draps comme un dauphin de l'écume.

— Il faut que... que j'y aille... dit-il péniblement.

— Qu'est-ce que tu ressens ? murmura-t-elle d'une voix émue. Tu entends comme une voix au-dedans de toi ?

Il hocha affirmativement la tête. De nouveau l'injonction furieuse vint le frapper et il fit une grimace de souffrance.

— N'y va pas, murmura Zena. Tu m'entends, Horty ? Surtout ne bouge pas !

Elle enfila une robe de chambre.

— Recouche-toi. Tiens bon et surtout, quoi qu'il arrive, ne quitte pas la roulotte. Le... ça va cesser. Je te promets que ça va cesser très vite. (Elle le força à se recoucher.) C'est bien compris ? Quoi qu'il arrive, tu ne bouges pas.

Etourdi, ahuri par cette insistance pressante, angoissée, il se laissa retomber sur sa couchette. L'appel retentit de nouveau au-dedans de lui. Il se redressa. « Zena... » commença-t-il. Mais elle avait déjà disparu. Il se releva, serrant sa tête entre ses mains, puis, se souvenant de l'ordre formel qu'il avait reçu, il se rassit.

Il s'immobilisa et son esprit tâtonna timidement autour de lui, comme l'on passe la langue sur une dent sensible. C'était fini. Il ne sentait plus rien. Epuisé, il se renversa en arrière et se rendormit.

Zena ne revint qu'au petit matin. Il ne l'entendit pas rentrer. Quand il lui demanda où elle était allée, elle lui lança un coup d'œil bizarre.

— Dehors, dit-elle seulement.

Il ne lui demanda plus rien, mais, pendant le petit déjeuner qu'ils prenaient avec Bunny et La

Havane, elle lui saisit tout à coup le bras, et profitant d'une seconde où les deux autres convives étaient allés l'un près du poêle, l'autre chercher le grille-pain :

— Horty, murmura-t-elle, si jamais tu entendais encore l'appel de cette nuit, réveille-moi. Réveille-moi tout de suite, surtout !

Elle paraissait si furieuse qu'il eut peur ; il n'eut que le temps de hocher affirmativement la tête avant le retour des deux nains. Il n'oublia jamais ces incidents. Il lui arriva encore de la réveiller et de la voir se glisser dehors sans mot dire pour ne rentrer que plusieurs heures après, mais pas souvent ; en effet, quand il eut compris que ces étranges appels ne s'adressaient pas à lui, il cessa rapidement de les entendre.

Les saisons passèrent et la troupe s'agrandit. Le Cannibale, toujours omniprésent, continuait à cingler ses hercules, ses phénomènes, ses trompe-la-mort et ses chauffeurs, de son arme favorite, le mépris, qu'il portait partout avec lui comme une épée nue. La troupe grandissait, prenait de l'importance. Bunny, La Havane, Zena grandissaient aussi, ou plutôt vieillissaient d'une façon insensible, mais certaine. Horty, lui, ne changeait pas du tout.

Il — ou elle — était devenu une vedette avec sa voix claire de soprano et ses gants noirs. Maintenant le Cannibale l'acceptait ; par une rare faveur, il mettait une sourdine momentanée à son mépris pour lui dire bonjour — il est vrai qu'il ne lui disait jamais rien d'autre. Mais tout le monde, autour de lui, aimait Horty-Kiddo avec cette affection bon enfant particulière aux forains.

La troupe disposait maintenant d'innombrables remorques, de multiples hommes de peine, de projecteurs braqués vers le ciel, d'un pavillon de danse et d'itinéraires compliqués et zigzagants, fixés très longtemps à l'avance. Un magazine diffusé dans tous les Etats-Unis avait publié un long article sur la troupe en mettant l'accent sur ses « phénomènes » — on préférait en général ce mot à celui de « monstres ». Le Cannibale avait un agent de publicité et des imprésarios, et passait chaque année des contrats avec de grosses organisations. Les estrades étaient munies de micros et de haut-parleurs et le personnel avait des roulottes, pas toutes neuves, certes, mais plus neuves quand même qu'autrefois.

Depuis longtemps le Cannibale avait renoncé à son numéro de télépathie et ne se montrait plus guère qu'à sa troupe. Dans la presse on ne parlait de lui que comme d'un « associé » ou même pas du tout. On l'interviewait rarement et on ne le photographiait jamais. Il passait ses heures de travail avec son personnel, et ses moments de liberté avec ses livres, son laboratoire ambulant et ses « phénomènes ». Certains racontaient l'avoir aperçu bien avant l'aube, dans la pénombre tout emplie de rauques respirations animales, tandis que, les mains derrière le dos, ses maigres épaules voûtées, il regardait Gogol dans son bassin, ou jetait un coup d'œil songeur à son serpent à deux têtes ou à son écureuil sans poils. Les veilleurs de nuit et les garçons de cage avaient appris que, à ces moments-là, il valait mieux le laisser seul ; ils se retiraient sans bruit en hochant la tête, et l'évitaient prudemment.

— Merci, Zena, dit le Cannibale d'un ton courtois, presque mielleux.

Zena sourit avec lassitude, referma la porte de la roulotte sur la nuit, alla jusqu'au fauteuil fait de tubes d'acier chromé et de sangles en matière plastique et s'y pelotonna en relevant sa robe de chambre sur ses orteils nus.

— Je n'avais plus sommeil, dit-elle.

Il versa du vin dans deux verres — du vin du Rhin qui pétillait un peu.

— Ce n'est guère une heure pour boire du vin, dit-il, mais je sais que tu aimes bien ça.

Elle accepta un des verres et le posa sur l'angle du bureau. Elle attendit sans mot dire. Elle avait appris à attendre.

— Aujourd'hui j'en ai encore trouvé quelques-uns, dit le Cannibale.

Il ouvrit un lourd coffret d'acajou et en retira un casier recouvert de velours.

— Presque uniquement des jeunes, ajouta-t-il.

— Tant mieux, dit Zena avec indifférence.

— Oui et non, rétorqua le Cannibale avec colère. Ils sont plus dociles, mais ils ne sont pas capables des mêmes choses que les sujets plus vieux. Il y a des jours où je me demande pourquoi je me donne tant de mal !

— Ça, moi aussi, dit Zena.

Il lui sembla que les yeux de Ganneval se tournaient vers elle avant de se perdre de nouveau dans l'ombre de leurs orbites creuses, mais elle n'en était pas tout à fait certaine.

— Regarde, dit-il.

Elle prit le casier sur ses genoux. Huit cristaux étaient posés sur le fond de velours où ils jetaient des feux ternes. On les avait débarrassés de leur gangue de terre — cette terre semblable à de la boue séchée qui les recouvrait toujours lorsqu'on les trouvait, et les faisait ressembler à de petites mottes, ou à des cailloux sans valeur. Ils n'étaient pas tout à fait transparents, et, pourtant, on pouvait apercevoir leur noyau central, lorsqu'on savait exactement quel genre d'ombre mobile il fallait chercher dans leur masse.

Zena en prit un et l'éleva dans la lumière. Ganneval grommela entre ses dents. Elle leva les yeux vers lui d'un air interrogateur.

— Je me demandais lequel tu prendrais en premier, dit-il. Celui-là est particulièrement vivace.

Il le lui prit des mains et le fixa intensément en fronçant le sourcil. La flèche de haine qu'il lui décochait arracha une protestation étouffée à Zena.

— Non ! Je vous en prie...

— Je te demande pardon... C'est qu'il crie si bien... dit-il doucement en reposant le cristal à côté des autres. Si seulement je pouvais comprendre comment ils pensent... Je peux leur faire mal. Je peux les diriger. Mais je ne peux pas leur parler. Un jour je trouverai bien...

— Sûrement, dit Zena en observant à la dérobée le visage de son interlocuteur.

Allait-il être pris d'un de ces accès de fureur qu'elle ne connaissait que trop ? Elle le sentait venir...

Il se laissa tomber dans un fauteuil, serra ses mains jointes entre ses genoux et s'étira. Elle entendit craquer les os de ses épaules.

— Ils rêvent, dit-il, tandis que sa voix, sonore comme un tuyau d'orgue, s'amenuisait jusqu'à ne plus être qu'un murmure chargé de passion. Je n'ai pas encore trouvé d'expression plus juste. Oui, ils rêvent.

Zena attendit la suite en silence.

— Mais leurs rêves ont une vie propre dans notre monde à nous — dans l'espèce de réalité que nous connaissons. Leurs rêves ne sont pas des pensées, des ombres, des images, des sons, comme les nôtres. Ils sont faits de chair, de sève, de bois, d'os, de sang. Et il arrive même que leurs rêves restent inachevés ; c'est pourquoi je possède un chat à deux pattes, un écureuil sans poils et aussi Gogol, qui devrait être un homme, mais n'a ni bras, ni glandes sudoripares, ni cerveau... Tous ces êtres sont inachevés... Il leur manque à tous, entre autres choses, de l'acide formique et de la niacine. Mais... ils sont quand même vivants...

— Et vous ne savez pas... pas encore... comment les cristaux s'y prennent pour les créer ?

Il se dressa d'un bond qui envoya son fauteuil heurter la paroi.

— Qui peut comprendre un rêve matérialisé ? cria-t-il.

Puis il reprit d'une voix plus douce en maîtrisant sa surexcitation :

— Essaie de parler à un oiseau et de lui faire comprendre qu'une tour de soixante-dix mètres est le rêve matérialisé d'un architecte, ou que l'esquisse d'un artiste est un élément d'un autre rêve. Va-t'en expliquer à une chenille la structure d'une symphonie... et le rêve d'où elle est sortie. Au diable les structures ! Au diable les comment !

Son poing s'abattit sur le bureau. Zena mit tranquillement son verre à l'abri.

— La façon dont le phénomène se produit n'a aucune importance. Sa cause non plus. L'essentiel est qu'il se produise et que je puisse le contrôler.

Il se rassit.

— Encore un peu de vin ? dit-il courtoisement à Zena.

— Non, merci. Je n'ai pas fini.

— Mes cristaux vivent, continua Ganneval sur le ton de la conversation. Ils pensent. Mais leur pensée est totalement différente de la nôtre. Ils vivent sur cette terre depuis des centaines, des milliers d'années... sous forme de mottes de terre, de graviers, de cailloux... Ils pensent à leur manière... ne désirant rien de ce que l'humanité convoite, ne prenant rien de ce qui lui est nécessaire... Ils ne gênent personne, ils n'entrent en communication qu'avec leurs semblables. Mais ils disposent d'un pouvoir dont nul homme n'a jamais rêvé. Et ce pouvoir, je le veux. Je le veux et je le leur arracherai.

Il dégusta son vin à petites gorgées tout en regardant fixement son verre.

— Ils se reproduisent, poursuivit-il. Ils meurent aussi. Et ils font même une chose que je ne peux comprendre : ils meurent par paire, et ensuite, je n'ai plus qu'à les jeter. Mais un jour je les forcerai à me donner ce que je veux. Ils créeront pour moi un être complet : un homme, une femme, peu importe ; ce sera quelqu'un qui pourra entrer en communication avec les cristaux... quelqu'un qui leur fera faire ce que je voudrai.

— Comment... comment pouvez-vous en être sûr ? demanda prudemment Zena.

— Grâce à certains indices que je recueille quand je leur fais du mal : des lueurs, des étincelles de pensée. Depuis des années je les tourmente, je les harcèle : une fois sur mille, peut-être, ils m'abandonnent une parcelle de vérité. Je ne peux pas exprimer cela par des mots, mais c'est une chose que *je sais*. Les détails m'échappent et rien n'est encore très clair dans mon esprit... mais je sais que leurs rêves, quand ils sont *achevés,* ont un caractère particulier. Ils n'aboutissent pas à des monstres comme Gogol, ou comme Solum... Ils ne sont ni incomplets ni mal formés. Ils ressembleraient plutôt à cet arbre que j'ai vu jadis. Et cet être, achevé, sera sans doute humain... ou presque... S'il l'est, je pourrai m'en rendre maître...

« Autrefois j'ai écrit un article sur mes cristaux, reprit-il après un silence, tout en ouvrant un grand tiroir de son bureau soigneusement fermé à clef. J'ai pu le faire accepter par une de ces revues littéraires trimestrielles que lisent les snobs intellectuels. J'avais rédigé mon article de telle façon que, pour un lecteur non averti, il parût une suite de conjectures pures et simples. J'y décrivais mes cristaux de la façon la plus précise, mais en me gardant bien de dire à quoi ils ressemblaient matériellement. Je démontrais la possibilité d'autres formes de vie que celles que nous connaissons ; je prouvais que des êtres pouvaient vivre et grandir autour de nous sans que nous le sachions — à la seule condition que sur aucun terrain ils n'entrent en compétition avec nous. C'est là le point essentiel : les fourmis entrent en compétition avec nous, les plantes aussi, et même les amibes ; mais ces cristaux, non. Ils vivent leur existence propre, un point c'est tout. Ils ont peut-être une conscience sociale, comme les humains — mais, en tout cas, ils ne l'utilisent pas pour la lutte. Et la seule preuve que l'homme ait de leur existence, ce sont leurs rêves, leurs tentatives ratées, avortées, pour copier les êtres vivants qui les entourent. Eh bien, sais-tu quel genre de réfutation scientifique m'a valu mon article ?

Zena attendit la suite en silence.

— Voici, continua Ganneval avec une redoutable douceur, ce que mon contradicteur m'a opposé en fait d'arguments : dans la ceinture d'astéroïdes qui gravitent entre Mars et Jupiter, a-t-il dit, il existe un corps sphérique, de la taille d'un ballon de basket, entièrement rempli de crème au chocolat ! Cette affirmation doit être, concluait-il, considérée comme vraie puisque l'inexistence de ce corps ne peut être scientifiquement établie. Le diable l'emporte ! rugit Ganneval avant de reprendre son monologue sur le même ton paisible. Un autre prétendait expliquer tous les faits relatifs aux malformations des êtres vivants à l'aide d'un galimatias éclectique où il était question de mouches, de vinaigre, de rayons X et de mutations. C'est avec cette attitude aveugle, bornée, criminelle, que, dans le passé, on a démontré, à grand renfort de preuves, que les avions ne pourraient jamais voler — car si un bateau avait besoin d'énergie pour se maintenir à flot, outre celle qui lui est nécessaire pour avancer, nous n'aurions pas de bateaux — ou que les chemins de fer étaient une utopie — car le poids des wagons sur les rails étant supérieur à l'adhérence des roues de la locomotive, le train ne pourra jamais démarrer ! Des volumes de preuves logiques, rassemblées par des observateurs impartiaux, ont prouvé que la terre était plate. Les mutations ? Bien sûr, il y en a de naturelles. Mais pourquoi vouloir absolument qu'il n'existe qu'une seule réponse, qu'une seule solution ? Les mutations provoquées par des rayons durs, cela se démontre. Des mutations proprement biologiques sont également très probables. Quant aux rêves des cristaux...

Du fond du grand tiroir, il retira un cristal portant une étiquette. Il prit son briquet d'argent sur le bureau, l'alluma d'un coup de pouce et passa la flamme jaunâtre sur le cristal.

Un faible cri de douleur s'éleva dans la nuit.

— Non, je vous en prie ! s'écria Zena.

Il jeta un coup d'œil perçant sur ses traits tirés.

— Ce n'est que Moppet, dit-il. Depuis quand t'es-tu prise d'affection pour les chats à deux pattes ?

— Il est inutile de le torturer.

— Inutile !

De nouveau il effleura le cristal avec la flamme ; de nouveau un cri douloureux retentit du côté des cages.

— Cette preuve était utile à ma démonstration, dit-il.

Il éteignit le briquet et Zena parut visiblement soulagée. Ganneval reposa cristal et briquet sur le bureau et poursuivit paisiblement :

— Des preuves ! Si je pouvais faire venir dans cette roulotte l'imbécile au ballon plein de chocolat, et lui montrer ce que tu viens de voir, il me soutiendrait que le chat a tout simplement la colique. Je pourrais lui montrer des photos, prises au microscope électronique, d'une molécule géante qui se trouve dans les globules rouges de ce chat et qui est bel et bien en train de transmuter des éléments, qu'il m'accuserait de les avoir truquées. Tout au cours de son histoire, ç'a été le malheur de l'humanité de vouloir à tout prix que ce qu'elle savait déjà fût vrai et que ce qui différait des idées reçues fût faux. J'ajoute ma malédiction à celle de l'histoire ! Et de tout cœur ! Je te jure ! Dis-moi, Zena... ?

— Oui ?

Le brusque changement de ton de Ganneval l'avait fait tressaillir. Elle n'avait jamais pu s'accoutumer à cette manie.

— Les êtres complexes — les mammifères, les oiseaux, les plantes — les cristaux ne les copient que s'ils en ont envie, ou si je les y contrains à force de tortures. Mais il y a des choses plus faciles à obtenir.

Il se leva et écarta les rideaux qui masquaient les rayonnages installés derrière lui. Il souleva un râtelier chargé de tubes à essais, le plaça sous la lumière et caressa tendrement les tubes.

— Ce sont des cultures, dit-il d'une voix tendre. Des cultures simples, inoffensives... pour le moment. Des bâtonnets ici, des spirilles là. Les *cocci* viennent moins bien, mais ils viennent tout de même. Si cela me fait plaisir, Zena, je ferai pousser à volonté le microbe de la morve — celui de la peste... Je sèmerai des épidémies aux quatre coins du pays... Je dépeuplerai des villes entières... Pour y arriver il ne me faut qu'un être intermédiaire — un rêve que les cristaux aient achevé.

Lui, il pourra m'apprendre comment ils pensent. Je trouverai mon intermédiaire, Zena, ou je le fabriquerai. Et quand je l'aurai, je ferai ce que je voudrai de l'humanité entière, à ma façon, à mon heure...

Elle regarda en silence son visage sombre.

— Pourquoi donc viens-tu ici m'écouter, Zena ?

— Vous le savez bien. Parce que vous m'appelez. Parce que vous me feriez du mal si je ne venais pas, dit-elle avec le plus grand calme. Pourquoi aimez-vous donc tant me parler ? ajouta-t-elle.

Il se mit à rire, tout à coup.

— Depuis tant d'années que nous nous connaissons, c'est bien la première fois que tu me demandes cela, Zena. Vois-tu, jusqu'au moment où l'on peut les transvaser dans un autre cerveau, les pensées restent informes, pareilles à un langage chiffré, ce ne sont que des impulsions, sans forme, sans substance, sans direction. Mais quand on les a communiquées à autrui, elles deviennent des idées que l'on peut reprendre et décortiquer à loisir. On ne sait pas soi-même ce qu'on pense tant qu'on n'en a pas parlé à quelqu'un d'autre. C'est pour cela que j'ai besoin de causer avec toi. C'est à cela que tu me sers... Finis donc ton vin.

— Pardon !

Elle obéit docilement, en regardant Ganneval par-dessus le bord de ce verre trop grand pour elle.

Il lui rendit enfin sa liberté.

Les saisons passèrent, apportant bien des changements. Maintenant Zena ne lisait presque plus jamais à haute voix. Elle écoutait son phono, jouait de la guitare ou travaillait paisiblement à des ouvrages de couture, tandis que Horty, allongé sur sa couchette, feuilletait des livres, le menton niché dans le creux de sa main. Ses yeux ne se déplaçaient pas plus de quatre fois par page au cours de sa lecture, et les feuillets tournés bruissaient d'une façon presque ininterrompue. C'était Zena qui lui choisissait ses livres, mais maintenant ils étaient presque tous au-dessus de sa propre compréhension. Horty, lui, semblait d'un simple coup d'œil ramasser toute la science contenue dans ses livres, la pomper, l'emmagasiner, la classer dans les cases de son cerveau d'où elle ne s'échappait plus. Zena le regardait souvent et parfois avec un étonnement profond, comme stupéfaite que ce pût être là Horty... ou Kiddo, la fillette qui, quelques minutes plus tard, allait monter avec elle sur les planches pour y chanter une tyrolienne swing. C'était pourtant bien le ou la même Kiddo qui, dans la tente des cuisines, riait à cœur joie des blagues de Cajun Jack ou aidait Lorelei à revêtir ses costumes ultra-réduits d'écuyère. Pourtant, même quand elle riait ou papotait chiffons, Kiddo était aussi Horty qui, quelques minutes plus tard, allait prendre un livre recouvert d'une jaquette aguichante, et se plonger dans les pages ardues cachées sous ces apparences frivoles : traités de microbiologie, de génétique, de cancérologie, de diététique, de morphologie, d'endocrinologie, tout y passait. Il ne discutait jamais ce qu'il lisait et semblait même ne jamais y réfléchir. Il emmagasinait simplement jusqu'à la dernière page, jusqu'au moindre diagramme, jusqu'au plus petit mot, tous les livres que lui apportait Zena. Il aidait celle-ci à les recouvrir de fausses couvertures et à se débarrasser secrètement des volumes quand il les avait terminés. Jamais en effet il n'avait besoin de s'y reporter. Jamais non plus il ne s'était posé de questions sur le motif de ces étranges précautions.

Les affaires humaines ne sont jamais simples... Les mobiles humains se refusent obstinément à être clairs. La tâche de Zena était toute de dévouement, mais le but qu'elle poursuivait lui semblait encore obscur et incertain. Cela rendait son fardeau bien lourd à ses frêles épaules...

Ce jour-là, à l'aube, la pluie frappait rageusement les parois de la roulotte et, en plein mois d'août, l'air avait une fraîcheur automnale. La pluie en sifflant évoquait pour Zena le bouillonnement qu'elle devinait si souvent à l'intérieur du cerveau de Ganneval. Tout autour d'elle s'étendait le monde de la foire. Il emplissait même ses souvenirs, depuis tant d'années, hélas ! qu'elle y était prisonnière. La foire était un monde à part, où elle se sentait chez elle, mais qui exigeait un lourd tribut en échange de ce qu'il lui apportait. Le fait même qu'elle s'y sentît à sa place impliquait en contrepartie la hantise d'une mer d'yeux écarquillés, de doigts pointés vers elle, qui semblaient clamer : « Tu n'es pas comme les autres ! Tu n'es pas comme les autres !... Tu es un monstre ! »

Elle s'agitait dans son lit sans parvenir à trouver le sommeil. Les films, les romances, les romans, les pièces... dans tout cela il était question de femmes — à elles aussi on disait qu'elles étaient jolies — de femmes capables de traverser une pièce en cinq enjambées au lieu de quinze, d'envelopper un bouton de porte dans la paume d'une seule de leurs mains... Elles montaient dans les trains, elles, au lieu d'escalader les marchepieds des wagons à quatre pattes, comme de petits animaux. Elles se servaient de fourchettes ordinaires, sans avoir besoin pour cela de se distordre la bouche...

Et surtout elles aimaient ! Elles étaient aimées, elles pouvaient choisir. Les problèmes que leur posait ce choix étaient subtils, certes, mais si simples au fond : les différences qui séparaient tous ces hommes, semblables à elles, étaient si insignifiantes ! Comment auraient-elles pu avoir une véritable importance ? Ces femmes, quand elles regardaient un homme, n'étaient pas forcées de se demander avant tout autre chose : « Quel effet cela va-t-il lui faire que je sois un monstre ? »

Elle était si petite — et à tant de points de vue ! Petite et sotte. Le seul être pour qui elle s'était éprise d'une véritable affection, n'avait-elle pas été l'exposer, en permanence, à un terrible danger ? Elle avait agi pour le mieux, mais comment savoir si elle avait bien fait ?

Elle se mit à pleurer sans bruit.

Horty n'avait pu l'entendre. Pourtant il se trouva tout à coup près d'elle et se glissa dans son lit. Elle sursauta ; pendant une seconde son souffle s'arrêta dans sa gorge où le sang battait à grands coups. Elle le prit par les épaules et le retourna sur le côté. Elle pressa ses seins contre le cou tiède, croisa ses bras sur la poitrine lisse de Horty. Elle se serra contre lui, tout près, jusqu'à ce qu'elle entendît le bruit de sa respiration. Ils restèrent ainsi sans bouger, blottis, nichés l'un contre l'autre, comme deux cuillers dans un tiroir...

— Ne bouge pas, Horty. Ne dis rien...

Ils demeurèrent longtemps silencieux.

Elle avait envie de parler. Elle voulait lui confier sa solitude, sa soif de tendresse. Quatre fois elle avança les lèvres pour commencer une phrase et quatre fois elle en fut incapable ; ses larmes coulèrent sans bruit sur l'épaule de Horty. Lui restait immobile, apportant à son amie la douceur de sa chaude présence. Il n'était encore qu'un enfant, bien sûr, mais si proche d'elle, si présent...

Avec le drap elle essuya l'épaule de Horty et de nouveau l'entoura de ses bras. Peu à peu la violence de ses sentiments et la pression de ses bras, presque brutale au début, se relâcha.

Elle finit par lui dire deux phrases qui semblaient exprimer les affres qu'elle ressentait. Avec ses seins gonflés, ses reins douloureux, elle lui dit :

— Je t'aime, Horty. Je t'aime tant !

Et un peu plus tard, avec toute son immense soif de tendresse, elle dit :

— Je voudrais tant être grande, Horty. Je veux être grande...

Après quoi elle parvint à le lâcher, à se retourner et à s'endormir. Quand elle s'éveilla dans le petit jour blême, tout trempé de pluie, elle était seule.

Il n'avait rien dit, il n'avait pas fait un mouvement, mais cependant il lui avait donné ce matin-là plus de bonheur qu'aucun être humain n'en avait donné à Zena dans toute sa pauvre petite existence de naine.

7

— Zena...

— Hein ?

— Aujourd'hui le Cannibale m'a parlé, pendant qu'on montait notre tente.

— Qu'est-ce qu'il t'a dit ?

— Rien d'important. Que le public aimait bien notre numéro. Je crois que c'est une façon de dire qu'il lui plaît aussi...

— Ne te fais pas d'illusions, répliqua Zena sans hésitation. Et c'est tout ?

— Euh... oui...

— Horty, mon chéri, tu n'as jamais su mentir.

Il se mit à rire.

— Ne t'en fais pas, Zena. Ce n'est rien.

Un silence.

— Je crois que tu ferais mieux de tout me dire, Horty, reprit-elle.

— Tu ne me crois pas capable de me débrouiller tout seul ?

Elle se retourna pour le regarder bien en face, de l'autre bout de la roulotte.

— Non, dit-elle avec une grande netteté.

Elle attendit patiemment dans l'ombre. Elle devinait que Horty était en train de se mordre la lèvre inférieure et de hocher la tête.

— Il a voulu voir ma main, dit-il enfin.

Elle se dressa toute droite sur sa couchette.

— Ce n'est pas possible ?

— Si. Je lui ai dit qu'elle était guérie depuis longtemps. Sais-tu que ça fait déjà... voyons... oui, pas loin de neuf ans qu'il me l'a soignée. Ou est-ce dix ?

— Tu la lui as montrée ?

— Calme-toi, voyons. Non. Je lui ai dit que j'avais des costumes à préparer et je suis parti. Il m'a crié de venir à sa roulotte avant 10 heures demain matin. Je cherche un moyen de me défiler.

— Voilà bien ce que je craignais, dit-elle d'une voix tremblante.

Elle passa ses bras autour de ses genoux et y appuya son menton.

— Ne t'en fais donc pas, dit Horty d'une voix somnolente. Je trouverai bien un joint. Peut-être que demain il n'y pensera plus.

— N'y compte pas. Il a un cerveau aussi précis qu'une machine à calculer. Il n'attachera aucune importance à cette histoire jusqu'au moment où il ne te verra pas arriver à l'heure fixée. A ce moment-là prends garde !

— Et si je la lui montrais, après tout ?

— Je t'ai répété je ne sais combien de fois qu'il ne le fallait sous aucun prétexte.

— Je sais, je sais. Mais pourquoi ?

— Tu n'as pas confiance en moi ?

— Tu sais bien que si.

Elle ne répondit rien, mais resta assise, toute droite, plongée dans ses pensées. Horty s'assoupit.

Plus tard, sans doute deux heures après, il s'éveilla en sentant la main de Zena posée sur son épaule. Elle était accroupie sur le plancher à côté de sa couchette.

— Réveille-toi, Horty, murmura-t-elle. Réveille-toi donc !

— Hein ?

— Ecoute-moi bien, Horty. Tu te souviens de ce que tu m'avais raconté... Oh ! je t'en prie, réveille-toi et écoute-moi. Tu n'as pas oublié Kay et le reste ?

— Non, bien sûr.

— Qu'est-ce que tu disais que tu ferais, un jour ?

— Quand je parlais de retourner voir Kay et de me venger de ce vieux salaud d'Armand ? C'est ça que tu veux dire ?

— C'est ça. Eh bien, il faut le faire.

— Bien sûr, bien sûr.

Il ferma les yeux en bâillant. Elle le secoua de nouveau.

— Tout de suite, entends-tu, Horty. Ce soir. Tout de suite, je te dis !

— Comment, tout de suite ?

— Lève-toi, Horty, et habille-toi. Je te parle sérieusement.

Il s'assit sur son lit d'un air ahuri.

— Mais, Zena... il fait nuit noire...

— Habille-toi, siffla-t-elle entre ses dents. Dépêche-toi, Kiddo. Tu ne peux pas rester toute ta vie un bébé.

Il s'assit sur le bord du lit en frissonnant tandis que se dissipaient les dernières brumes dont le sommeil avait enveloppé son cerveau.

— Mais, Zena, s'écria-t-il, comment faire ? Tu veux que je m'en aille pour de bon ? Que je quitte la troupe, La Havane et... et toi.

— Oui, Horty. Habille-toi.

Il cherchait ses vêtements sans comprendre.

— Qu'est-ce que je vais devenir ? Je ne connais personne en dehors d'ici, moi !

— Sais-tu où nous sommes en ce moment ? A moins de cent kilomètres de la ville où nous t'avons trouvé. Nous ne nous en rapprocherons pas plus cette année. D'ailleurs, tu es déjà resté trop longtemps avec nous, ajouta-t-elle d'une voix plus douce, tout à coup. Tu aurais dû t'en aller plus tôt... l'année dernière peut-être, ou même l'année d'avant.

Elle lui tendit un chemisier propre.

— Mais pourquoi est-ce si indispensable ? demanda-t-il d'un ton plaintif.

— Appelle ça une intuition, si tu veux, mais ce n'est pas tout à fait cela. Si tu allais au rendez-vous que le Cannibale t'a fixé, il t'arriverait malheur. Il faut t'en aller... et pour toujours.

— Mais je ne peux pas m'en aller comme cela, protesta-t-il avec des intonations puériles, tout en obéissant cependant. D'abord qu'est-ce que tu raconteras au Cannibale, demain ?

— Que tu as reçu un télégramme de ta cousine, ou une histoire dans ce goût-là. Laisse-moi faire. Tu n'auras plus jamais à t'inquiéter du Cannibale.

— Jamais ? Alors je ne pourrai jamais revenir avec vous ?

— Si un jour tu aperçois le Cannibale, fais demi-tour et sauve-toi. Cache-toi, fais n'importe quoi, mais à aucun prix ne le laisse jamais t'approcher.

— Mais toi, Zena ? Je ne te reverrai jamais non plus ?

Il tira sur la fermeture à glissière de sa jupe grise plissée et s'immobilisa tandis que Zena lui faisait adroitement les sourcils.

— Si, dit-elle doucement. Nous nous reverrons sûrement, mais Dieu sait quand et comment ! Ecris-moi pour me dire où tu te trouveras.

— T'écrire ? Mais si le Cannibale trouvait ma lettre, est-ce que cela aurait de l'importance ?

— Enormément !

Elle enveloppa Horty d'un regard songeur et bien féminin qui semblait jauger ses qualités.

— Tu écriras à La Havane, reprit-elle. Une simple carte postale non signée et tapée à la machine, qui aura l'air d'être une réclame de chapelier, de coiffeur, de ce que tu voudras. Tu mettras ton adresse sur la carte, mais en intervertissant deux par deux les chiffres du numéro de la maison et de celui de la rue. Tu te rappelleras ?

— Je me rappellerai, dit Horty d'un ton distrait.

— C'est vrai que tu n'oublies jamais rien. Tu sais ce qu'il va falloir apprendre maintenant, Horty ?

— Quoi donc ?

— A te servir de tout ce que tu sais. En ce moment tu n'es encore qu'un enfant. S'il s'agissait d'un autre je croirais à un arrêt anormal du développement intellectuel. Mais après tous ces livres que nous avons étudiés ensemble... Tu te souviens de l'anatomie, Horty ? Et de la physiologie ?

— Bien sûr. Et des sciences naturelles et de l'histoire et de la musique et de tout... Zena, qu'est-ce que je vais devenir, comme cela, tout seul ? Je n'aurai plus personne pour me dire ce qu'il faudra faire.

— Il faudra te le dire à toi-même.

— Mais je ne sais pas par quoi commencer, gémit-il.

— Voyons, mon chéri...

Elle s'approcha de lui et l'embrassa sur le front et sur le bout du nez.

— Tu commenceras par suivre la grand-route. Tu comprends bien ? Arrange-toi pour qu'on ne te voie pas partir. Suis-la pendant à peu près cinq cents mètres et fais signe à un autobus. Surtout ne monte que dans un autobus. Quand tu seras arrivé à la ville, reste dans la gare jusque vers 9 heures du matin et prends une chambre dans une pension de famille bien tranquille, dans une petite rue. Ne dépense pas ton argent à tort et à travers. Tâche de trouver du travail le plus tôt que tu pourras. Tu ferais bien de redevenir un garçon — comme cela le Cannibale aura plus de mal à te retrouver.

— Est-ce que je vais grandir ? demanda-t-il, exprimant ainsi la crainte professionnelle de tous les nains.

— Peut-être. Ça dépend. Ne te mets pas tout de suite à la recherche de Kay et du méchant Armand. Attends d'être prêt.

— Comment saurai-je quand je serai prêt ?

— Tu le sauras, sois tranquille. Tu as bien ton livret de caisse d'épargne ? Continue à mettre de l'argent de côté en le déposant à la poste, comme tu l'as toujours fait. Tu en as assez sur toi ? Parfait. Tout ira bien, Horty. Ne demande rien à personne. Ne dis rien à personne. Fais les choses toi-même, ou passe-t'en.

— Je vais être complètement perdu, murmura-t-il.

— Oui, je sais. Au début tout au moins. Mais ça s'arrangera. En arrivant aussi, tu étais perdu. Tu verras que ça s'arrangera.

Horty s'approcha de la porte d'un pas souple et gracieux en dépit de ses hauts talons.

— Alors au revoir, Zena. Je... je voudrais bien que... Tu ne pourrais pas venir avec moi ?

Elle secoua négativement ses boucles sombres.

— Je n'oserais pas, Kiddo. Je suis le seul être humain auquel parle le Cannibale — enfin auquel il parle vraiment. Et il faut que je... que je le surveille...

— Ah !

Horty ne posait jamais de questions indiscrètes. Mal armé pour la lutte, obéissant aveuglément aux ordres qu'on lui donnait, même implicitement, il était resté aussi malléable qu'un enfant et c'était son milieu qui l'avait entièrement façonné. Il adressa à Zena un petit sourire craintif et se tourna vers la porte.

— Au revoir, mon chéri, murmura-t-elle en souriant.

Quand il eut disparu, elle s'effondra sur sa couchette et se mit à pleurer. Elle pleura toute la nuit. Ce ne fut que le lendemain matin qu'elle se souvint des deux cristaux qui servaient jadis d'yeux à Junky...

8

Douze ans s'étaient écoulés depuis cette brumeuse soirée d'automne, où, par la fenêtre de la cuisine paternelle, Kay Hallowell avait vu Horty Bluett grimper dans un camion tout bariolé de couleurs éclatantes. Ces années-là n'avaient pas été clémentes à la famille Hallowell. Ils avaient dû émigrer successivement dans une maison plus modeste, puis dans un simple appartement. C'est là qu'était morte la mère de Kay. Son père avait traîné quelque temps encore avant d'aller rejoindre sa femme, et Kay, à dix-neuf ans, avait dû quitter l'université, au cours de sa première année d'études supérieures, et se mettre à travailler afin de pouvoir aider son frère qui commençait sa médecine.

C'était maintenant une belle fille blonde et fraîche, prudente et calme, avec des yeux couleur de crépuscule. Le fardeau qui pesait sur ses épaules était bien lourd, mais elle tenait bon. Au-dedans d'elle-même elle avait très peur d'avoir peur, très peur de paraître impressionnable, influençable, ou de sembler manquer de volonté. Aussi affectait-elle extérieurement une attitude étudiée qui cherchait à affirmer au monde sa parfaite maîtrise de soi. Elle avait une tâche à remplir : celle de réussir matériellement dans son métier pour pouvoir aider Bobby à franchir les obstacles redoutables qui barrent l'accès d'une profession médicale. Elle devait, pour cela, garder sa dignité, se loger et se vêtir convenablement. Un jour peut-être aurait-elle le droit de se détendre, de jouir de la vie comme les autres, mais pour le moment il n'en était pas question. Et elle savait fort bien que ce jour n'était pas encore près d'arriver. Quand elle allait à un bal, à un spectacle, elle ne pouvait en jouir qu'avec prudence et devait toujours prendre bien garde que des sorties tardives, un nouveau sujet d'intérêt trop puissant, ou même le seul fait de se distraire, ne risquent de nuire à sa tâche. Et c'était vraiment bien dommage, car elle avait en elle de vastes réserves de joie qui ne demandaient qu'à s'épancher.

— Bonjour, monsieur le juge.

Comme elle le détestait cet homme, avec ses narines palpitantes et ses mains molles et blanches ! Le patron de Kay, M. T. Spinney Hartford, un des associés de la firme d'avoués Hartford et Hartford, était un homme plutôt sympathique, mais il avait malheureusement le don de s'acoquiner avec de bien étranges individus. Hélas !

dans les professions juridiques on ne peut pas toujours faire autrement.

— M. Hartford va vous recevoir tout de suite, monsieur le juge. Si vous voulez bien vous asseoir un instant en attendant...

« Pas là, surtout, pensait-elle. Aïe, ça y est ! voilà qu'il vient s'installer juste à côté de ma table. Enfin, c'est son habitude... »

Elle lui adressa un sourire impersonnel et alla à l'autre bout de la pièce se planter devant les classeurs métalliques, avant qu'il eût le temps de se lancer dans son habituel boniment : une sorte de bafouillage larmoyant, à peine compréhensible. Elle regrettait fort de devoir ainsi perdre son temps, car elle n'avait absolument rien à prendre dans les classeurs. Elle ne pouvait rester assise à sa place sans l'écouter poliment, et en revanche savait bien qu'il n'oserait pas crier d'un bout du bureau à l'autre ce qu'il avait à lui dire. Sa technique préférée consistait en effet à recourir à ce que les magazines pour midinettes appellent : « Une voix aussi basse que ses intentions. »

Elle sentait le regard humide du juge frôler sa nuque, ses hanches, suivre la couture de ses bas. Elle en eut soudain la chair de poule, et en éprouva une véritable démangeaison. Décidément, cela ne pouvait continuer ainsi. Peut-être serait-il encore moins odieux à subir de près que de loin. Peut-être pourrait-elle opposer une parade à ces traits contre lesquels elle n'était malheureusement pas cuirassée. Elle revint à sa table, lui adressa du bout des lèvres un deuxième sourire indifférent et fit surgir sa machine à écrire de son alvéole, dans un mouvement rapide de ressorts bien équilibrés. Elle y inséra une feuille de papier à lettres à en-tête et commença à taper rapidement.

— Miss Hallowell...

Elle ne s'interrompit pas.

— Miss Hallowell, répéta-t-il en se penchant en avant et en lui prenant le poignet. Je vous en prie, ne travaillez pas à force comme cela. Nous n'avons que si peu de temps à être ensemble...

Elle laissa ses mains retomber sur ses genoux, une de ses mains plus exactement, car l'autre était emprisonnée dans celles du juge, ces mains blanches et molles qu'elle haïssait. Elle la lui abandonna sans résistance et il finit par la lâcher. Elle croisa les mains et les regarda fixement. Cette voix, mon Dieu... Elle était certaine que si elle levait la tête elle apercevrait un petit filet de bave sur le menton du juge.

— Vous disiez ? demanda-t-elle.

— Vous vous plaisez, ici ?

— Beaucoup. M. Hartford est très bon pour moi.

— C'est un homme très aimable, très compréhensif...

Un silence. Kay sentit qu'elle devait avoir l'air si bête en contemplant ainsi ses mains qu'elle ne put s'empêcher de lever la tête.

— Ainsi donc, vous comptez rester chez lui assez longtemps ? reprit-il.

— Je ne vois pas pourquoi... Enfin, oui, j'espère...

— L'homme propose... murmura-t-il.

Qu'est-ce que cela voulait dire ? Etait-ce une menace de la faire renvoyer ? En quoi son travail regardait-il ce grotesque et visqueux individu ? « M. Hartford est un homme très compréhensif... » Oh ! mon Dieu, mon Dieu ! M. Hartford était avoué et il avait souvent des affaires à plaider devant le tribunal présidé par le juge. Il y en avait de très délicates, et une simple nuance d'interprétation des textes pouvait avoir une importance capitale... « Très compréhensif... » Naturellement, M. Hartford était compréhensif. Il fallait bien qu'il gagnât sa vie.

Kay attendit la suite. Oh ! pas bien longtemps...

— J'avais cru comprendre que, dans deux ans, vous n'auriez plus besoin de travailler ici ?

— P... pourquoi ? Oh ! je comprends... Comment êtes-vous au courant ?

— Ma chère enfant, dit-il avec une fausse modestie parfaitement odieuse, je connais tout de même le contenu de mes propres dossiers. Votre père était un homme très prévoyant, très avisé. Quand vous aurez atteint votre majorité, vous entrerez en possession d'une somme assez rondelette, n'est-il pas vrai ?

« Ça ne te regarde pas, espèce de vieux satyre », pensait-elle.

— Oh ! monsieur le juge, ajouta-t-elle tout haut, cela ne fera guère de différence. Cet argent est destiné à mon frère Bobby. Il lui permettra de terminer ses études et même, s'il désire se spécialiser, de les prolonger d'une année. Evidemment, à ce moment-là nous n'aurons plus d'inquiétudes à avoir, tandis qu'actuellement nous arrivons tout juste à nous maintenir à flot, mais, de toute façon, je continuerai à travailler.

— Parfait, parfait...

Les narines du juge se dilatèrent ; Kay se mordit la lèvre et baissa de nouveau les yeux sur ses mains.

— Vous êtes ravissante, dit-il d'une voix de connaisseur.

Une fois de plus elle attendit la suite. Le troisième mouvement de cette étrange partie d'échecs ne tarda guère. Le juge soupira.

— Saviez-vous, dit-il, que la fortune de votre père servait de nantissement à une association commerciale qu'il avait faite, voici bien longtemps, avec un ami ?

— Je... je l'avais entendu dire. Mais le contrat dont vous parlez a été détruit lors de la dissolution de l'association qui se trouvait absorbée dans l'affaire de camionnage de papa.

— Un exemplaire au moins du contrat n'a pas été détruit. Je l'ai encore en ma possession. Votre père était un homme excessivement confiant.

— C'est un compte qui a été réglé depuis longtemps, monsieur le juge, et plutôt deux fois qu'une.

Les yeux de Kay prenaient dans ses moments de colère la teinte gris ardoise d'une nuée orageuse.

Le juge se renversa en arrière et plaça les unes contre les autres les extrémités de ses doigts.

— C'est une question qui pourrait se plaider, dit-il. L'affaire viendrait sûrement devant mon tribunal, soit dit entre parenthèses.

Il pouvait lui faire perdre sa place. Il pouvait même peut-être lui prendre son argent et en même temps anéantir la carrière de Bobby... Quant à l'autre terme du dilemme, elle savait qu'elle n'allait pas tarder à le connaître.

Elle ne se trompait pas.

— Je me sens tellement seul depuis la mort de ma pauvre femme, miss Hallowell...

Kay se souvenait bien de la pauvre femme en question, une créature méchante et bête, tout juste assez maligne pour tenir le ménage de son mari avant qu'il fût nommé juge, mais rien de plus.

— Je n'ai jamais rencontré personne pour qui j'éprouve une telle attirance, reprit-il. Vous êtes belle et vous devez être intelligente. Vous mériteriez d'aller très loin. J'aimerais beaucoup vous connaître davantage.

« Plutôt crever ! »

— Vraiment ! dit-elle d'une voix niaise, toute hérissée de dégoût et de crainte.

Il se fit plus explicite.

— Une jeune fille aussi jolie que vous, qui a une place qui lui plaît, et un petit magot qui l'attend, peut faire son chemin dans la vie... si tout marche bien. (Il se pencha vers elle :) A partir d'aujourd'hui, je vous appellerai Kay. Je suis sûr que nous nous comprenons, vous et moi.

— Non !

Elle avait dit cela précisément parce qu'elle ne le comprenait que trop, mais il fit mine de s'être trompé sur le sens de son exclamation.

— Dans ce cas, je me ferai un plaisir de m'expliquer plus en détail, dit-il en ricanant. Voulez-vous ce soir ? Assez tard dans la soirée, bien entendu. Un homme dans ma position ne peut pas... euh... la femme de César, vous savez...

Kay resta muette.

— Je connais une petite boîte très sympathique, poursuivit le juge. Le Club Nemo, dans Oak Street. Vous connaissez ?

— Je crois que... que je suis passée devant, dit-elle avec effort.

— Disons à 1 heure du matin, conclut-il gaiement.

Il se leva et se pencha au-dessus d'elle. Il sentait la lotion rance.

— Il me serait désagréable de veiller pour rien, dit-il. Je compte absolument sur vous.

Les pensées de la jeune fille dansaient une sarabande affolée. Elle était furieuse et en même temps elle avait peur : deux émotions qu'elle s'efforçait depuis des années d'éviter. Elle avait envie de faire diverses choses : d'abord se mettre à hurler, puis rendre son petit déjeuner séance tenante, puis dire au juge ce qu'elle pensait de lui et se ruer dans le bureau de M. Hartford pour lui demander si ceci, cela et encore autre chose, faisaient bien partie de ses devoirs de parfaite secrétaire.

Mais il lui fallait aussi penser à Bobby, si près maintenant de la fin de ses études. Elle savait, par expérience, ce que c'est que d'interrompre des études sans espoir de les reprendre jamais. Le pauvre M. Hartford si tatillon, si craintif, n'avait pas pour deux sous de malice, mais il ne saurait sûrement pas comment se comporter dans une telle circonstance. Et puis, après tout, il fallait aussi tenir compte d'une autre chose dont le juge ne semblait pas soupçonner l'existence : la capacité bien éprouvée que possédait Kay de toujours retomber sur ses pieds et qu'elle avait déjà si souvent montrée.

Aussi, au lieu de céder à une des envies qui la démangeaient pourtant furieusement, elle se contenta de sourire avec candeur.

— Nous verrons... dit-elle.

— Nous nous reverrons, rectifia-t-il. Désormais nous nous reverrons beaucoup.

De nouveau elle sentit errer sur sa nuque, puis à la hauteur de sa poitrine, le regard humide du juge qui s'éloignait d'elle, à reculons. Une petite lampe rouge s'alluma sur son téléphone.

— M. Hartford vous attend, monsieur Bluett, dit-elle.

Il lui pinça la joue.

— Appelez-moi donc Armand, murmura-t-il. Quand nous serons seuls, bien entendu...

9

Quand elle arriva au lieu du rendez-vous, il s'y trouvait déjà. Elle était en retard, de quelques minutes seulement, mais ces minutes-là avaient beaucoup coûté à la jeune fille, car elles s'étaient ajoutées aux heures interminables de haine impuissante, de dégoût et de crainte qu'elle avait endurées après le départ sournois du juge, le matin même.

Sitôt franchie la porte de la boîte de nuit, Kay s'arrêta une seconde sur le seuil. Les lumières tamisées, les teintes discrètes des murs et des tentures, la musique douce exécutée par trois musiciens seulement y créaient une ambiance reposante. Les clients étaient rares et Kay ne reconnut personne. Elle entrevit pourtant bientôt le reflet d'une chevelure argentée appartenant à un homme assis à une table, en retrait et en arrière de l'estrade des musiciens. Elle se dirigea de ce côté, plutôt parce qu'elle se doutait que le juge choisirait une table ainsi placée que parce qu'elle l'avait reconnu.

Il se leva galamment et l'aida à s'asseoir.

— J'étais sûr que vous viendriez, dit-il d'un petit air fat.

Comme si j'avais eu le choix, vieille canaille !

— Bien sûr, je suis venue, dit-elle tout haut. Je regrette de vous avoir fait attendre.

— Je suis ravi que vous le regrettiez de vous-même... parce qu'autrement vous m'auriez forcé à vous punir.

Il riait en disant cela, mais son rire trahissait seulement le plaisir sadique que lui procurait cette idée. Il passa le revers de sa main sur l'avant-bras de la jeune fille, ce qui lui donna la chair de poule.

— Kay ! Ma jolie petite Kay ! commença-t-il d'une voix pâmée. Il faut que je vous avoue quelque chose : ce matin je me suis conduit avec vous un peu comme un maître chanteur.

Pas possible.

— Ah ! oui, dit-elle seulement.

— Vous avez bien dû vous en rendre compte. Mais je voudrais que vous sachiez dès maintenant que je ne parlais pas sérieusement — sauf lorsque j'ai fait allusion à ma solitude. Les gens ne comprennent pas que, pour être magistrat, on n'en est pas moins homme.

« Ça, c'est pour moi », se dit-elle, en se forçant pourtant à sourire.

Ce lui fut assez difficile. D'autant que, pour ce

petit discours à la fois insinuant et plaintif, la voix du juge avait pris une intonation geignarde et que ses traits s'étaient étirés comme ceux d'un épagneul. Kay ferma à demi les yeux pour effacer cette impression mais vit aussitôt apparaître dans son esprit une image si nette d'une tête de chien émergeant du col cassé du juge qu'elle se souvint en même temps d'une phrase entendue jadis : « Ce chien est idiot parce que, quand il était petit, sa mère l'a complètement abruti à force d'aboyer. » Ce fut ce souvenir qui lui permit de sourire, mais, bien entendu, son interlocuteur se méprit totalement sur l'origine de ce sourire ainsi que sur l'expression qui l'accompagnait. Il lui caressa de nouveau le bras. Le sourire s'effaça aussitôt, quoique les dents de la jeune fille restassent visibles.

— Je m'explique, roucoula-t-il, vous comprenez, je voudrais par-dessus tout être aimé pour moi-même. Je suis navré d'avoir été contraint d'exercer une certaine pression sur vous. Ne voyez là qu'un désir ardent de réussir. Vous connaissez le dicton : « Tout est permis... »

— ... En amour et à la guerre, acheva-t-elle docilement.

Elle pensait : « Il s'agit bien de guerre, en effet ; c'est un ultimatum : aime-moi pour moi-même, ou gare... »

— Je ne suis pas exigeant, susurra-t-il entre ses lèvres luisantes. Mais, voyez-vous, un homme a besoin de tendresse...

Elle ferma les yeux juste à temps pour empêcher le juge de les voir se lever vers le ciel. Pas exigeant ! Seigneur ! Somme toute, il ne demandait à Kay que de s'accommoder de ses hypocrites précautions, inspirées par la peur du qu'en-dira-t-on, de subir son visage, sa voix, ses mains... Un rien ! « Le porc, le maître chanteur, le vieux satyre ! Oh ! Bobby, Bobby, cria-t-elle intérieurement dans un élan de désespoir, je t'en supplie, tâche au moins d'être un bon docteur ! »

Cela dura longtemps, très longtemps. On apporta des verres. Bluett avait choisi lui-même la mixture qu'il estimait devoir convenir à une innocente jeune fille : un sherry flip. Malheureusement il était trop doux et la mousse laiteuse englua désagréablement les lèvres de Kay. Elle sirota à petites gorgées, tout en laissant couler le flot sirupeux de fausse sentimentalité que le juge déversait sur elle. Elle acquiesçait de temps en temps, ou souriait, mais en cessant le plus souvent possible de l'écouter pour prêter l'oreille à la musique, fort agréable, ma foi, que jouaient un piano, une contrebasse et une guitare. Pendant quelques instants ce fut même la seule chose qui la réconciliât un peu avec un monde abject.

Le juge Bluett possédait, apprit-elle, une petite garçonnière, discrète à souhait, installée au-dessus d'une boutique, dans un coin paisible des bas quartiers.

— Le magistrat travaille au tribunal ou dans

son bureau, expliquait-il pompeusement, et il habite une belle maison sur la colline, mais l'homme dispose en outre d'un petit nid confortable malgré la vulgarité du cadre. Là il peut se dépouiller de sa toge, de ses honneurs, de ses dignités et s'apercevoir qu'un sang chaud coule encore dans ses veines.

— Ce doit être charmant.

— Et aucune indiscrétion à craindre, dit-il dans un grand élan d'expansion. On passerait aussi inaperçu à deux que tout seul. Et il y a bien entendu tout le confort : une cave bien garnie, un garde-manger à portée de la main... C'est comme une oasis enchanteresse au milieu du désert. Comme l'a dit Omar Kayham : « Une miche de pain, une cruche de vin et... toi... »

Il acheva son discours dans un murmure rauque, et Kay eut tout à coup l'impression absurde que, si les yeux du juge continuaient une seconde encore à sortir ainsi de leurs orbites, jamais plus ils ne pourraient reprendre leur place normale.

Elle referma les siens et soupesa mentalement les ressources de patience dont elle disposait. Elle conclut qu'avec de la chance elle parviendrait à tenir le coup encore vingt secondes... dix-huit... seize... Ah! c'était du propre. La carrière de Bobby allait s'envoler en fumée, comme un nuage de fumée, comme un nuage de cigarette, au-dessus de cette petite table pour amoureux...

A ce moment, Bluett ramena ses pieds sous lui et se leva.

— Excusez-moi un instant, dit-il.

Peu s'en fallut qu'il ne claquât les talons. Il jugea même bon d'ajouter à ses paroles une petite plaisanterie d'un goût douteux sur les exigences de la nature. Il s'éloigna d'un pas, se retourna et fit remarquer à Kay que ce n'était là que le tout premier des mille petits détails intimes qu'ils auraient prochainement à apprendre l'un de l'autre. Il repartit, puis se retourna encore une fois.

— Pensez-y bien, dit-il. Pourquoi ne pas, dès ce soir, nous enfuir dans notre île enchantée ?

Il s'éloigna enfin pour de bon — il fit bien car il avait été à deux doigts de recevoir un bon coup d'escarpin verni à la hauteur de sa chaîne de montre !

Quand elle fut seule à sa table, Kay parut s'effondrer à vue d'œil. Jusque-là la colère et le dégoût l'avaient soutenue ; maintenant, au moins pour un temps, c'était à la peur et à la lassitude qu'ils avaient fait place. Ses épaules se voûtèrent, son menton retomba sur sa poitrine et une larme roula le long de sa joue. Non, c'était décidément au-dessus de ses forces... C'était payer trop cher, même une Faculté entière... Elle préférait déclarer forfait. Il fallait à tout prix, et tout de suite, qu'un miracle vînt la tirer de là...

Le miracle se produisit sous la forme de deux mains qui apparurent sur la nappe devant elle.

Elle leva la tête et rencontra le regard d'un jeune homme qui se tenait debout en face d'elle.

Il avait un large visage assez banal et une bouche bien dessinée. Il était presque aussi blond qu'elle, mais ses yeux étaient plus foncés...

— Il est curieux de voir que la plupart des gens ne font pas plus attention à un musicien qu'à un palmier dans son pot, quand ils se mettent à déballer leurs petites affaires de cœur, remarqua-t-il. Vous me paraissez plutôt mal prise, ma belle enfant !

Kay sentit un peu de sa colère lui revenir, mais pour disparaître presque aussitôt dans un océan de honte.

— Je vous prie de me laisser tranquille, dit-elle seulement.

— Je ne peux pas. J'ai entendu ce que vous disait ce joli coco.

D'un mouvement de la tête il indiquait la direction du lavabo.

— Vous avez un moyen de vous en tirer, ajouta-t-il, mais il faut me faire confiance.

— Je ne sais pas trop si je gagnerais au change, dit-elle froidement.

— Ecoutez-moi toujours ; mais en silence et jusqu'au bout. Après, vous ferez ce que vous voudrez. Quand il reviendra, vous allez vous débarrasser de lui. Vous lui promettrez d'aller chez lui demain soir. Tâchez de vous montrer bonne comédienne. Dites-lui qu'il ne faut pas que vous sortiez d'ici avec lui, pour ne pas vous faire remarquer. Croyez-moi, il y sera tout disposé !

— Et une fois qu'il sera parti, je resterai à votre merci ?

— Vous êtes idiote... Non, je vous demande pardon... Vous partirez la première. Vous irez tout droit à la gare et vous y prendrez un des premiers trains en partance. Il y en a un en direction du Nord à 3 heures et un autre en direction du Sud à 3 h 12. Vous avez le choix. Allez où vous voudrez ; cachez-vous, cherchez du travail, et ne vous faites pas repérer.

— Et l'argent ? Il ne me reste que trois dollars pour finir ma semaine.

Il tira un long portefeuille de la poche intérieure de sa veste.

— En voici trois cents. Vous êtes assez intelligente pour vous en tirer avec ça.

— Mais vous êtes fou ! Nous ne nous connaissons même pas. D'ailleurs je n'ai rien à vendre !

Un geste d'exaspération échappa à Kay.

— Qui vous parle de cela ? Je vous ai dit de prendre un train. N'importe lequel. Ce n'est pas moi qui vous suivrai, n'ayez crainte.

— Je vous répète que vous êtes fou. Comment pourrais-je vous rendre votre argent ?

— Ne vous en faites pas pour ça. Je travaille ici ; si cela vous fait plaisir, passez un jour, dans l'après-midi, je n'y suis jamais à cette heure-là, et déposez l'argent.

— Mais pourquoi, mon Dieu, faites-vous cela pour moi ?

— Mettons que ce soit un instinct du même

genre que celui qui me fait donner du poisson cru à des chats de gouttière. Cessez donc de discuter. Il faut que vous sortiez de cette impasse et je vous en offre le moyen.

— Je ne peux pas accepter.

— Avez-vous de l'imagination ? Vous savez, de celle qui vous fait voir les choses comme si on les vivait ?

— Je... je crois...

— Dans ce cas, je m'excuse, mais vous mériteriez des claques. Si vous ne faites pas ce que je viens de vous dire, ce salopard va vous...

En une demi-douzaine de mots simples et concrets, il lui décrivit exactement ce que le salopard lui ferait. Après quoi, d'un geste adroit, il glissa les billets de banque dans le sac à main de la jeune fille et regagna son estrade.

A la fois tremblante et prête à s'évanouir de dégoût, elle attendit le retour de Bluett. Il faut dire qu'elle avait une imagination visuelle très développée.

— Savez-vous ce que je faisais pendant que vous m'attendiez ? demanda-t-il en s'installant sur sa chaise et en faisant signe au garçon de lui apporter l'addition.

« Voilà, pensa-t-elle, un genre de question bien propre à me remonter. »

— Quoi donc ? demanda-t-elle tout haut avec candeur.

— Je pensais à notre petit nid. Je me disais

qu'il serait vraiment délicieux de pouvoir y courir après une rude journée de travail et de vous y trouver en train de m'attendre. Et personne n'en saurait jamais rien, ajouta-t-il avec un sourire satisfait.

Kay adressa une muette prière au Ciel : « Seigneur, pardonnez-moi, je ne sais pas ce que je fais ! »

— Je trouve votre idée charmante, ajouta-t-elle tout haut. Vraiment charmante.

— Et vous savez, continua-t-il, ce ne serait pas...

Brusquement il se rendit compte de ce qu'elle venait de dire et sursauta.

— Quoi ? fit-il stupéfait.

Pendant une seconde elle eut presque pitié de lui. Il avait bien préparé sa ligne, bien aiguisé et appâté ses hameçons, bien pris son élan pour lancer sa mouche et voilà qu'elle le privait d'une partie de son plaisir en arrivant derrière son dos avec un panier plein de poisson ! Elle avait capitulé sans lui laisser la satisfaction du combat.

— Eh bien, balbutia-t-il, eh bien, mais... Je... hum... Garçon !

— Mais pas ce soir, Armand, dit-elle d'un air digne.

— Voyons, ma petite Kay, venez au moins jeter un coup d'œil. Ce n'est pas loin d'ici.

Elle cracha dans ses mains (au figuré s'entend), prit sa respiration et se jeta à l'eau — tout en se demandant vaguement à quel instant exact elle avait pris cette décision insensée. Elle battit délicatement des paupières, deux fois seulement, et dit avec douceur :

— Voyez-vous, Armand, je n'ai pas votre expérience et je... (Elle hésita, baissa les yeux.) Je voudrais tant que ce soit une réussite... Ce soir, c'est tellement soudain... Je n'ai eu le temps de rien prévoir. Il est affreusement tard, nous sommes fatigués tous les deux et il faut que je sois à mon travail demain matin. Mais après-demain, c'est ma journée de congé. Et puis... (Ici elle eut un trait de génie et inventa sur le moment le mensonge le plus vague et le plus cru à la fois de toute son existence.) Et puis, conclut-elle avec un joli petit geste de pudeur, je ne peux pas avant...

Elle le regarda du coin de l'œil et vit quatre expressions bien distinctes passer successivement sur son visage osseux. Elle s'aperçut qu'elle était encore assez lucide pour s'en étonner, n'arrivant à imaginer pour sa part que trois réactions possibles à une affirmation de ce genre. Au même instant le guitariste, derrière elle, arrêtait son petit doigt sur la corde du *do*, après un fluide « glissando »...

Avant que Armand Bluett ait pu reprendre son souffle, elle dit :

— A demain, Armand. Mais... (Ici elle rougit. Quand elle était enfant, à l'âge où elle lisait *Ivanhoé* ou *Le tueur de daims*, elle s'entraînait à rougir à volonté devant son miroir. Elle n'y était jamais parvenue. Pourtant cette fois-ci elle y réussit du premier coup.) J'espère que ce ne sera pas aussi tard qu'aujourd'hui...

Pour la deuxième fois en quelques minutes elle s'étonnait elle-même. « Pourquoi n'ai-je pas essayé ce truc-là plus tôt ? » se disait-elle intérieurement.

— Demain soir ? Vous viendrez vraiment ? dit-il. Bien vrai ?

— A quelle heure, Armand ? murmura-t-elle d'un air soumis.

— Voyons... hum... euh... disons 11 heures, si vous voulez.

— Oh non ! Il y aurait trop de monde. Plutôt 10 heures. Avant la sortie des cinémas.

— Je savais bien que vous étiez très intelligente, dit-il avec admiration.

Elle saisit la balle au bond.

— Il y a toujours trop de monde, dit-elle en jetant un regard autour de la salle. Vous savez, nous ne devrions pas partir ensemble ce soir. C'est une simple précaution.

Il hocha la tête avec étonnement, mais il rayonnait.

— Je vais...

Elle prit un temps, en surveillant les yeux et la bouche de Bluett.

— Je vais m'en aller comme ça, tout simplement, dit-elle en faisant claquer ses doigts. Inutile même de nous dire au revoir...

Elle se leva d'un bond et sortit rapidement en serrant son sac contre elle. Au moment où elle passait près de l'estrade, le guitariste lui dit sans bouger les lèvres, d'une voix tout juste assez forte pour qu'elle pût l'entendre :

— Bravo, ma chère ! Vous mentez comme une professionnelle !

10

Le lendemain, Son Honneur Armand Bluett quitta le tribunal au début de l'après-midi. Vêtu d'un complet brun foncé et jetant autour de lui des regards méfiants, il traversa la ville en taxi, paya son chauffeur et s'engagea furtivement à pied dans une ruelle étroite. Il dépassa deux fois de suite sans s'y arrêter un certain numéro, pour bien s'assurer qu'il n'était pas suivi et y pénétra enfin rapidement, sa clef à la main.

Au premier étage, il inspecta minutieusement sa petite garçonnière, un deux pièces-cuisine. Il ouvrit les fenêtres toutes grandes pour chasser l'odeur de renfermé. Sous un coussin du divan il découvrit un foulard de soie multicolore, encore tout imprégné d'un parfum à bon marché qui refusait de s'évaporer. Il le déposa dans le vide-ordures avec une petite moue de dégoût.

— Plus besoin de ça, maintenant, murmura-t-il avec satisfaction.

Il inspecta le Frigidaire, les étagères de la cuisine, la salle de bains. Il fit couler l'eau et vérifia le bon fonctionnement du gaz et de l'électricité. Il essaya les lampes, le lampadaire, la T.S.F. Il passa un petit aspirateur sur les tapis et sur les épais rideaux. Finalement, avec un léger gloussement joyeux, il entra dans la salle de bains, se rasa, prit une douche qu'il fit suivre d'un abondant saupoudrage de talc et d'une vaporisation à l'eau de Cologne, et se coupa les ongles des pieds. Après quoi il se campa devant la psyché et prit diverses poses plastiques pour faire saillir ses pectoraux. Il regarda longuement l'image que lui renvoyait le miroir qui devait être bon courtisan...

Il revêtit enfin un élégant complet prince de Galles, choisit une cravate éblouissante, revint devant son miroir pendant un bon quart d'heure, s'assit, se passa du vernis incolore sur les ongles, se releva et se promena rêveusement dans l'appartement avec des gestes de petit-maître qui allaient assez mal à ses mains flasques ; il imaginait dans tous ses détails la scène qui allait se jouer entre ces quatre murs. Il se récitait à mi-voix de petites bribes d'un dialogue qu'il voulait spirituel et raffiné en diable. « Qui donc a fait ainsi briller vos yeux ? » murmurait-il. Puis : « Voyons, ma chère petite enfant, ce n'était rien. Vraiment rien. Une simple étude d'harmonie avant les complexes orchestrations de la chair... » Non, elle est trop jeune pour cette phrase-là... Hum... » « Quel adorable bonbon fondant vous faites !

Vous êtes à croquer... » « Non. C'est moi qui ne suis pas assez vieux pour celle-là !... »

Ce fut ainsi que s'écoula sa soirée — très agréablement à la vérité. A 8 heures et demie il alla au restaurant et s'offrit une somptueuse collation de fruits de mer. A 9 h 50, il était au Club Nemo, installé à la même table que la veille. Il polissait ses ongles étincelants sur le revers de son veston et passait de temps à autre sa langue sur ses lèvres qu'il essuyait ensuite discrètement.

A 10 heures elle arriva.

La veille au soir il s'était levé quand il l'avait vue traverser la piste de danse. Ce soir il fut à côté d'elle avant même qu'elle l'eût atteint.

Kay semblait transformée. Elle incarnait les plus folles visions de Bluett.

Ses cheveux ramenés en arrière encadraient son visage de leurs molles ondulations. Ses yeux étaient adroitement ombrés, et leur bleu semblait tirer sur le violet. Elle portait un long manteau fait d'un tissu très épais et, par-dessous, un discret corsage de satin noir qui mettait ses formes en valeur, au-dessus d'une jupe noire, fendue sur le côté.

— Bonsoir, Armand, murmura-t-elle en lui tendant ses deux mains.

Il les prit dans les siennes. Ses lèvres s'ouvrirent et se refermèrent deux fois avant qu'il pût prononcer un mot. Elle se dirigeait déjà vers la table de son pas souple et allongé. Bluett la suivit et la vit s'arrêter une seconde devant l'orchestre pour jeter un coup d'œil dédaigneux sur le guitariste. Arrivée à la table, elle dégrafa le manteau et le laissa négligemment glisser de ses épaules. Armand Bluett eut le temps de l'attraper au vol et s'aperçut qu'elle était déjà installée sur sa chaise. Il resta si longtemps debout à la contempler qu'elle se moqua de lui.

— Alors, c'est tout ce que vous trouvez à me dire ?

— Vous me coupez le souffle, dit-il d'une voix pâmée.

Et en même temps il pensait : « Sapristi, j'ai bien dit ça ! »

Le garçon arriva, et il commanda cette fois un cocktail pour la jeune fille. Il n'avait jamais rencontré de femme qui le fît aussi peu penser à un sherry flip !

— J'ai vraiment beaucoup de chance, dit-il.

Pour la seconde fois il prononçait une parole qu'il n'eût pas répétée à l'avance.

— Moins que moi, dit-elle, d'un air tout à fait sincère.

Elle lui tira un imperceptible bout de langue rose. Ses yeux étincelèrent et elle se mit à rire. Bluett eut l'impression que la pièce tournoyait autour de lui. Il regarda les mains de la jeune fille qui jouaient avec le fermoir d'une minuscule minaudière.

— Il me semble que je n'avais jamais encore autant admiré vos mains, dit-il.

— Ne vous gênez pas, répliqua-t-elle avec un

rire cristallin. J'adore que vous me fassiez des compliments, Armand.

Elle plaça ses mains dans celles du juge. Elle avait de longues mains robustes, avec des paumes un peu carrées, des doigts fuselés, et une peau qui semblait la plus douce du monde.

On apporta leur commande. Armand Bluett lâcha à regret les mains de son invitée et tous deux se renversèrent en arrière sur leurs chaises en se regardant.

— Vous regrettez que nous ayons attendu à ce soir ? dit-elle.

— Oh ! non. Hum... Non, vraiment pas...

L'attente lui était devenue intolérable tout à coup. Presque sans s'en rendre compte, il saisit son verre le vida d'un trait.

Le guitariste laissa échapper une fausse note. La jeune fille en eut l'air attristé.

— Ce soir, c'est moins bien qu'hier, ne trouvez-vous pas ? dit Armand.

— Vous connaissez un endroit où nous serions mieux ? répliqua-t-elle avec des yeux brillants.

Le cœur du juge bondit dans sa poitrine et remonta, lui sembla-t-il, jusqu'à sa pomme d'Adam.

— Pour ça, oui ! dit-il avec conviction quand il eut retrouvé l'usage de la parole.

Elle pencha la tête sur le côté avec une bizarre expression d'acceptation volontaire et lucide qui lui fit presque de la peine. Il déposa un billet sur la table, aida la jeune fille à remettre son manteau sur ses épaules, et l'accompagna vers la sortie.

Sitôt installé dans le taxi, avant même que celui-ci eût démarré, il chercha à la prendre dans ses bras. Sans qu'elle parût bouger, son corps se rétracta sous son manteau, et Armand se retrouva avec deux poignées de tissu entre les mains pour toute consolation. Kay lui sourit doucement de profil, tout en secouant la tête. C'était un « non » tacite, mais sans réplique. Par parenthèse, cette petite scène muette témoignait hautement en faveur du faible coefficient de friction du satin noir !

— Je ne vous croyais pas du tout comme cela, dit-il.

— Comme quoi ?

— Vous étiez différente, hier soir, bafouilla-t-il.

— Différente en quoi, Armand ? insista-t-elle d'un air taquin.

— Vous n'étiez pas aussi... enfin, vous n'aviez pas l'air aussi sûre de vous.

— Je n'étais pas prête, dit-elle en le regardant.

— Oh ! je comprends, dit-il mensongèrement.

La conversation tomba jusqu'au moment où il régla le taxi, qui les déposa au carrefour le plus proche de son repaire. Il commençait à se dire qu'il n'avait pas la situation aussi bien en main qu'il se l'était imaginé. Pourtant, si Kay devait diriger jusqu'au bout les opérations, de cette façon, il ne demandait pas mieux que de la suivre !

Ils longèrent une ruelle malpropre.

— Ne faites pas attention à tout cela, Kay, lui dit-il tout à coup. Là-haut, c'est très différent.

— C'est la même chose puisque je suis avec vous, dit-elle en marchant volontairement sur un petit tas d'ordures.

Cette réponse l'enchanta.

Ils montèrent l'escalier. Armand ouvrit sa porte d'un geste large.

— Entrez, belle dame, au pays des Lotophages !

Elle entra dans l'appartement d'une légère pirouette et prodigua les exclamations admiratives en détaillant les rideaux, les lampes et les gravures. Il referma la porte, tira le verrou, posa son chapeau sur le divan et se dirigea vers elle. Il allait la saisir dans ses bras par-derrière mais elle lui échappa d'un petit saut de côté.

— En voilà une entrée en matière ! s'écria-t-elle railleuse. Vous ne savez donc pas que cela porte malheur de poser un chapeau sur un lit ?

— Aujourd'hui, c'est mon jour faste, dit-il.

— Le mien aussi. C'est justement pour cela qu'il ne faut pas le gâcher. Tenez, nous allons jouer à faire semblant d'être ici depuis toujours et pour toujours.

— C'est une bonne idée, dit-il en souriant.

— Je suis contente qu'elle vous plaise. Comme cela, continua-t-elle en s'éloignant d'un pas au moment où il allait la coincer dans un angle de la pièce, nous n'avons aucune raison de nous presser. Nous ne pourrions pas boire quelque chose ?

— Demandez-moi la lune, si vous voulez, roucoula-t-il.

Il ouvrit la petite cuisine.

— Qu'est-ce qui vous ferait plaisir ?

— Oh ! que c'est mignon ! Laissez-moi faire, laissez-moi faire. Vous, monsieur, vous allez vous asseoir bien tranquillement dans le salon en m'attendant. C'est un travail de femme.

Elle le poussa dehors et s'absorba dans la préparation des cocktails.

Armand s'étendit sur le divan et posa ses pieds sur une petite table basse, tout en prêtant l'oreille à l'agréable tintement de verres qui s'échappait de la petite cuisine, mêlé au sifflement d'un siphon. Il se demandait nonchalamment s'il parviendrait à habituer Kay à lui apporter ses pantoufles tous les soirs.

Elle rentra dans le salon d'un pas souple, en portant deux cocktails en équilibre sur un petit plateau. Elle s'agenouilla, tout en gardant derrière son dos sa main libre, posa le plateau sur la table, et se glissa dans un grand fauteuil.

— Que cachez-vous derrière votre dos ? demanda-t-il.

— C'est un secret.

— Venez un peu ici.

— J'aimerais mieux bavarder un peu, je vous prie.

— Pas trop longtemps, ricana-t-il. C'est votre faute, Kay, après tout, si je suis si impatient : vous êtes tellement jolie. Hum... Vous me grisez, vous m'affolez...

Il commença à se frotter les mains. Elle ferma les yeux.

— Armand, commença-t-elle.

— Oui, mon petit ? dit-il d'un air protecteur.

— Avez-vous jamais fait du mal à quelqu'un ?

Il se redressa.

— Moi ? Ma petite Kay, je vous fais donc peur ?

Il gonfla légèrement sa poitrine.

— Vous avez peur de moi ? Mais je ne vous ferai pas de mal, ma petite enfant !

— Je ne parlais pas de moi, dit-elle avec un peu d'impatience. Je vous demandais seulement si vous aviez jamais fait du mal à quelqu'un.

— Mais, non, bien sûr. Enfin, pas volontairement, en tout cas. N'oubliez pas que ma profession est de rendre la justice.

— La justice...

Elle prononça ce mot comme si elle lui trouvait un goût agréable.

— Il y a deux façons de faire du mal aux gens, Armand : l'une extérieure, qui se voit, et l'autre intérieure, qui empoisonne l'esprit, en y laissant une marque indélébile.

— Je ne vous suis pas bien, dit-il, redevenant de plus en plus pompeux, à mesure que sa confusion croissait. A qui ai-je jamais fait du mal ?

— A Kay Hallowell, entre autres, dit-elle d'un ton détaché. Quand vous l'avez fait chanter pour la forcer à venir ici. Non pas parce qu'elle est mineure ; sur ce point, votre crime n'est que purement formel, encore n'en serait-ce pas un dans certains Etats...

— Dites donc, ma petite...

— Votre vrai crime, poursuivit-elle avec calme, c'est d'avoir systématiquement détruit sa confiance dans ses semblables. S'il y a vraiment une justice immanente, c'est là-dessus qu'elle vous condamnera.

— Mais, Kay, qu'est-ce qui vous prend ? De quoi voulez-vous parler ? J'en ai assez !

Il se renversa en arrière en croisant les bras. Elle resta immobile.

— Je comprends, dit-il en aparté. Vous voulez plaisanter. C'est cela, mon tout petit ?

— Vous êtes coupable d'avoir fait souffrir votre prochain des deux façons dont je vous ai parlé, poursuivit-elle du même ton uni, indifférent. Physiquement, d'une manière qui se voit, et mentalement. Vous serez puni des deux façons, monsieur le juge !

Il respira bruyamment.

— En voilà assez, ma petite. Ce n'est pas pour cela que je vous ai amenée ici. Je commence à croire que je devrai vous prouver qu'on ne se joue pas impunément de moi. Hum... En ce qui concerne la succession de votre père...

— Je ne plaisante pas du tout, Armand.

Elle se pencha vers lui par-dessus la petite table et il leva les mains comme pour parer un coup.

— Que me voulez-vous ? fit-il dans un souffle, comme malgré lui.

— Votre mouchoir.

— Mon quoi ?...

Elle le lui prit délicatement dans la poche extérieure de son veston.

— Merci beaucoup, dit-elle.

Tout en parlant elle le déploya d'une secousse, puis en réunit deux coins qu'elle noua. Elle passa sa main gauche dans la boucle ainsi formée, et fit glisser le mouchoir jusqu'au-dessus de son coude.

— Je vais d'abord vous punir de la façon qui ne se voit pas, dit-elle d'une voix neutre. Je vous ferai souvenir, de telle façon que vous ne l'oublierez jamais plus, du mal que vous avez jadis fait à quelqu'un.

— Qu'est-ce que cette sottise ?...

Elle prit quelque chose derrière elle dans sa main droite, et lui fit voir l'objet qu'elle y avait dissimulé un peu plus tôt : un pesant hachoir tout neuf, et bien aiguisé.

Armand Bluett recula, se rencognant dans le divan parmi les coussins.

— Kay ! Non ! Ne faites pas ça ! supplia-t-il haletant, le visage vert de peur. Je ne vous ai pas touchée, Kay ! Je voulais seulement causer avec vous. Je voulais vous aider, vous et... et votre frère. Posez ça, Kay ! (Il bavait de terreur.) Pourquoi ne pas rester bons amis ? gémit-il.

— Assez !

Elle leva le hachoir au-dessus de sa tête, appuya sa main gauche sur la table et se pencha vers Armand. Les lignes, les surfaces, les courbes de son visage concouraient toutes à en faire un masque rigide qui n'exprimait qu'un profond mépris.

— Je vous ai dit que votre châtiment physique viendrait plus tard, dit-elle. Pensez toujours à ceci, en attendant !

Le hachoir décrivit un rapide arc de cercle sous l'impulsion d'un corps souple et musclé. Armand Bluett voulut hurler, mais sa voix avait un son si rauque et si faible qu'elle était à peine perceptible. Il ferma les yeux. Le hachoir s'abattit sur le plateau de la petite table. Armand se tordit sur lui-même et se mit à ramper comme un crabe sur les coussins. Ce fut le mur qui l'empêcha d'aller plus loin. Il s'arrêta à quatre pattes dans une attitude grotesque, tassé dans l'angle. Quand il rouvrit les yeux, son menton était inondé de sueur et de bave.

La jeune fille n'avait sans doute eu besoin que d'une fraction de seconde pour accomplir son geste démentiel, car elle était encore debout à côté de la table. Elle tenait encore la poignée du hachoir. La lame s'en était enfoncée dans le bois épais après avoir tranché la chair et les os de sa main gauche.

Elle s'empara d'un coupe-papier de bronze et le passa sous le mouchoir noué autour de son bras. Au moment où elle se redressait, un jet de sang artériel d'un beau rouge vif jaillit des moignons de ses trois doigts mutilés. Son visage avait pâli sous le fard, mais à cela près il n'avait pas changé ; elle avait gardé son expression impassible et parfaitement méprisante. Debout, très droite, elle tournait le coupe-papier pour serrer le mouchoir autour de son bras, comme un tourniquet. Elle regarda le juge.

— N'est-ce pas bien mieux que ce que vous aviez prévu ? lui cracha-t-elle au visage quand son regard rencontra enfin celui du misérable. Je vous laisse une partie de moi-même pour en faire ce que vous voudrez ! C'est tellement plus agréable que de se servir d'une chose que l'on doit rendre ensuite !

Grâce au tourniquet improvisé le sang ne coulait plus maintenant de sa main qu'en un mince filet. Elle alla jusqu'au fauteuil sur lequel elle avait laissé sa minaudière et en tira un gant de caoutchouc. Tout en maintenant le tourniquet bloqué contre ses côtes, elle passa le gant sur sa main mutilée, et le serra fortement au poignet.

Armand se mit brusquement à vomir.

Elle s'enveloppa dans son manteau et se dirigea vers la porte.

Elle tira le verrou et ouvrit.

— Quel moment charmant nous avons passé ensemble, Armand chéri, lança-t-elle d'une voix de sirène. J'espère que nous aurons souvent l'occasion de recommencer...

Il fallut près d'une heure à Armand pour reprendre ses esprits et remonter de l'abîme d'angoisse où il avait sombré. Pendant cette heure-là, il resta affalé sur le divan au milieu de ses propres déjections, sans parvenir à quitter des yeux le hachoir et les trois doigts blancs immobiles, restés sur la table...

Trois doigts...

Trois doigts d'une main gauche...

Quelque part, tout au fond de son esprit, cette image remuait un souvenir. Sur le moment il se refusa à le laisser remonter à la surface. Il avait peur de ce qu'il allait se rappeler. Mais, en même temps, il savait qu'il ne pourrait pas ne pas se rappeler. Il savait que, quand la mémoire lui serait entièrement revenue, il atteindrait le paroxysme de sa terreur.

11

Mon cher Bobby,

Je ne peux pas supporter l'idée que tes lettres te reviennent avec la mention : « Destinataire inconnu. » Je vais bien. C'est l'essentiel, et je tiens à ce que tu le saches avant tout. Surtout, ne t'en fais pas pour ta grande sœur : je te jure qu'elle se porte comme un charme.

Je ne sais plus très bien où j'en suis. Peut-être que dans ton bel hôpital où tout est si propre et si bien rangé, tu pourras mieux comprendre que moi ce qui m'arrive. Je vais tâcher de te raconter cela d'une façon claire et brève, si je peux.

Je travaillais l'autre matin au bureau, quand cet horrible juge Bluett est entré. Il a dû attendre quelques minutes avant que le vieux Hartford puisse le recevoir ; il les a passées bien entendu à me faire la cour, en dévidant son chapelet habituel de platitudes visqueuses. J'ai réussi à le tenir admirablement à distance, mais cette vieille fouine déplumée a mis la conversation sur la fortune de papa. Tu sais que nous devons entrer en possession de notre argent quand j'aurai vingt et un ans, à moins que l'histoire du contrat d'association ne revienne à la surface. Dans ce cas il faudrait plaider. Bluett n'est pas seulement l'ancien associé de papa, c'est aussi un juge, maintenant. Evidemment, nous pourrions le faire récuser dans cette affaire, mais tu penses bien qu'il saurait mettre de son côté le magistrat qui le remplacerait. Bref, ce qu'il cherchait à me faire comprendre, c'est que, si j'étais gentille avec Son Honneur et si je faisais ses quatre volontés (tu devines lesquelles !) le testament de papa ne serait pas attaqué. J'ai eu très peur, Bobby ; tu sais que cet argent doit payer la fin de tes études. Je ne savais vraiment pas quoi faire. Il me fallait le temps de réfléchir. J'ai promis de venir le retrouver très tard ce soir-là dans une boîte de nuit.

Ç'a été affreux, mon pauvre Bobby. J'étais sur le point de piquer une crise de nerfs devant tout le monde quand heureusement ce vieux dégoûtant est sorti une minute. Je ne savais plus s'il valait mieux lutter ou me sauver. J'avais une frousse terrible, tu peux me croire. Tout à coup j'ai vu quelqu'un à côté de moi qui me parlait. Je crois que ce devait être mon ange gardien. Il paraît qu'il avait entendu ce que me disait le juge. Il voulait que je me sauve, très, très loin. Au début il me faisait peur aussi, mais quand j'ai vu sa figure... Oh ! Bobby, si tu savais comme il avait l'air gentil. Il voulait me donner de l'argent ; avant même que j'aie pu refuser, il m'avait dit que je le lui rendrais plus tard si je voulais. Il m'a dit de quitter la ville le jour même, de prendre un train, n'importe lequel, il ne voulait même pas savoir où j'irais. Avant que j'aie pu l'en empêcher, il a mis trois cents dollars dans mon sac et il est parti. Le dernière chose qu'il m'ait dite, c'était d'accepter un rendez-vous avec le juge pour le lendemain. Je ne pouvais rien faire : il n'était resté avec moi que deux minutes en tout et il n'avait pas arrêté de parler. Le juge est revenu. J'ai fait de l'œil à ce vieux crétin comme une vraie fille de joie et je suis partie. Vingt minutes plus tard je prenais le train pour Eltonville. Quand j'y suis arrivée, je ne suis même pas descendue à l'hôtel. J'ai attendu l'ouverture des magasins, j'ai acheté un sac de nuit et une brosse à dents et j'ai loué une chambre. J'ai dormi quelques heures et, dans l'après-midi, j'avais déjà trouvé du travail dans le seul magasin de disques de la ville. Je ne gagne que vingt-six dollars par semaine, mais je m'en tire très bien avec ça.

En attendant, je me demande bien ce qui se passe chez nous. Je retiens mon souffle en attendant des nouvelles. Mais je vais quand même rester là où je suis. Nous avons le temps de voir venir. Pour le moment je vais bien. Je ne te donne pas mon adresse, mon lapin, mais je t'écrirai souvent. Le juge Bluett serait bien capable d'intercepter mes lettres d'une façon ou d'une autre et je crois qu'il vaut mieux être très prudente. Je me méfie de cet homme comme de la peste.

Voilà donc où nous en sommes. Quant à la suite... Je surveille les journaux de chez nous en espérant y voir un jour de bonnes nouvelles — la notice nécrologique de Son Déshonneur, par exemple. Quant à toi, mon chéri, ne te casse pas la tête. Je m'en tirerai très bien. Je ne gagne que quelques dollars de moins que chez Hartford et je suis bien plus tranquille ici. Le travail n'est pas dur : ce sont les gens les plus sympathiques qui s'intéressent à la musique. Je suis désolée de ne pas pouvoir te donner mon adresse exacte, mais je crois que pour le moment cela vaut mieux. Nous pouvons attendre un an, que les choses se tassent, sans que cela nous gêne trop. Travaille bien, mon chou ; je suis cent pour cent avec toi. Je t'écrirai souvent. Bons baisers.

Ta grande sœur qui t'aime,

Kay.

La lettre ci-dessus fut découverte par un employé à la solde d'Armand Bluett dans la chambre occupée par Robert Hallowell, interne à la Faculté de médecine de l'Etat.

12

— Oui, c'est bien moi, Pierre Ganneval. Entrez donc.

Il s'écarta pour laisser passer la jeune fille.

— Vous êtes vraiment très aimable de me recevoir, monsieur Ganneval. Je sais que vous devez être extrêmement occupé. Du reste vous ne pourrez probablement m'être d'aucun secours.

— Rien ne dit que je le veuille, même si je le pouvais, rétorqua-t-il. Asseyez-vous quand même, je vous prie.

Elle s'assit dans un fauteuil à l'extrémité du vaste meuble, mi-bureau, mi-table de laboratoire qui occupait presque toute la paroi du fond de la roulotte. Il la regardait froidement, remarquant cependant la finesse de ses cheveux blonds et ses yeux, parfois gris ardoise, parfois à peine plus sombres qu'un ciel sans nuages. Elle affectait une froideur étudiée qu'avec son entraînement d'ancien liseur de pensées il n'eut aucun mal à percer à jour.

« Elle est troublée, se dit-il. Elle a peur, et elle a honte en même temps. »

Il attendit sans mot dire qu'elle parlât la première.

— Il y a une chose que j'ai absolument besoin de savoir, commença-t-elle. Cela remonte à bien des années. J'en avais même presque perdu le souvenir avant de voir vos affiches. Ce sont elles qui ont réveillé ma mémoire... Je peux me tromper, mais si seulement...

Elle joignit les mains. Ganneval les observa une seconde avant de ramener son regard froid sur le visage de la jeune fille.

— Excusez-moi, monsieur Ganneval, je sais que j'ai du mal à en venir au fait. Tout cela est si vague... et si important pour moi à la fois... Voici ce dont il s'agit : quand j'étais une petite fille de sept ou huit ans j'avais un camarade de classe que j'aimais beaucoup. Il avait à peu près mon âge. Il s'est sauvé de chez lui après avoir eu je ne sais quelle horrible querelle avec son père adoptif. Je crois qu'il s'était blessé à la main, mais j'ignore si c'était grave. J'ai probablement été la dernière personne de la ville qui l'ait vu. Personne n'en a plus entendu parler depuis...

Ganneval prit quelques papiers sur son bureau, les feuilleta, les remit à leur place.

— Je ne vois vraiment pas ce que je peux faire pour vous miss... euh ?...

— Hallowell. Kay Hallowel. Je vous en prie,

monsieur Ganneval, attendez que j'aie achevé ce que j'ai à vous dire. J'ai fait près de soixante kilomètres rien que pour pouvoir vous parler. Vous comprenez, je ne peux pas me permettre de négliger la plus petite chance de...

— Si vous commencez à pleurnicher, je vous mets à la porte, fit-il, les dents grinçantes.

Son intonation était si rude qu'elle sursauta.

— Continuez, reprit-il plus doucement.

— Merci. Ce ne sera pas long. Cela se passait un soir, juste après la tombée de la nuit, il pleuvait et il y avait du brouillard. Nous habitions sur la grand-route et j'étais sortie par la cuisine pour faire une commission... Je ne me rappelle plus quoi... En tout cas, quand je l'ai aperçu, il était debout à côté du signal de circulation. Je lui ai parlé. Il m'a demandé de ne dire à personne que je l'avais vu. Je lui ai obéi jusqu'à aujourd'hui. Et puis, continua-t-elle en fermant les yeux et en cherchant manifestement à retrouver dans sa mémoire les moindres détails de la scène, je crois que quelqu'un m'a appelée. J'ai tourné le dos à la barrière et je l'ai quitté. Mais j'ai jeté un dernier coup d'œil de son côté avant de rentrer et je l'ai vu grimper dans l'arrière d'un camion qui s'était arrêté au feu rouge. C'était un de vos camions. J'en suis sûre. La peinture était absolument la même. Hier, quand j'ai vu vos affiches, je me suis souvenue...

Ganneval resta silencieux ; au fond de ses orbites creuses, ses yeux ne laissaient rien paraître de ses sentiments. Tout à coup il sembla s'apercevoir qu'elle avait fini.

— Cela se passait il y a douze ans, dites-vous ? Vous voulez, je suppose, savoir si ce petit garçon a rejoint ma troupe ?

— Exactement.

— Non. S'il l'avait fait, je l'aurais su.

— Oh !...

Sa faible exclamation exprimait le chagrin, mais en même temps la résignation. Au fond, elle ne s'était attendue à rien d'autre. Elle fit sur elle-même un effort visible.

— Il était très petit pour son âge, ajouta-t-elle. Il avait des cheveux et des yeux très noirs et un visage allongé. Il s'appelait Horty... Horton plutôt.

— Horty ?...

Ganneval interrogeait sa mémoire. Ces deux syllabes lui semblaient avoir un son familier. Où diable les avait-il entendues ? Il secoua la tête.

— Je ne me souviens de personne de ce nom, dit-il enfin.

— Je vous en prie, faites un effort. Vous comprenez...

Elle le regardait avec des yeux qui posaient une question désespérée.

— Vous pouvez me faire confiance, dit-il pour toute réponse.

Elle sourit.

— Merci. Voilà ce que je voulais vous dire : je suis menacée par un ignoble individu, à qui était autrefois confié le petit garçon. Cet homme est en train de faire une chose horrible : à propos d'une vieille affaire, il veut m'empêcher de toucher une somme d'argent qui m'est due à ma majorité. Et j'en ai besoin. Pas pour moi, mais pour mon frère. Il veut devenir médecin et...

— J'ai horreur des médecins, dit Ganneval, d'une voix qui exprimait une haine indicible.

Il se leva.

— J'ignore tout d'un petit garçon qui se serait appelé Horty et qui aurait disparu il y a douze ans, confirma-t-il. De toute façon, cela ne m'intéresserait absolument pas de le retrouver. Surtout si je devais ainsi aider quelqu'un à devenir un parasite et un charlatan de plus. Je ne suis pas un voleur d'enfants, et je ne veux me mêler ni de près ni de loin à une affaire qui sent l'enlèvement et le chantage à plein nez. Au revoir !

Elle s'était levée en même temps que lui. Elle ouvrait des yeux ronds.

— Je... je suis désolée. Vraiment, je...

— Au revoir.

Il avait pris la voix veloutée dont il se servait avec précaution pour bien montrer que son amabilité n'était qu'une virtuosité, qu'un vernis superficiel. Elle se dirigea vers la porte, l'ouvrit et se retourna une dernière fois vers lui.

— Puis-je vous laisser mon adresse, pour le cas où un jour...

— Inutile, dit-il en lui tournant le dos et en allant se rasseoir.

Il entendit la porte se refermer sur Kay.

Il ferma les yeux ; les fentes minces de ses narines se dilatèrent jusqu'à devenir de larges trous ronds. Ah ! ces humains avec leurs machinations complexes, inutiles, futiles à la fois ! Qu'ils présentaient donc peu de mystères, peu de problèmes ! Tout ce qui intéresse les hommes peut se ramener à une simple question : « Qu'avez-vous à y gagner... ? » Que pouvaient-ils deviner d'une forme de vie d'où la notion de gain était absente ? Que pouvait penser un humain d'êtres comme les cristaux capables de communiquer entre eux mais n'osant pas le faire, de coopérer entre eux, mais dédaignant de le faire ?

Et que feraient les humains — ici, Ganneval se permit un sourire — quand il leur faudrait combattre la race rivale ? Quand ils auraient affaire à un ennemi qui, après avoir avancé, dédaignerait de consolider son avance, et reporterait dans un autre secteur un effort différent du premier, par sa nature et son intensité ?

— Hé... le Cannibale !

— Qu'on me foute la paix ! Qu'y a-t-il encore ?

La porte s'entrebâilla prudemment.

— Il y a quelqu'un qui...

— Entre, La Havane, et parle distinctement. J'ai horreur qu'on marmonne entre ses dents.

La Havane se glissa dans la roulotte après avoir déposé son cigare sur les marches de bois.

— Il y a un homme là, dehors, qui voudrait vous parler.

Ganneval lui jeta un coup d'œil furieux sans se retourner complètement.

— On dirait que tes cheveux grisonnent ! Je devrais dire ce qu'il en reste ! Fais-les teindre !

— O.K., O.K., tout de suite. Dès cet après-midi. Je vous demande pardon.

Il frottait ses pieds sur le plancher d'un air lamentable.

— Et pour le type qui attend dehors. Qu'est-ce que je fais ?

— J'ai eu ma suffisance de visites pour la journée, dit Ganneval. J'en ai marre de tous ces oisifs qui veulent des choses impossibles et d'ailleurs parfaitement inutiles. Tu as vu cette fille qui sort d'ici ?

— Oui. C'est ce que j'essayais de vous dire. Le type l'a vue aussi. Vous comprenez, il attendait que vous le receviez. Il a demandé à Johnward où il pourrait vous trouver et...

— Je crois bien que je vais foutre Johnward à la porte. C'est un forain, pas un huissier de ministère ! Qu'est-ce que ça signifie de m'amener comme ça des gens exprès pour m'embêter ?

— Il a dû penser que vous aviez intérêt à recevoir ce type-là, dit timidement La Havane. En arrivant près de votre roulotte il m'a demandé si vous étiez occupé. Je lui ai dit que oui ; que vous parliez à quelqu'un. Il a dit qu'il attendrait. A ce moment-là, la porte s'est ouverte et la jeune fille est sortie. Elle a mis une main sur la rampe et s'est retournée pour vous dire un mot. Le type

— c'est sûrement un gros bonnet, vous savez — a failli tomber raide en voyant sa figure. Ce n'est pas croyable l'effet que ça lui a fait. Il m'a empoigné par l'épaule avec une telle force que j'en aurai sûrement un bleu pendant huit jours. « C'est elle, c'est elle ! » qu'il a crié. « Qui ça ? » que je lui ai fait. « Il ne faut pas qu'elle me voie », qu'il m'a dit. « C'est une diablesse ! Elle s'est coupé les doigts et ils ont repoussé ! »

Ganneval se redressa tout à coup dans son fauteuil et pivota sur lui-même pour se trouver face à face avec le nain.

— Continue, La Havane, dit-il de sa voix la plus douce.

— Ma foi, c'est tout. Sauf qu'il s'est planqué derrière la baraque de Gogol pour qu'on ne le voie pas et qu'il a jeté un coup d'œil sur la fille au moment où elle passait devant lui. Elle ne l'a même pas vu.

— Où est-il en ce moment ?

La Havane jeta un coup d'œil au-dehors.

— Toujours à la même place. Il fait une sale gueule. On dirait qu'il va avoir une attaque.

Ganneval se leva de son fauteuil et sortit rapidement. Il laissa La Havane décider s'il avait intérêt à se ranger ou à rester sur place. Le nain bondit de côté pour laisser passer Ganneval, mais pas assez vite pour esquiver la hanche osseuse de ce dernier qui heurta la pommette grassouillette de La Havane avec assez de violence pour assommer à moitié le malheureux.

Ganneval courut vers l'inconnu qui se terrait toujours derrière la baraque, assis par terre. Il s'agenouilla et lui posa une main exercée sur le front. Il le trouva moite et glacé.

— Cela va passer, dit-il d'une voix grave et apaisante. Vous n'avez rien à craindre avec moi. Vous êtes en sûreté.

Il insista sur le mot « sûreté » parce que l'homme était manifestement en proie, pour une raison mystérieuse, à une peur panique qui le rendait aux trois quarts imbécile. Ganneval ne lui posa aucune question, mais continua à lui prodiguer des paroles lénifiantes.

— Vous êtes en bonnes mains. Ne craignez rien. Il ne peut rien vous arriver maintenant. Venez, nous allons boire quelque chose. Cela vous fera du bien.

Les yeux glauques de l'inconnu se fixèrent lentement sur Ganneval. Il sembla retrouver sa lucidité ; un certain embarras apparut sur ses traits.

— Hum... dit-il. Euh... petite attaque de... de vertige... vous comprenez. Désolé de... euh... !

Courtoisement, Ganneval l'aida à se lever, ramassa le chapeau mou qui avait roulé sur le sol et l'épousseta.

— Mon bureau est à deux pas, dit-il. Venez donc vous asseoir un moment.

Saisissant le coude de l'inconnu d'une main ferme, Ganneval l'entraîna jusque dans sa roulotte. Il l'aida à grimper les deux marches et allongea le bras pour lui ouvrir la porte.

— Voulez-vous vous étendre un peu ? proposa-t-il.

— Non, non. Merci beaucoup. Vous êtes tout à fait aimable, mais...

— Alors asseyez-vous là. Vous ne serez pas trop mal. Je vais vous faire boire quelque chose pour vous remonter.

Il ouvrit un petit placard et y prit une bouteille de vieux porto. D'un tiroir de son bureau il tira une petite fiole et versa deux gouttes du liquide qu'elle contenait dans un verre qu'il remplit ensuite de porto.

— Tenez, buvez ça. Ça vous fera du bien. C'est un peu d'amytal de sodium. Juste de quoi vous calmer les nerfs.

— Merci, merci beaucoup, dit l'autre en buvant avec avidité. Vous êtes bien monsieur Ganneval, n'est-ce pas ?

— A votre service.

— Je suis le juge Bluett. Du tribunal civil de l'Etat. Hum...

— Très honoré...

— Du tout, du tout. C'est moi qui... J'ai fait cent kilomètres en auto pour venir vous voir et j'en aurais fait de bon cœur le double. Vous êtes un homme très connu.

— Je ne m'en étais jamais douté, dit Ganneval.

Il pensait en même temps : « Cette baudruche dégonflée est à peu près aussi menteuse que moi ! »

— Que puis-je faire pour vous ? ajouta-t-il tout haut.

— Hum... Voyez-vous... C'est une question... euh... d'intérêt scientifique. Vous comprenez, j'ai lu un magazine où il était question de vous. On y disait que vous en saviez plus long sur les mons... les phénomènes, veux-je dire, et toutes les questions analogues que n'importe qui au monde.

— C'est beaucoup dire, protesta Ganneval. Evidemment je travaille dans la partie depuis bien des années, mais malgré tout... Que vouliez-vous donc savoir ?

— Oh ! quelque chose dont on ne parle pas dans les livres. Et que même l'on n'oserait pas demander à un de ces prétendus savants officiels. Ce qui n'est pas déjà imprimé les fait toujours sourire.

— Ma propre expérience vous donne raison sur ce point, monsieur le juge. Mais pour ma part, je vous dis tout de suite que je n'ai pas le sourire facile.

— Parfait. Dans ce cas je vais vous poser ma question. Etes-vous au courant de la question de... euh... enfin des phénomènes de régénération ?

Ganneval se cacha les yeux derrière sa main. Cet imbécile allait-il enfin cesser de tourner autour du pot ?

— De quel genre de régénération ? demanda-t-il. Celle des anneaux de nématodes ? La cicatrisation des cellules ? Ou voulez-vous parler de la recharge des vieilles batteries d'accus ?

— Je vous en prie, coupa le juge avec un geste mou. Je suis tout à fait profane en ces matières, monsieur Ganneval. Il vous faudra employer un langage accessible à un ignorant comme moi. Voici ce que je voudrais savoir : jusqu'à quel point, après une blessure, une coupure grave, la restauration des chairs est-elle possible ?

— Qu'appelez-vous grave ?

— Euh... disons, par exemple, à la suite d'une amputation.

— Oui, je vois... C'est très variable, monsieur le juge. L'extrémité d'un doigt pourrait à la rigueur repousser. Un os coupé repousse aussi parfois de façon surprenante. Pourquoi ? Vous connaissez un cas où la régénération des tissus aurait été... disons... exceptionnelle ?

Un long silence tomba. Ganneval remarqua que le juge pâlissait. Il lui versa un nouveau verre de porto et s'en servit un à lui-même. Il se sentait intérieurement de plus en plus surexcité.

— Je connais effectivement un tel cas. Du moins, je veux dire... Hum... Enfin, il me semble... Vous comprenez, j'ai assisté en personne à l'amputation.

— Une amputation d'un bras ? D'une jambe peut-être, ou d'un pied ?

— De trois doigts, dit le juge. De trois doigts entiers. Il semblerait qu'ils aient, par la suite, repoussé. Et cela en quarante-huit heures. Un ostéologiste bien connu m'a ri au nez quand je lui ai posé la question. Il n'a jamais voulu croire que je parlais sérieusement.

Il se pencha si brusquement en avant que la peau flasque de ses joues en trembla.

— Qui est donc la jeune fille qui vient de sortir d'ici ? demanda-t-il.

— Une collectionneuse d'autographes, dit Ganneval d'une voix lasse. Aucune importance. Continuez, je vous en prie.

Le juge avala sa salive avec difficulté.

— Elle s'appelle... Kay Hallowell, dit-il enfin.

— C'est possible. C'est fort possible. Pourquoi changez-vous de sujet ? demanda Ganneval avec impatience.

— Je ne change pas de sujet, répliqua le juge avec chaleur. J'ai vu cette jeune fille, ce monstre, devrais-je dire, se couper à elle-même, en pleine lumière et sous mes yeux, trois doigts de sa main gauche.

Il secoua la tête avec force en faisant saillir sa lèvre inférieure et se renfonça dans son fauteuil.

S'il s'était attendu à une réaction brusque de son hôte, il ne fut pas déçu. Ganneval se dressa d'un bond.

— La Havane ! hurla-t-il.

Il courut jusqu'à la porte et se remit à hurler.

— Où est-il passé ce... Ah ! te voilà, La Havane ! Rattrape la jeune fille qui vient de sortir d'ici. Tu m'as bien compris. Retrouve-la et ramène-la moi. Arrange-toi comme tu voudras, je m'en fous, pourvu que tu la ramènes.

Il fit claquer ses mains l'une contre l'autre dans une explosion d'impatience.

— Et au trot ! ajouta-t-il.

Il revint s'asseoir dans son fauteuil. Ses pensées

crispaient malgré lui son visage. Il regarda tour à tour ses mains, puis le juge.

— Vous êtes bien sûr de ce que vous dites ? demanda-t-il.

— Parfaitement.

— De quelle main s'agissait-il ?

— De la gauche.

Le juge passa un doigt autour de son faux col.

— Ah ! monsieur Ganneval, si ce garçon la ramenait ici, ma foi... je... euh... enfin...

— Si je comprends bien, elle vous fait peur ?

— C'est-à-dire que... enfin, ce n'est pas tout à fait exact, dit le juge. J'ai été étonné, voilà tout... Hum... On le serait à moins...

— Non, dit Ganneval. Mon cher, vous mentez comme un arracheur de dents.

— Moi, je mens ?

Bluett gonfla sa poitrine en dévisageant le forain d'un air furieux.

Ganneval ferma à demi les yeux et commença à compter ses arguments sur ses doigts.

— Il semble que ce qui vous a fait si peur, il y a quelques minutes, soit d'avoir vu la main gauche de cette jeune fille. Bon. Vous avez dit au nain que ses doigts avaient repoussé. C'était donc manifestement la première fois que vous voyiez sa main ainsi régénérée. Et pourtant vous prétendez avoir consulté un ostéologiste à ce propos. Alors ?...

— Il n'y a aucun mensonge là-dedans, dit Bluett avec quelque raideur. Il est exact que j'ai aperçu sa main régénérée au moment où elle s'est arrêtée sur le pas de votre porte. Exact aussi que je la voyais pour la première fois. Mais j'ai également assisté à l'amputation de ses doigts, ce qui suffisait amplement à justifier ma surprise.

— Dans ce cas, rétorqua Ganneval, pourquoi être venu de si loin me poser des questions à propos de régénération ?

Tout en observant le juge qui cherchait avec difficulté une réponse satisfaisante, il poursuivit :

— Allons, allons, monsieur le juge, ou bien vous ne m'avez pas avoué votre véritable intention en venant ici, ou bien... vous avez déjà assisté à un cas semblable de régénération. Ah ! c'est cela, à ce que je vois ? (Ses yeux étincelèrent.) Je crois que vous feriez mieux de me raconter toute l'histoire, insista-t-il.

— Ce n'est pas cela du tout, protesta le juge. Vraiment, monsieur Ganneval, j'ai peu de goût pour ce contre-interrogatoire. Je ne vois pas...

Habilement, Ganneval remua la terreur qui rôdait si près de cet homme aux yeux glauques.

— Vous courez un plus grand danger que vous ne le pensez, interrompit-il. Je sais de quel danger il s'agit et je suis probablement le seul homme au monde qui puisse vous venir en aide. Vous allez coopérer avec moi, ou sortir instantanément d'ici... à vos risques et périls.

Pour prononcer ces mots il avait abaissé sa voix flexible jusqu'à un diapason à la fois doux et vibrant qui acheva de faire perdre la tête au juge. Les horreurs imaginaires qui se reflétaient sur son visage blêmissant devaient être peu banales, pour ne pas dire plus. Ganneval se renforça dans son fauteuil en souriant légèrement.

— Vous permettez ?

Le juge se versa un second verre de porto.

— Ah !... Cela va mieux. Eh bien, allons-y. Je dois vous dire pour commencer que cette affaire a été pour moi un grand sujet de... euh... de perplexité. Du moins jusqu'au moment où j'ai revu tout à l'heure cette jeune fille. A ce propos, je désire à tout prix qu'elle ne me rencontre pas. Ne pourriez-vous...

— Quand La Havane la ramènera, je vous cacherai dans un coin. Continuez.

— Merci beaucoup. Je reprends : il y a quelques années, j'ai recueilli un enfant chez moi. Un horrible petit monstre. Quand il a eu sept ou huit ans, il s'est enfui. Je n'en ai plus jamais entendu parler. Je suppose que, à l'heure actuelle, il doit avoir dans les dix-neuf ans... s'il est encore de ce monde. Or... il me semble y avoir un certain rapport entre lui et cette jeune fille...

— Quel genre de rapport ? demanda Ganneval.

— Eh bien, elle... elle avait l'air au courant de certains détails de son existence...

Voyant Ganneval agiter les pieds avec impatience, il se jeta enfin à l'eau.

— A vrai dire, il s'était autrefois produit un incident ennuyeux... Ce garçon dont je vous parlais était extrêmement insubordonné. Un jour j'ai été forcé de le corriger et j'ai voulu l'enfermer dans un placard pour le punir. Sa main... il s'agissait d'un simple accident, notez bien... bref, il a eu les doigts pris dans la porte... Hum... Oui, ç'a été un moment bien pénible...

— Continuez donc !

— J'ai cherché par la suite à savoir... enfin, vous me comprenez... Si cet enfant est encore vivant il a pu me garder rancune de cette histoire. En outre il n'était pas parfaitement équilibré. On ne sait jamais quelles répercussions un choc de ce genre peut entraîner dans une cervelle peu solide...

— Autrement dit, vous avez eu des remords assez cuisants et surtout une trouille de tous les diables ! Vous avez cherché partout la trace d'un jeune homme auquel il aurait manqué des doigts. Des doigts... Venons au fait. Qu'est-ce que tout ceci a à voir avec cette jeune fille ?

La voix de Ganneval avait claqué comme un fouet.

— Je... je suis incapable de vous le dire exactement, marmonna le juge. Elle paraissait au courant de l'histoire de ce petit. Je veux dire par là qu'elle a fait une fois allusion à son sujet... elle a dit qu'elle me ferait souvenir de... du mal que j'avais fait autrefois à quelqu'un. Là-dessus elle a pris un hachoir et s'est coupé les doigts. Elle a disparu ensuite. Je l'ai fait rechercher par un détective privé. Il a découvert qu'elle devait se rendre ici... le détective m'a prévenu... et me voilà... C'est tout.

Ganneval ferma les yeux. Il réfléchissait profondément.

— Tout à l'heure, quand je l'ai vue, dit-il, ses doigts étaient parfaitement normaux.

— Hé, je le sais fichtre bien ! Mais je vous répète que j'ai vu de mes propres yeux...

— C'est bon, c'est bon. Admettons qu'elle se soit coupé les doigts. Maintenant voulez-vous enfin me dire pourquoi vous êtes venu me trouver ?

— Je... Je viens de vous le dire. Quand une chose pareille vous arrive, on oublie tout ce qu'on sait et on repart de zéro. Ce que j'avais vu étant impossible, j'ai dû me mettre à raisonner comme si tout était possible... tout, comprenez-vous ?

— Allez-vous accoucher ? rugit le Cannibale.

— Dites donc, vous m'embêtez à la fin !

Pendant quelques secondes chargées d'électricité, ils se dévisagèrent avec fureur.

— J'essaie précisément de vous expliquer que je ne sais pas bien moi-même pourquoi je suis venu, reprit le juge, capitulant le premier. Je ne sais rien. Je me souvenais de cet enfant et de ses doigts écrasés, quand, brochant sur le tout, est arrivée l'histoire de cette jeune fille et de ce qu'elle a fait sous mes yeux... J'ai commencé à me demander si elle ne faisait pas qu'un avec le garçon... Je vous dis que le mot « impossible » n'a plus de sens pour moi. Comprenez-moi : la jeune fille avait la main en parfait état avant qu'elle ne se coupe les doigts ; si, d'une manière ou d'une autre, elle ne faisait qu'un avec le garçon, c'est que ses doigts à lui avaient repoussé. S'ils avaient repoussé une fois, ils pouvaient repousser encore. S'il le savait à l'avance, il pouvait se les couper sans crainte.

Le juge haussa les épaules, leva les bras au ciel et les laissa mollement retomber.

— Si bien, conclut-il, que j'ai fini par me demander quel genre de créature pouvait faire repousser ses doigts à volonté. C'est tout.

Les orbites de Ganneval s'enfoncèrent profondément ; au fond flamboyaient ses yeux noirs, qui observaient attentivement le juge.

— Ce... ce garçon qui pourrait être une fille, murmura-t-il, comment s'appelait-il donc ?

— Horton. Nous l'appelions Horty. C'était un petit vicieux.

— Tâchez de préciser vos souvenirs. Avait-il quelque chose d'extraordinaire dans sa manière de se comporter quand il était enfant ?

— Je crois bien ! A mon avis il n'était pas normal. Tenez, par exemple, ce fait de s'attacher pareillement à des jouets sans valeur... Et puis il avait des habitudes répugnantes.

— Quelles habitudes ?

— Il a été renvoyé de son école parce qu'il mangeait des insectes.

— Ah ! ah ! Des fourmis, peut-être ?

— Comment le savez-vous ?

Ganneval se leva, marcha jusqu'à la porte et

revint sur ses pas. Son cœur battait à grands coups, tant il se sentait surexcité.

— A quelle sorte de jouet s'attachait-il donc tant ?

— Oh ! j'ai oublié. Cela n'a aucune importance.

— Vous voudrez bien m'en laisser seul juge, dit sèchement Ganneval. Faites un effort, mon cher, si vous tenez à la vie.

— Mais je ne peux pas ! Je ne peux pas !

Bluett leva les yeux vers le Cannibale et baissa promptement pavillon devant ses prunelles étincelantes.

— C'était une espèce de diable à ressort. Une chose horrible à voir !

— A quoi ressemblait-il ? Allez-vous parler, nom de Dieu ?

— A quoi ress... Ah ! le diable ? Ma foi, il était assez grand avec une tête de polichinelle et un grand nez crochu qui lui tombait jusqu'au menton. Le gosse ne le regardait presque jamais, mais il tenait à l'avoir près de lui. Une fois, je l'avais jeté, mais le docteur a exigé que je le retrouve et que je le rapporte. Horton avait failli en mourir.

— Vraiment ? grogna le Cannibale d'une voix âpre et triomphante. Et dites-moi donc, le petit avait ce jouet depuis sa naissance, n'est-ce pas ? Et le jouet avait quelque chose de particulier, comme un bouton de verre taillé ou un cabochon brillant ?

— Comment le savez-vous ? commença de nouveau Bluett que, une fois de plus, arrêta court le rayonnement de furieuse impatience qui émanait de toute la personne du forain. Oui, acheva-t-il, ses yeux étaient comme vous le dites.

Ganneval se rua sur le juge, le saisit par les épaules et le secoua comme un prunier.

— Vous avez voulu dire son œil, n'est-ce pas ? Il n'y avait bien qu'un cabochon ? demanda-t-il, haletant.

— Lâchez-moi, lâchez-moi donc, gémit Bluett en repoussant faiblement les mains griffues de Ganneval. J'ai bien dit « ses yeux ». Ses deux yeux. Ils étaient tous les deux pareils. Et pas plaisants à regarder, je vous jure ! On aurait dit qu'ils étaient comme phosphorescents.

Ganneval se redressa lentement et recula d'un pas.

— Deux ! murmura-t-il dans un souffle. Il y en avait *deux*...

Il ferma les yeux. Son cerveau bourdonnait. Un enfant qui disparaît... Des doigts... des doigts écrasés. Une jeune fille aussi... et les âges coïncident... Horton... Horton... Horty... Son esprit fit une sorte de looping et revint brusquement dans le passé. Il y vit un petit visage brun crispé par la douleur et qui disait : « A la maison on m'appelait Hortense, mais maintenant tout le monde dit Kiddo. » Kiddo. La naine qui était arrivée avec une main écrasée et qui avait quitté la troupe il y avait deux ans... Que s'était-il donc passé lors de son départ ? Il lui avait demandé quelque chose... Il avait voulu voir sa main et elle avait disparu la nuit suivante...

Sa main. Lors de son arrivée, il l'avait désinfectée, nettoyée, débarrassée de ses tissus nécrosés, recousue. Il l'avait soignée chaque jour pendant des semaines jusqu'à ce que le tissu cicatriciel fût formé sur toute la surface de la plaie et qu'il n'y eût plus aucun danger d'infection. Après quoi, pour une raison ou pour une autre, il ne l'avait plus jamais regardée. Pourquoi donc, au fait ? Ah oui !... à cause de Zena... Zena lui avait toujours répété que la main de Kiddo allait très bien... Il entrouvrit ses yeux en deux fentes étroites. « Je le retrouverai ! » gronda-t-il.

On frappa à la porte.

— Hé, Cannibale ! dit une voix timide.

— C'est le nain, bredouilla Bluett en se levant d'un bond. Avec cette fille ! Que vais-je ?... où vais-je ?...

Ganneval lui lança un coup d'œil qui le figea. puis le juge se laissa retomber sur sa chaise. Le forain se leva, gagna la porte et l'entrebâilla.

— Tu l'as trouvée ? demanda-t-il.

— C'est-à-dire que, vous comprenez...

— Ça ne m'intéresse pas, dit Ganneval d'une voix basse, mais terrible. Tu ne me l'as pas ramenée comme je te l'avais dit, c'est tout.

Il referma la porte avec soin et se retourna vers le juge.

— Foutez-moi le camp, dit-il.

— Hein ? Hum... Mais qu'est-ce qui...

— Foutez-moi le camp !

Cette fois Ganneval avait poussé un véritable hurlement. Son regard avait tout à l'heure coupé bras et jambes à Bluett, mais sa voix lui rendit soudain l'usage de ses membres. Le juge était déjà debout et à mi-chemin de la porte avant que le rugissement du forain eût cessé de vibrer dans la roulotte. Il voulut dire quelque chose, mais ne parvint qu'à remuer silencieusement sa bouche humide.

— Je suis le seul être au monde qui puisse vous venir en aide, dit Ganneval.

Le visage de Bluett montra clairement que ce retour instantané au ton d'une conversation courtoise était peut-être ce qui l'affolait le plus chez son hôte. Il alla jusqu'à la porte et s'arrêta.

— Je ferai de mon mieux, monsieur le juge, promit Ganneval. Vous aurez de mes nouvelles d'ici peu, vous pouvez en être sûr.

— Ah ! dit l'autre. Bien... Hum... Si je puis vous être utile en quoi que ce soit, monsieur Ganneval, vous n'avez qu'à me faire signe. Tout ce qui sera en mon pouvoir...

— Merci. J'aurai sûrement besoin de votre aide.

Les traits osseux de Ganneval se figèrent à l'instant précis où il eut achevé sa phrase. Bluett se hâta de disparaître.

Pierre Ganneval continua à fixer l'endroit où, quelques secondes plus tôt, se trouvait encore le visage tuméfié du juge. Il ferma soudain le poing et l'abattit violemment contre la paume de son autre main. « Zena ! » dit-il, d'un simple mouvement des lèvres. La rage le fit pâlir tout à coup au point qu'il manqua en défaillir. Il s'approcha de son bureau, s'assit, posa ses coudes sur son sous-main, son menton dans le creux de ses paumes et commença à émettre des ondes psychiques de haine qui étaient en même temps des ordres impérieux.

« *Zena ! Zena ! Ici ! Viens ici !* »

13

Horty éclata de rire. Il regarda sa main gauche et les trois moignons de doigts qui émergeaient déjà comme des champignons encore fermés à la base de ses métacarpes ; il toucha de son autre main le tissu cicatriciel tout neuf qui les enveloppait et se mit à rire de nouveau.

Il se leva du divan et traversa la grande chambre où il se trouvait. Il s'approcha de la psyché pour observer son visage, fit un pas en arrière et détailla d'un œil critique ses épaules et son profil. Il poussa un petit grognement de satisfaction et alla jusqu'à l'appareil téléphonique installé dans la pièce voisine. Il demanda le 344 à la standardiste.

Sa voix était sonore, bien adaptée à la courbe de son menton robuste et à sa bouche un peu grande.

— Allô, Nick ? dit-il bientôt. Ici Sam Horton. Oh ! parfait. Bien sûr que je pourrai rejouer. Le docteur dit que j'ai eu de la veine... Oui, d'habitude un poignet cassé reste toujours assez raide, même une fois remis, mais il paraît que ça ne m'arrivera pas... Non, ne t'en fais pas... Hein ?... Dans six semaines, environ... Absolument sûr... De l'argent ? Merci, Nick, ça ira très bien... Non, ne t'en fais pas. Je te ferai signe si j'en ai besoin. Merci quand même... Oui, je passerai te voir de temps en temps... Je suis venu à la boîte il y deux jours... Où as-tu été ramasser cette espèce d'emplâtre qui tient la guitare à ma place ? Il fait des fausses notes toutes les trois mesures. Non, non, je n'ai pas eu envie de le gifler, sois tranquille. Je l'aurais plutôt embrassé ! (Il se mit à rire.) Tu vois bien que je blague. Non, il s'en sort très bien. Merci, Nick et à bientôt.

Il retourna à son divan, et s'y allongea avec l'aisance confiante d'un félin qui s'étire. Il enfonça voluptueusement ses épaules dans le matelas moelleux, se tourna sur le flanc et attrapa un des quatre volumes posés à sa portée sur une petite table basse.

C'étaient les seuls livres que contînt l'appartement. Depuis longtemps il avait découvert que les livres ont une fâcheuse tendance à devenir matériellement envahissants et que les bibliothèques ont vite fait de déborder. La solution élégante de ce problème consistait à se débarrasser des uns et des autres. Ainsi avait-il conclu un arrangement avec son libraire qui lui envoyait chaque jour quatre livres neufs, moyennant une sorte d'abonnement. Il les lisait d'un bout à l'autre et les rendait régulièrement dès le lendemain au libraire. C'était là à ses yeux la solution idéale. Il se souvenait ensuite indéfiniment de ce qu'il avait lu — et cela jusqu'au moindre mot. A quoi bon, dès lors, conserver des livres chez soi ?

Il possédait deux tableaux : un Markell, composé de silhouettes irrégulières et soigneusement disproportionnées dont la transparance variait en se surimposant, si bien que la nuance de chacune affectait les autres et que la teinte du fond affectait le tout. L'autre tableau était un Mondrian, précis et équilibré, qui suggérait une vague impression de quelque chose qui n'arrivait pas tout à fait à être un objet déterminé.

Il possédait aussi des kilomètres de fil magnétique sur lesquels était enregistrée une magnifique collection d'œuvres musicales. L'esprit si bizarrement construit de Horty était capable de retenir dans ses moindres détails tout le contenu d'un livre et il en était de même pour la musique, mais si retenir de la musique est, dans une certaine mesure, la recréer, il y a cependant une nette différence entre l'esprit de celui qui entend de la musique et de celui qui en écrit. Horty était capable de faire l'un et l'autre, et sa discothèque l'y aidait.

Il y avait là des œuvres classiques ou romantiques qu'avait aimées Zena, les symphonies, les concertos, les ballades, les morceaux de pure virtuosité qui avaient constitué son initiation à la musique... Mais les goûts de Horty s'étaient élargis, approfondis ; ils incluaient maintenant Honegger et Copland, Chostakovitch et Walton. Dans le domaine de la musique populaire il avait découvert les sombres accords de Tatum et aussi l'étonnant Thelonius Monk. Il avait à portée de l'oreille la trompette si souvent inspirée de Dizzy Gillespie, les cadences étourdissantes de Ella Fitzgerald, la voix impeccable de Pearl Bailey. Son critérium pour les juger, c'était leur humanité et tout ce que cette humanité pouvait comporter de résonances. Il vivait en communion avec des livres qui le conduisaient à d'autres livres, avec un art plastique qui lui ouvrait un champ illimité de conjectures, avec une musique qui l'introduisait dans des mondes plus vastes que ceux de l'expérience normale.

Pourtant, malgré tous ces trésors, l'appartement de Horty était très simplement meublé, à la seule exception de l'enregistreur-reproducteur sur fil : un massif assemblage d'éléments de haute qualité technique et de haute fidélité sonore, que Horty avait été amené à réunir parce que son oreille exigeait l'exacte traduction de la moindre nuance, du moindre sous-entendu de chaque voix instrumentale. A part cela, son appartement était pareil à celui de n'importe qui, bien qu'il fût confortable et décoré avec goût. De temps à autre, à intervalles très éloignés, il se disait que ses ressources lui permettraient, s'il le voulait, de s'entourer de luxueuses machines automatiques, d'un fauteuil « super-confort », ou d'une cabine chauffante pour se sécher après sa douche. Mais la tentation n'était jamais bien forte ni bien durable. Son esprit était essentiellement une machine à acquérir des connaissances de tous ordres. Ses facultés d'analyse étaient phénoménales, mais il avait rarement envie de s'en servir à fond. Il lui suffisait d'emmagasiner des connaissances ; l'usage qu'il en ferait lui était pour le moment assez indifférent et il ne mettait pas souvent à l'épreuve la confiance absolue et fort justifiée qu'il avait dans son propre pouvoir.

Arrivé à la moitié de son livre, il s'arrêta avec une expression d'étonnement dans le regard. On eût dit qu'un son étrange était parvenu à ses oreilles. Pourtant le silence était demeuré total.

Il referma le livre, le rangea, se leva et prêta l'oreille en tournant légèrement la tête comme s'il cherchait à déterminer la source de sa sensation.

La sonnette de la porte d'entrée tinta.

Horty s'arrêta court. Il ne s'agissait pas chez lui d'une immobilité stupéfaite d'animal effrayé, mais bien plutôt d'une courte seconde de détente voulue qu'il s'accordait pour réfléchir. Il reprit ensuite sa marche souple et bien rythmée à travers la pièce.

Il s'arrêta à la porte, en regarda fixement le panneau du bas. Son visage se contracta, et un rapide froncement de sourcils plissa son front. Il ouvrit la porte en grand.

Elle se tenait debout sur le seuil, légèrement déhanchée, et le regardait de tous ses yeux. Elle avait tourné la tête sur le côté et un peu vers le bas. Il lui fallait faire un effort presque douloureux pour que ses yeux pussent rencontrer ceux de Horty car elle n'avait que un mètre vingt de haut.

— C'est toi, Horty ? dit-elle faiblement.

Un son rauque s'échappa de la gorge du jeune homme ; il s'agenouilla, l'attira dans ses bras, où il la serra très fortement et très doucement à la fois.

— Zena ! Zena, que s'est-il passé ? Ta figure ? Ton...

Il la souleva de terre, referma la porte derrière lui d'un coup de pied et la porta jusqu'au divan du studio ; il s'assit, tout en la gardant sur ses genoux, blottie entre ses bras, la tête appuyée dans le creux robuste et tiède de sa main droite. Elle voulut lui sourire, mais un seul côté de sa bouche remua. Elle se mit à pleurer et les propres larmes de Horty lui dissimulèrent le triste spectacle qu'offrait le visage ravagé de son amie.

Les sanglots de Zena s'arrêtèrent bientôt comme si elle était trop lasse pour pouvoir continuer à pleurer. Elle regarda le visage de Horty et parut l'étudier minutieusement. Elle leva la main et caressa les cheveux du jeune homme.

— Horty, murmura-t-elle. Je t'aimais tant comme tu étais...

— Je n'ai pas changé, dit-il. Seulement maintenant je suis homme et j'ai grandi. J'ai un appartement et un métier. J'ai la voix et les épaules que tu me vois et je pèse cent livres de plus qu'il y a trois ans.

Il se pencha vers elle et l'embrassa rapidement.

— Mais je n'ai pas changé, Zena, insista-t-il. Je n'ai pas changé. (Il lui effleura le visage d'une caresse.) Tu as mal ? demanda-t-il.

— Un peu.

Elle ferma les yeux et passa sa langue sur ses lèvres, mais parut ne pas pouvoir atteindre un des coins de sa bouche.

— J'ai changé aussi, dit-elle, tristement.

— On t'a changée, rectifia-t-il d'une voix tremblante. Qui ? Le Cannibale, hein ?

— Bien sûr. Tu le savais, n'est-ce pas ?

— Pas avec certitude. Une fois pourtant il m'a semblé que tu m'appelais. Toi ou lui... C'était très lointain. Mais en tout cas personne d'autre que lui n'aurait... Que s'est-il donc passé ? Cela te fait de la peine de me le dire ?

— Oh ! non. Il... il a appris qui tu étais. Je ne comprends pas comment. Ton... cet Armand Bluett... maintenant c'est un juge ou je ne sais quoi... Il est venu voir le Cannibale. Il croyait que tu étais une fille. Une femme, je veux dire.

— Je l'ai été pendant quelque temps, dit-il avec un sourire sans gaieté.

— Ah ! Je comprends maintenant. Est-ce vraiment toi qui es venu à notre campement, ce jour-là ?

— Au campement ? Non. Quel jour, Zena ? Celui où le Cannibale a découvert la vérité ?

— Oui. C'était il y a quatre... non, cinq jours. Ainsi tu n'es pas venu ? Je ne comprends pas...

Elle haussa les épaules.

— En tout cas, reprit-elle, une jeune fille est venue voir le Cannibale ; le juge l'a suivie et l'a prise pour toi. Le Cannibale l'a cru aussi. Il a envoyé La Havane à sa recherche. La Havane n'a pas pu la retrouver.

— Et, à défaut d'elle, le Cannibale s'est rabattu sur toi ?

— Oui... Je ne voulais rien lui dire, Horty. Je ne lui ai rien dit. Pas avant très, très longtemps en tout cas. Je... je ne me rappelle plus bien...

Elle ferma de nouveau les yeux. Horty, saisi d'un violent tremblement, fut quelques secondes avant de pouvoir de nouveau respirer normalement.

— Je... je ne me souviens plus, articula-t-elle péniblement.

— N'essaie pas... Ne parle plus, murmura-t-il.

— Mais je veux parler. Il le faut. Il est nécessaire qu'il ne te trouve pas, et, en ce moment, il est à ta poursuite.

Les yeux de Horty se fermèrent à demi.

— Tant mieux, dit-il seulement.

Les paupières de Zena étaient restées closes.

— Cela a duré très longtemps, reprit-elle. Il parlait tout doucement. Il m'a donné des coussins pour m'installer et du bon vin qui sentait l'automne. Il m'a parlé de la troupe, de Solum, de Gogol. Il a prononcé le nom de Kiddo et puis il m'a parlé de roulottes neuves et de la cantine et des ennuis qu'il avait avec le syndicat des chauffeurs. Il m'a dit un mot à propos du syndicat des musiciens, un autre à propos de musique, un troisième à propos de ma guitare et de notre ancien numéro. Il s'est lancé sur les ménageries et les bonimenteurs et les agents de publicité et puis il est revenu en arrière. Tu vois ce que je veux dire ? Il parlait à peine de toi ; tout le temps il s'éloignait du sujet pour y revenir tout à coup et repartir aussitôt. Toute la nuit, cela a duré, Horty ! Toute la nuit !

— Chut...

— Et il ne me posait pas de questions. Il parlait avec la tête tournée de côté, en me surveillant du coin de l'œil. Moi, j'étais toujours assise à la même place. J'ai essayé de boire un peu de vin, et même de manger quand le cuistot a apporté le dîner d'abord, puis le petit déjeuner et le grand... J'essayais de sourire chaque fois qu'il s'arrêtait de parler. Il ne m'a pas touchée, pas frappée, pas même questionnée.

— Plus tard, il t'a quand même frappée, murmura Horty.

— Beaucoup plus tard. Je ne me souviens plus. A un moment son visage flottait au-dessus de moi comme une pleine lune. J'avais mal partout. Il criait : « Qui est Horty ? Où est Horty ? Qui est Kiddo ? Pourquoi as-tu fait partir Kiddo ?... » Je me réveillais... je me rendormais... Je ne me rappelle plus quand je dormais, quand j'étais évanouie, ni même ce que je faisais. A un moment je me suis réveillée avec du sang sur les yeux, qui commençait à sécher. Il parlait des mécaniciens, des manèges et de la génératrice des projecteurs. Je me suis réveillée dans ses bras. Il me chuchotait des choses à l'oreille ; il était question de Bunny et de La Havane ; il disait qu'ils devaient bien savoir où était Horty. Je me suis aussi réveillée sur le plancher. J'avais mal au genou. Il y avait une lumière au-dessus de moi qui me brûlait les yeux. J'ai sursauté tant cette lumière m'aveuglait. J'ai voulu me sauver, mais je suis tombée ; mon genou ne voulait plus me soutenir. Ça, c'était dans l'après-midi. Il m'a rattrapée, m'a jetée sur le plancher et a rallumé sa lampe. Il tenait un verre brûlant à la main et il m'a forcée à boire du vinaigre. Ma langue s'est mise à enfler ; je...

— Chut, Zena, chut, mon petit loup. Ne me dis plus rien.

— Je n'ai rien dit quand Bunny est venue jeter un coup d'œil dans la roulotte, continua la voix sans timbre. Le Cannibale n'a pas deviné qu'elle voyait ce qu'il me faisait. Bunny s'est sauvée. Et puis La Havane est arrivé et il a frappé le Cannibale avec un bout de tuyau de plomb. Le Cannibale lui a tordu le cou et il va mourir et je...

Les paupières de Horty étaient sèches et brûlantes. Il leva la main avec précaution et lui donna une bonne tape sur celle de ses joues qui n'était pas tuméfiée.

— Assez, Zena ! ordonna-t-il.

Le coup arracha un cri perçant à Zena.

— Je ne sais rien de plus, hurla-t-elle. Je vous jure que je ne sais rien.

Elle éclata en sanglots convulsifs. Horty voulut lui parler, mais elle ne l'entendait pas tant elle sanglotait. Il se leva, se tourna, la posa doucement sur le divan, courut tremper une serviette dans l'eau froide et en baigna le visage et les poignets de la naine. Elle cessa brusquement de pleurer et s'endormit d'un seul coup.

Horty la surveilla jusqu'au moment où le rythme de sa respiration lui prouva qu'elle était calmée. Il s'agenouilla sur le plancher à côté du divan et posa doucement sa tête près de celle de Zena dont les cheveux se mêlaient aux siens. Il croisa à demi les bras, saisit ses coudes dans ses mains et se mit à tirer dessus de toutes ses forces, jusqu'à en éprouver des élancements douloureux dans les épaules et la poitrine. Il avait besoin de se sentir près d'elle et ne voulait pas bouger, mais essayait par ce moyen de soulager un peu la pression de rage aveugle qui s'amassait en lui. L'effort qu'il imposait à ses muscles lui permettait de conserver son sang-froid, sans le contraindre à des mouvements qui eussent troublé le sommeil de Zena. Il resta ainsi très longtemps agenouillé...

Le lendemain matin, à l'heure du petit déjeuner, elle était de nouveau capable de rire. Horty ne l'avait pas changée de place ; il ne l'avait même pas touchée, sinon pour lui retirer ses souliers et la recouvrir d'un édredon. A l'aube, il avait été chercher un oreiller dans sa chambre, il l'avait posé sur le plancher entre le divan du studio et la porte, et s'était allongé sur le sol pour surveiller la respiration de Zena et, en même temps, pour guetter avec une vigilance de félin le moindre bruit venant de l'escalier et du vestibule.

Quand elle ouvrit les yeux, il se tenait debout, penché au-dessus d'elle.

— C'est moi, Horty, dit-il aussitôt. N'aie pas peur.

La lueur de panique qui tournoyait déjà dans ses yeux s'éteignit d'un seul coup et elle lui sourit.

Tandis qu'elle prenait un bain, il porta ses vêtements dans une blanchisserie automatique du quartier ; une demi-heure plus tard, il était de retour avec les vêtements lavés et séchés. Le ravitaillement qu'il avait acheté chemin faisant était inutile : quand il revint, le petit déjeuner était déjà presque prêt, grâce aux bons offices de Zena : œufs frits sur canapé et bacon croustillant. Elle lui prit des mains son colis de victuailles et le gronda.

— Des harengs saurs... du jus de papaye... du jambon de Danemark... Mais Horty, tu as fait des folies !

Il sourit, plutôt de son courage et de la rapidité de sa réaction que de ses protestations. Il s'appuya contre le mur, les bras croisés, et la regarda s'affairer dans la cuisine, enveloppée de la tête aux pieds dans ce qui était pour lui un peignoir de bain beaucoup trop court.

Ils déjeunèrent gaiement, tout heureux de jouer à « tu te souviens de... », ce qui est, en fin de compte, le jeu le plus passionnant du monde. Après cela vint une période de silence, au cours de laquelle la contemplation de son vis-à-vis suffisait à chacun d'eux sans qu'ils eussent besoin d'échanger une parole.

— Comment t'es-tu sauvée ? demanda enfin Horty.

Le visage de Zena se rembrunit. Elle fit sur elle-même un effort visible et couronné de succès.

— Il faudra tout me dire, Zena, insista Horty. Il faudra que tu me parles aussi de... de moi.

— Tu as déjà appris bien des choses sur toi-même, il me semble.

Sa phrase avait le ton d'une affirmation, non d'une question. Horty la ramena au sujet.

— Comment t'es-tu sauvée ? répéta-t-il.

Le côté du visage de Zena qui avait conservé sa mobilité se crispa. Elle regarda ses mains, en éleva une lentement et la posa sur l'autre qu'elle serra de toutes ses forces en parlant.

— Je crois bien que je suis restée plusieurs jours dans le coma. Hier, je me suis réveillée dans ma roulotte, sur ma couchette. Je savais que je lui avais tout dit... sauf ton adresse. Il croit toujours que la jeune fille de l'autre jour c'était toi !

« J'ai entendu sa voix. Il était à l'autre bout de la roulotte, dans la chambre de Bunny. Bunny était là aussi. Elle pleurait. J'ai vu le Cannibale sortir en l'emmenant avec lui. J'ai attendu un peu, je me suis traînée jusqu'à la porte de Bunny et je suis entrée. La Havane était allongé sur le lit avec quelque chose de raide autour du cou. Cela lui faisait mal de parler. Il a pourtant pu me dire que le Cannibale le soignait, qu'il avait mis son cou dans un plâtre. Il m'a dit aussi que le Cannibale avait confié une mission à Bunny. (Elle regarda rapidement Horty.) Il en est très capable, tu sais. C'est un hypnotiseur. Il peut contraindre Bunny à faire n'importe quoi.

— Je sais.

Horty la regarda pensivement.

— Pourquoi diable ne s'est-il pas servi de ses pouvoirs sur toi ? demanda-t-il rageusement.

Elle se caressa le visage.

— Il ne peut pas, expliqua-t-elle. Il... Avec moi cela ne marche pas de la même manière. Il peut m'appeler, mais pas me faire faire n'importe quoi. Je suis trop...

— Trop quoi ?

— Trop humaine, dit-elle très bas.

Il lui caressa le bras en souriant.

— Ça, tu peux le dire... Continue.

— Je suis retournée dans mon coin de la roulotte, j'ai pris un peu d'argent, quelques affaires, et je suis partie. Je ne sais pas ce que le Cannibale va faire quand il découvrira ma fuite. J'ai pourtant pris toutes mes précautions, tu sais, Horty. Je fait de l'auto-stop pendant cinquante milles et ensuite je suis montée dans un car qui allait à Eltonville... C'est à trois cents milles d'ici... Là j'ai trouvé un train. Mais je sais bien que, tôt ou tard, il me retrouvera. Il n'abandonne jamais...

— Ici tu n'as rien à craindre, dit-il d'une voix douce, mais où l'on sentait des reflets d'acier bleui.

— Mais il ne s'agit pas de moi. Oh ! Horty, tu ne comprends donc pas ? C'est à toi qu'il en veut.

— Qu'est-ce qu'il peut me vouloir ? Il y a trois ans, quand j'ai quitté la troupe, cela n'a pas paru le déranger beaucoup.

Il surprit son regard et s'aperçut qu'elle le dévisageait avec stupeur.

— Tu n'es donc pas curieux de ce qui te concerne, Horty ?

— De ce qui me concerne ? Si, bien sûr. Comme tout le monde, je suppose. Mais de quoi en particulier ?

Elle resta un moment silencieuse à réfléchir.

— Qu'as-tu fait depuis que tu as quitté la troupe ? demanda-t-elle à brûle-pourpoint.

— Je te l'ai dit dans mes lettres.

— En gros, oui. Tu as pris une chambre meublée et tu y as vécu pendant quelque temps, en lisant beaucoup et en cherchant ta voie. Après cela, tu as décidé de grandir. Combien de temps cela t'a-t-il pris ?

— A peu près huit mois. J'avais loué cet appartement par correspondance ; j'y suis entré de nuit pour qu'on ne me voie pas et j'ai changé. Il fallait bien. Je savais que je trouverais plus facilement du travail si j'étais un homme normal. J'ai un peu bourlingué de droite et de gauche en jouant de la guitare dans les boîtes pour ce que les clients voulaient bien me donner. Tu vois ça. Après j'ai acheté un instrument vraiment bon et j'ai trouvé du travail à l'Heure Joyeuse. Quand la boîte a fermé, je suis allé au Club Nemo. J'y suis resté jusqu'à maintenant. J'attendais mon heure. Tu m'avais dit que je saurais bien quand elle serait venue... Tu avais raison... comme toujours.

Elle acquiesça.

— Je le savais bien. L'heure de cesser d'être un nain, celle de se mettre au travail, de t'attaquer à Armand Bluett... elles devaient venir et tu devais t'en apercevoir toi-même.

— C'est vrai, dit-il comme si ce fait ne méritait pas de plus amples commentaires. Quand j'ai eu besoin d'argent, j'ai écrit des trucs, des chansons, des arrangements musicaux, des articles et même une ou deux nouvelles. Mes nouvelles ne valaient pas grand-chose. C'est facile d'arranger mais c'est diantrement difficile d'inventer. Dis donc, tu ne sais pas ce que j'ai fait à Armand ?

— Non.

Elle regarda sa main gauche.

— Ta vengeance doit avoir un rapport avec ça, n'est-ce pas ?

— Exactement.

A son tour, il regarda sa main gauche et sourit.

— La dernière fois que tu as vu ma main dans

cet état-là, c'était environ un an après mon arrivée dans la troupe. Eh bien, tu me croiras si tu veux, mais il y a juste trois semaines que j'ai reperdu mes doigts.

— Et ils ont déjà tellement repoussé ?

— Cela prend moins de temps maintenant qu'autrefois.

— Au début, c'était très lent, en effet, dit-elle songeuse.

Il la regarda, parut sur le point de lui poser une question et continua :

— Un soir, il est entré avec elle, au Club Nemo. Je n'avais jamais imaginé que je les reverrais un jour ensemble. Je sais bien ce que tu dis ; c'est vrai que je pensais toujours à eux en même temps. C'était comme un seul compte en partie double. Le bien et le mal... Enfin...

Il but une gorgée de café.

— Ils étaient installés à un endroit d'où je pouvais les entendre. Lui jouait les séducteurs sur le retour et elle, les belles dames en détresse. C'était assez répugnant. Il s'est levé pour aller se remettre un peu de poudre sur le nez et moi j'ai joué les Galahad ! Je n'y ai pas été par quatre chemins. Je lui ai donné quelques conseils précis avec le prix d'un billet de chemin de fer et elle est partie après lui avoir donné rendez-vous pour le lendemain soir.

— Tu veux dire qu'elle l'a quitté pour la soirée seulement ?

— Oh ! non. Elle a bel et bien pris son train.

Je ne sais même pas où elle est allée. Moi, je suis resté là à faire des accords sur ma guitare et à réfléchir de toutes mes forces. Tu disais que je saurais bien quand mon heure serait venue ? Eh bien, j'ai compris que ce soir-là le moment de régler le compte d'Armand Bluett était venu. Ou plutôt de commencer à le régler. Autrefois il m'avait fait subir pendant six ans un traitement de sa façon. Je ne pouvais pas faire moins que de lui en donner moi aussi pour son argent. J'ai fait mon plan. Cette nuit-là et la journée du lendemain, j'ai eu du travail !

Il s'interrompit avec un sourire sans gaieté.

— Horty...

— Je vais tout de dire, Zena. C'est bien simple du reste. La jeune fille est venue au rendez-vous. Il l'a emmenée dans une petite garçonnière qu'il s'était installée dans les bas quartiers. Il n'a pas été difficile à conduire sur les chemins glissants du vice, va ! Au moment psychologique, sa conquête lui a adressé quelques paroles bien senties sur les bourreaux d'enfants et l'a laissé méditer à loisir en compagnie des trois doigts qu'elle s'était coupés, en guise d'aide-mémoire.

Zena regarda de nouveau la main gauche de Horty.

— Pouah !... Tu n'as pas été tendre avec lui ! Mais, dis-moi, Horty... il t'a suffi d'une nuit et d'une journée pour te préparer ?

— Tu ne te doutes pas de ce dont je suis capable, dit-il, en relevant sa manche. Regarde plutôt.

Elle regarda en ouvrant de grands yeux l'avant-bras brun et légèrement velu du jeune homme. Le visage de Horty exprimait une profonde concentration. Mais il n'était cependant pas crispé. Ses yeux étaient calmes et son front sans rides.

Pendant un instant le bras resta inchangé. Tout à coup ses poils frémirent — se tordirent. Un poil tomba ; puis un autre, puis beaucoup d'autres qui s'abattirent en fine pluie sur les petits carreaux de la nappe. Le bras restait immobile, et, comme le front de Horty, ne manifestait aucune tension sinon une complète immobilité. Il était maintenant absolument lisse et de cette couleur brun crème si caractéristique chez Horty et Zena. Mais... était-ce bien vrai ? Etait-ce à force de le regarder avec tant d'attention ? Non, le bras était indiscutablement plus pâle, plus pâle et plus mince. La chair de la main, l'espace qui séparait les doigts, tout cela s'était contracté, jusqu'à ce que la main fût devenue mince et allongée et non plus carrée et épaisse comme tout à l'heure.

— Ça suffit comme ça, dit Horty sur le ton de la conversation avec un sourire satisfait. Je peux lui rendre son aspect habituel dans le même espace de temps. Sauf les poils naturellement. Pour cela, il me faudra deux ou trois jours.

— Je le savais, murmura-t-elle dans un souffle. Je le savais mais je ne pense pas y avoir jamais tout à fait cru... Tu contrôles complètement le mécanisme ?

— Tout à fait ! Oh ! bien sûr, il y a des choses

que je ne peux pas faire. On ne peut ni créer ni détruire la matière. Je suppose que je pourrais me rapetisser jusqu'à ta taille, mais je pèserais toujours à peu près le même poids qu'en ce moment. Et je ne pourrais pas devenir un géant de trois mètres du jour au lendemain ; il n'y a pas moyen d'assimiler assez vite une masse suffisante. Mais avec Armand Bluett, ç'a été simple. Difficile mais simple. J'ai contracté mes épaules, mes bras et le bas de mon visage. Croirais-tu que mes vingt-huit dents m'ont fait un mal de chien pendant toute la journée ? J'ai fait blanchir ma peau. Les cheveux, c'était une perruque, bien entendu. Quant aux... rondeurs féminines, ma foi, il en existe d'excellents ersatz dans le commerce !

— Comment peux-tu plaisanter avec cela ?

Sa voix reprit son intonation paisible.

— Qu'est-ce que tu veux, je ne peux pas passer mon temps à pleurer. Il faut bien de temps en temps injecter un peu de bulles dans cette sorte de vin-là, ma chérie, sans quoi il vous resterait sur l'estomac. Non, ce que j'ai fait à Armand Bluett n'était qu'un avant-goût. Je le ferai se punir lui-même. Je ne lui ai pas dit qui j'étais. Kay a disparu ; il ignore qui elle est, ou qui je suis, ou même à vrai dire, qui il est lui-même !

De nouveau il se mit à rire d'un rire pénible à entendre.

— Tout ce que je lui ai laissé, ç'a été une association d'idées assez vive entre trois doigts mutilés et le passé. Cela lui donnera toujours de beaux rêves. Ce que je lui ferai ensuite sera tout aussi ingénieux, mais très différent.

— Tu vas être forcé de modifier un peu tes projets.

— Pourquoi ?

— Kay n'est pas aussi disparue que tu le penses. Je commence à comprendre maintenant. Elle est venue voir le Cannibale dans sa roulotte.

— Kay ? Mais pourquoi ?

— Je ne sais pas. En tout cas, le juge l'a suivie. Elle est repartie, mais Bluett et le Cannibale ont lié connaissance. Je sais pourtant — La Havane me l'a dit — que le juge a une peur effroyable de Kay Hallowell.

Horty donna une tape sur la table.

— Parce qu'elle a sa main intacte ! C'est formidable. Tu te représentes l'impression qu'il a dû avoir ?

— Horty, mon chéri, ce n'est pas si drôle que ça. Tu ne comprends pas que c'est de là que tout le reste est venu ? C'est pour cela que le Cannibale se doute que Kiddo n'était pas une naine ordinaire. Tu ne te rends pas compte qu'il s'imagine que Kay et toi ne faites qu'un, quoi que le juge puisse penser de son côté.

— Oh ! mon Dieu !

— Tu te souviens de tout ce que tu entends, dit Zena, mais tu ne comprends pas très vite les choses, mon lapin.

— Mais... mais... Zena, ce n'est pas de ma faute

si tu t'es fait brutaliser ainsi... Et pourtant c'est comme si je t'avais fait moi-même souffrir...

Elle fit le tour de la table, l'encercla de ses bras et attira sa tête sur sa poitrine.

— Non, mon chéri. Cela devait arriver depuis bien, bien longtemps. Si tu veux faire des reproches à quelqu'un, outre le Cannibale, adresse-les-moi. C'est ma faute. Je n'aurais pas dû te prendre avec nous il y a douze ans.

— Pourquoi l'as-tu fait ? Je ne l'ai jamais bien compris.

— Pour te sauver du Cannibale.

— Me sauver du... Mais tu me jetais dans la gueule du loup.

— C'était le dernier endroit au monde où il aurait pensé à te chercher.

— Tu veux dire qu'il me cherchait déjà à ce moment-là ?

— Il te cherche depuis que tu as eu un an. Et il te trouvera. Il te trouvera, Horty.

— Je l'espère, grinça-t-il.

A ce moment le timbre de la porte d'entrée tinta.

Un silence glacial tomba. Le timbre tinta de nouveau.

— Je vais y aller, dit Zena en se levant.

— Pas question, rétorqua rudement Horty. Assieds-toi.

Horty se plaça de façon à pouvoir apercevoir la porte d'entrée depuis le living-room. Il l'observa attentivement.

— Ce n'est pas lui, dit-il. C'est... ça par exemple ! C'est le jour des réunions de famille, on dirait.

Il alla à la porte en deux enjambées et l'ouvrit toute grande.

— Bunny !

— Oh ! Excusez-moi, mais est-ce ici que...

Bunny n'avait guère changé. Elle était un peu rondelette et peut-être un tout petit peu plus timide.

— Oh ! Bunny.

Zena courut vers elle en boitillant et se prit le pied dans l'ourlet du peignoir. Horty la rattrapa juste à temps. Les deux femmes s'embrassèrent frénétiquement, tout en se prodiguant des mots d'affection que dominait le rire sonore de Horty, remis de cette chaude alerte.

— Mais, mon loup, comment as-tu pu trouver... C'est si bon de... Je te croyais... Grande sotte, jamais je n'ai cru que je...

— Assez ! cria Horty. Bunny, viens déjeuner.

Surprise, elle le regarda, en ouvrant tout ronds ses yeux de lapin russe.

— Comment va La Havane ? demanda-t-il doucement.

— Mais, mon petit lapin, dit Zena, tu ne vois pas que c'est Horty ?

Bunny lança à Zena un regard effarouché, se démancha le cou pour regarder derrière Horty et sembla tout à coup réaliser le sens exact des paroles de Zena.

— Ça ? demanda-t-elle en le montrant du doigt.

Lui ? (Elle ouvrit de grands yeux.) C'est... c'est Kiddo ?

— Exactement, fit Horty en riant.

— Il a bien grandi, dit bêtement Bunny.

Zena et Horty se tordirent de rire, et comme jadis Horty en face de Zena et Bunny, ce fut cette fois au tour de Bunny de regarder tour à tour avec stupeur ses deux interlocuteurs ; quand elle eut compris qu'ils riaient avec elle et non pas d'elle, elle joignit bientôt au leur son rire cristallin. Horty alla à la cuisine.

— Tu prends toujours du lait condensé et une demi-cuillerée de sucre, Bunny ? lança-t-il.

Bunny se mit à pleurer. Elle sanglotait avec volupté, la tête blottie contre l'épaule de Zena.

— Oh ! oui, c'est bien Kiddo...

Horty posa la tasse fumante sur la petite table et s'installa à côté des deux femmes.

— Dis-moi, Bunny, comment diantre as-tu pu me retrouver ? demanda-t-il.

— Je ne t'ai pas trouvé, j'ai trouvé Zena. Tu sais, Zena, La Havane va sans doute mourir...

— Je... je me souviens, murmura Zena. Tu en es sûre ?

— Le Cannibale a fait tout ce qu'il a pu. Il a même appelé un autre médecin.

— Lui ? Depuis quand croit-il aux docteurs ?

Bunny sirotait lentement son café.

— Tu ne peux pas te douter à quel point il a changé, Zena. Je ne l'aurais pas cru moi-même avant de le voir appeler un docteur. Tu sais ce qu'il y a entre La Havane et moi. Tu peux deviner ce que je pense de la façon dont le Cannibale l'a traité. Mais maintenant il a l'air d'être enfin sorti d'un nuage dans lequel il aurait vécu pendant des années. Il a vraiment changé, Zena. Il veut que tu reviennes. Il regrette ce qui s'est passé entre vous. Il est très déprimé.

— Pas encore assez ! grommela Horty.

— Veut-il aussi que Horty revienne ?

— Horty ? Ah ! oui, Kiddo... Mais il ne pourrait plus faire de numéro maintenant. Je ne sais pas, Zena, le Cannibale ne m'a rien dit.

Horty remarqua le rapide froncement de sourcils qui plissait le front de Zena. Elle semblait étonnée. Elle prit le bras de Bunny et le serra avec impatience.

— Commence par le commencement, mon loup, dit-elle. C'est le Cannibale qui t'envoie ?

— Oh ! non. Enfin, pas exactement. Il a tellement changé, tu sais, Zena... Tu ne me crois pas ?... Tu verras toi-même. Il a besoin de toi et c'est moi qui ai eu l'idée de venir te chercher.

— Pourquoi donc ?

— A cause de La Havane, gémit Bunny. Tu ne comprends donc pas ? Le Cannibale pourrait peut-être arriver à le sauver ; en ce moment il est tellement abattu par ton départ et par ce qu'il t'a fait qu'il n'est plus dans son état normal.

Zena tourna vers Horty son visage troublé. Il se leva.

— Je vais aller te préparer quelque chose à manger, Bunny, dit-il.

Il avait remué très légèrement la tête de côté à l'intention de Zena ; celle-ci fit signe d'un battement de paupières qu'elle l'avait remarqué et revint vers Bunny.

— Mais comment savais-tu où j'étais, mon loup ? La naine albinos se pencha en avant et effleura la joue de Zena.

— Ma pauvre chérie ! Tu as très mal ?

— Zena ! appela Horty de la cuisine. Qu'est-ce que tu as fait du poivre de Cayenne ?

— Je reviens tout de suite, Bunny, dit Zena. Elle alla en boitillant jusqu'à la cuisine.

— Il doit être là, sur le... oui, c'est ça. Oh ! mais tu n'as pas encore commencé à faire griller le pain. Je vais m'en occuper.

Ils s'affairèrent tous deux côte à côte devant le fourneau.

— Tout ça ne me dit rien de bon, Zena, murmura tout bas Horty.

Elle hocha la tête en signe d'acquiescement.

— C'est louche, dit-elle... Nous lui avons demandé deux fois comment elle avait trouvé ton adresse et elle ne nous l'a pas dit. Tu vois, ajouta-t-elle tout haut, c'est comme cela qu'on fait du pain grillé. Seulement, il faut bien le surveiller.

— Dis-moi, Horty, reprit-elle tout bas, une seconde plus tard, comment as-tu su qui était à la porte ?

— Je ne le savais pas. Enfin, pas vraiment. Je

savais seulement qui ce n'était pas. Je connais des centaines d'autres personnes et je savais que ce n'était aucune d'elles. Il ne restait donc que Bunny, conclut-il avec un haussement d'épaules. Tu comprends ?

— Je ne pourrais pas faire ça, dit-elle pensivement. Personne que je connaisse ne pourrait le faire. Sauf peut-être le Cannibale.

Elle s'approcha de l'évier et remua bruyamment de la vaisselle.

— Tu peux lire les pensées des gens ? murmura-t-elle, quand elle se retrouva près de lui.

— Quelquefois. Un peu. Je n'ai jamais beaucoup essayé.

— Essaie, dit-elle en désignant d'un mouvement de tête la direction du living-room.

Le visage de Horty reprit cette expression paisible mais profondément absorbée qu'elle lui avait déjà vue. Au même moment quelque chose passa rapidement devant la porte de la cuisine restée ouverte. Horty qui lui tournait le dos fit demi-tour et se rua dans le living-room.

— Bunny ! cria-t-il.

Les lèvres roses de Bunny se retroussèrent sur ses dents comme celles d'un animal, elle courut à la porte d'entrée, l'ouvrit et disparut.

— Mon sac ! hurla Zena. Elle a pris mon sac !

En deux enjambées Horty se trouva dans le vestibule. Il rattrapa Bunny au haut de l'escalier. Elle poussa un cri aigu et lui enfonça ses dents dans la main. Horty lui coinça la tête sous son bras en lui bloquant le menton contre sa poitrine à lui. Comme elle avait attrapé entre ses dents un morceau de chair de Horty, elle fut bien forcée de le garder et se trouva ainsi fort efficacement bâillonnée.

Il rentra chez lui, referma sa porte d'un coup de pied et jeta Bunny sur le divan comme un paquet de linge sale. Les mâchoires de la naine ne relâchèrent pas leur étreinte ; il dut se baisser et les lui ouvrir de force. Elle resta immobile sur le divan, ses yeux rouges brillaient comme des escarboucles et elle avait une goutte de sang au coin de la bouche.

— Qu'est-ce qui a bien pu la mettre dans cet état-là, à ton avis ? demanda Horty à Zena presque avec indifférence.

Zena s'agenouilla près de Bunny et lui toucha le front.

— Bunny ? Bunny ? Ça va maintenant ?

Pas de réponse. Pourtant elle semblait avoir sa connaissance. Elle gardait ses yeux couleur de rubis fixés sur Horty. Sa respiration s'échappait de sa poitrine à grandes bouffées régulières et très espacées qui faisaient penser à une locomotive tirant un train de marchandises. Sa bouche était à la fois entrouverte et crispée.

— Je ne lui ai rien fait, expliqua Horty. Je l'ai seulement prise dans mes bras.

Zena récupéra son sac à main sur le plancher et fouilla dedans. Elle parut satisfaite de son enquête et le reposa sur la petite table.

— Horty, dit-elle, qu'est-ce que tu as fait dans la cuisine, il y a un instant ?

— J'ai essayé de...

Il fronça le sourcil.

— J'ai pensé à son visage et j'ai essayé de... de l'ouvrir comme une porte, pourrait-on dire, ou... de le dissiper comme une fumée pour apercevoir ce qu'il y avait dedans ou derrière. Je n'ai rien vu.

— Rien du tout ?

— C'est à ce moment-là qu'elle a bougé, dit-il simplement.

Zena croisa et décroisa nerveusement ses mains.

— Essaie encore, ordonna-t-elle.

Horty alla jusqu'au divan. Les yeux de Bunny le suivaient dans ses moindres mouvements. Horty se croisa les bras. Son visage se détendit. Les yeux de Bunny se fermèrent aussitôt. Sa mâchoire se relâcha.

— Fais bien attention, Horty, laissa échapper Zena, inquiète.

Horty se contenta de hocher brièvement la tête.

Pendant quelques secondes il ne se passa rien. Puis Bunny se mit à trembler. Elle allongea un bras et ferma son petit poing. Des larmes apparurent entre ses paupières et elle se détendit, elle aussi. Quelques secondes s'écoulèrent encore et elle se mit à remuer vaguement, sans but, comme si des mains étrangères manipulaient son système moteur. Elle ouvrit deux fois les yeux ; une autre fois elle s'assit à demi puis se laissa retomber en arrière. Enfin elle laissa échapper un long soupir frissonnant sur une note presque aussi grave que la voix de Zena, et resta ensuite immobile, en respirant profondément.

— Elle dort, dit Horty. Elle m'a résisté tant qu'elle a pu, mais maintenant elle dort.

Il se laissa tomber sur une chaise et couvrit un moment son visage de ses mains. Zena le regardait se régénérer ainsi lui-même comme quelque temps auparavant il avait régénéré son bras. Il se redressa vivement et dit d'une voix qui avait retrouvé toute sa vigueur :

— J'avais affaire à plus forte qu'elle, Zena. Elle était saturée d'une force qui ne venait pas d'elle.

— Et maintenant la force est partie ?

— Bien sûr. Réveille-la et tu verras.

— Tu n'avais jamais fait de choses comme cela avant, Horty. Maintenant tu as l'air aussi sûr de toi que le vieil Iwazian.

Iwazian était un photographe forain. Il n'avait qu'à prendre une photo pour savoir aussitôt si elle serait ou non réussie. Il ne regardait jamais une épreuve.

— Tu répètes tout le temps des choses comme cela, dit Horty avec une trace d'impatience dans la voix. Il y a des choses qu'on peut faire et d'autres pas, voilà tout. Quand on fait quelque chose, à quoi bon se demander si on l'a vraiment fait ? Tu crois qu'on ne le sait pas ?

— Je te demande pardon, Horty. Je continue à te sous-estimer.

Elle s'assit à côté de la naine albinos.

— Bunny, dit-elle doucement, Bunny...

Bunny tourna la tête en tous sens et ouvrit les yeux. Ils avaient une expression vague, comme si sa vue n'était pas exactement au point. Elle les braqua sur Zena, et une lueur de reconnaissance apparut dans son regard. Elle parcourut la pièce des yeux et se mit tout à coup à crier de terreur. Zena la serra contre elle.

— Tout va bien, mon loup. C'est Kiddo et moi qui sommes là. Tu vas mieux maintenant.

— Mais comment ?... où ?...

— Chut... Raconte-nous plutôt ce qui s'est passé. Tu te souviens de la troupe ? De La Havane ?

— La Havane va mourir.

— Nous tâcherons de t'aider, Bunny. Te souviens-tu de ton arrivée ici ?

— Ici ?

Elle regarda autour d'elle comme si une partie de son esprit essayait de rejoindre les autres.

— C'est le Cannibale qui m'a dit de venir. D'abord je ne lui voyais plus que les yeux et puis, au bout d'un moment, je n'ai plus rien vu du tout. Sa voix était dans ma tête. Je ne me souviens plus de rien, dit-elle d'un ton lamentable, mais La Havane va mourir.

Elle dit ces derniers mots comme si elle les prononçait pour la première fois.

— Il vaudrait mieux ne pas trop lui poser de questions en ce moment, dit Zena.

— Erreur, répliqua Horty. Il faut au contraire

lui en poser le plus possible. Et sans perdre de temps, encore ! Comment es-tu venue ici ? demanda-t-il en se penchant vers Bunny.

— Je ne me rappelle plus.

— Après que le Cannibale a eu fini de parler dans ta tête, qu'est-ce que tu as fait ?

— J'étais dans un train.

Les réponses de Bunny étaient assez vagues ; elle ne paraissait pas refuser de renseigner ses amis, mais semblait plutôt incapable de le faire. Il fallait lui arracher, bribe par bribe, ce qu'elle savait.

— En descendant du train, où es-tu allée ?

— Dans un bar. Non, une boîte... le Club... Nemo... J'ai demandé où je pourrais retrouver le garçon qui s'était blessé à la main.

Zena et Horty échangèrent un regard.

— Le Cannibale m'avait dit que Zena serait sûrement chez lui.

— Il t'a dit que ce garçon était Kiddo ou Horty ?

— Non, il ne me l'a pas dit. J'ai faim.

— Sois tranquille, Bunny, tu vas avoir un bon déjeuner dans une minute. Qu'est-ce que tu devais faire quand tu aurais retrouvé Zena ? La ramener ?

— Pas elle, les cristaux. Elle avait les cristaux. Il fallait qu'il y en ait deux. Il m'a dit que si je revenais sans, ce qui m'arriverait serait encore bien pire que ce qui était arrivé à Zena. Il a dit aussi que si je ne lui en ramenais qu'un, il me tuerait.

— On peut dire qu'il a changé, dit Zena avec une horreur méprisante dans la voix.

— Comment savait-il où j'étais ? demanda Horty.

— Je ne sais pas. Ah ! si. Par la jeune fille.

— Quelle jeune fille ?

— La jeune fille blonde. Elle a écrit une lettre à quelqu'un. A son frère. Quelqu'un a volé la lettre.

— Qui ?

— Bleu... Le juge Bleu.

— Bluett ?

— C'est cela. Le juge Bluett. Il a volé la lettre où la jeune fille disait qu'elle travaillait dans un magasin de disques de la ville. Comme il n'y avait qu'un seul magasin de disques, ils n'ont pas eu de mal à la retrouver.

— Ils l'ont retrouvée ? Qui cela ?

— Le Cannibale. Et ce Bleu... Bluett...

Horty serra les poings.

— Où est-elle en ce moment ?

— Le Cannibale l'a enfermée dans une roulotte. Est-ce que je peux déjeuner maintenant ?

14

Horty n'hésita pas une minute.

Il passa un pardessus de demi-saison, prit son portefeuille et ses clefs et s'en alla... Zena se mit à crier pour le retenir. La violence de sa crainte faisait passer des notes rauques dans sa voix de velours. Elle le saisit par le bras ; il ne se dégagea pas avec brutalité, mais continua tout simplement à avancer, en la traînant avec elle, comme si elle n'était qu'une légère fumée emportée par les remous d'air qu'il faisait naître à sa suite. Elle se retourna vers la table, saisit son sac et y trouva deux cristaux étincelants.

— Attends, attends, Horty, cria-t-elle en lui tendant les cristaux. Tu ne te souviens pas, Horty ? Ce sont les yeux de Junky. Les cristaux... C'est *toi*, Horty.

— Si tu as besoin de quelque chose, peu importe de quoi, dit-il seulement, demande Nick, au Club Nemo. C'est un type sûr.

Il ouvrit la porte.

Elle courut derrière lui en boitillant, attrapa son manteau, manqua son coup, et trébucha contre le mur.

— Attends, attends ! il faut que je t'explique. Tu n'es pas prêt. Tu ne sais pas. Je t'assure que tu ne sais pas. Horty, sanglota-t-elle, le Cannibale va...

Il était déjà arrivé à la moitié de l'escalier quand il se retourna :

— Prends bien soin de Bunny. Quoi qu'il arrive, ne sors pas d'ici. Je serai bientôt de retour.

Et il s'en alla, cette fois définitivement.

Zena dut s'appuyer au mur pour longer le couloir en sens inverse et rentrer dans l'appartement. Bunny était assise sur le divan ; elle sanglotait d'effroi, mais elle s'arrêta net en voyant le visage de Zena tout tordu par l'angoisse et courut vers elle. Elle l'aida à gagner la chaise longue, et s'accroupit sur le sol à ses pieds, en serrant ses jambes entre ses bras et en appuyant son menton rond sur les genoux de Zena. Zena avait perdu toutes ses chaudes couleurs ; elle regardait le sol d'un œil sec et noir, au milieu d'un visage grisâtre.

Les cristaux s'échappèrent de sa main et tombèrent sur le tapis où ils brillèrent doucement. Bunny les ramassa. Ils étaient tièdes. Sans doute était-ce leur séjour dans la paume de Zena qui les avait réchauffés. Pourtant sa petite main était bien froide... Ils étaient durs, mais il semblait à Bunny que, si elle les pressait, ils s'amolliraient. Elle les posa sur les genoux de Zena, sans mot dire ; elle savait instinctivement que ce n'était pas le moment de parler.

Zena prononça deux ou trois mots parfaitement inintelligibles. Sa voix n'était qu'un murmure rauque et enroué. Bunny fit un petit bruit interrogateur avec ses lèvres et Zena s'éclaircit la voix.

— Quinze ans, dit-elle seulement.

Bunny attendit en silence pendant un bon moment ; elle se demandait pourquoi Zena ne clignait même pas des yeux. Sûrement cela devait lui faire mal... Elle allongea bientôt la main et effleura les paupières de son amie. Zena cligna alors des yeux et remua légèrement ; elle semblait mal à l'aise.

— Quinze ans que j'essaie d'empêcher cela ! dit-elle. J'ai compris qui il était dès l'instant où j'ai vu les cristaux, j'en ai été sûre.

Elle ferma les yeux, ce qui sembla donner tout à coup plus de force à sa voix, comme si l'intensité de son regard l'avait épuisée jusque-là.

— J'étais la seule à savoir. Le Cannibale espérait, seulement. Rien que moi. Rien que moi. Quinze ans...

Bunny lui caressa le genou. Un long moment s'écoula. Elle eut la conviction que Zena s'était endormie, et elle avait commencé à se replonger dans ses propres pensées quand la voix grave et lasse s'éleva de nouveau.

— Ils sont vivants.

Bunny leva la tête. La main de Zena était posée sur les cristaux.

— Ils pensent et ils parlent. Ils s'accouplent. Ils sont vivants. Ces deux-là, c'est Horty.

Elle se redressa sur le divan et rejeta ses cheveux en arrière.

— C'est comme cela que je l'ai su. Nous étions en train de dîner dans un petit restaurant, le soir où nous avons recueilli Horty, tu te souviens ? Un homme a cambriolé notre camion. Il a posé le genou par mégarde sur les cristaux et Horty a failli se trouver mal. Il était à l'intérieur du restaurant et très loin du camion, mais il a su néanmoins ce qui s'y passait. Tu te souviens, Bunny ?

— Très bien. La Havane en parlait souvent. Mais pas à toi. Nous savions bien pourquoi tu ne voulais pas parler de cela.

— Maintenant, au contraire, je veux en parler, dit-elle avec lassitude en humectant ses lèvres desséchées. Depuis combien de temps fais-tu partie de la troupe, toi, Bunny ?

— Dix-huit ans, je crois bien.

— Et moi presque vingt. Je travaillais déjà avec les frères Kwell quand le Cannibale leur a acheté une part de leur affaire. Il avait déjà une petite galerie de phénomènes : Gogol, un nain, un serpent à deux têtes et un écureuil sans poils ; lui, il faisait un numéro de télépathie. Kwell ne lui a pas vendu sa part bien cher. Après deux printemps pluvieux et une tornade, il en avait plus appris sur les joies de la vie foraine qu'il n'en voulait savoir. C'était la période des vaches maigres en ce temps-là. Moi, je suis restée avec la troupe sans doute parce que j'y avais mes habitudes. Là ou ailleurs, c'est toujours aussi dur...

Elle soupira à l'évocation de ces vingt années de son passé.

— Le Cannibale était obsédé par ce qu'il appelait sa manie, son passe-temps, poursuivit-elle. Les phénomènes ne sont pas sa manie, ni sa troupe non plus ; ils n'en sont que les conséquences.

Elle prit les deux cristaux et les fit tinter dans le creux de sa main comme des dés.

— Tiens, dit-elle, la voilà, sa manie. Ces espèces de cailloux créent parfois des monstres. (Le mot les fit tressaillir toutes les deux.) Chaque fois que le Cannibale en avait un nouveau, il le gardait. Il a choisi le métier de forain pour pouvoir les conserver tout en en tirant des moyens d'existence, un point c'est tout. Il les gardait, il les étudiait et il en fabriquait d'autres.

— Alors c'est comme cela que sont créés tous les monstres ?

— Non, pas tous. Tu sais bien qu'il y a des questions de glandes, de mutations et le reste. Mais ces cristaux en produisent aussi. Seulement ils les créent... enfin, je crois qu'ils les créent... exprès.

— Mais, Zena, je ne comprends pas.

— Ma pauvre fille, moi non plus ! Le Cannibale non plus, et pourtant il en sait long là-dessus. Il peut leur parler d'une certaine manière.

— Comment ?

— Comme dans son numéro de télépathie. Il

concentre son esprit sur eux. Il... il leur fait mal avec sa pensée jusqu'à ce qu'ils lui obéissent.

— Et que veut-il en obtenir ?

— Bien des choses, mais qui se ramènent toutes à une seule : il veut un... un intermédiaire. Il veut leur faire créer un être à qui il pourra parler, donner plus facilement des ordres. L'intermédiaire s'adresserait ensuite aux cristaux et leur ferait faire ce que souhaite le Cannibale.

— Je sais que je suis très bête, Zena, mais...

— Mais non, mon chou, tu n'es pas bête du tout. Oh ! Bunny, ma petite Bunny, je suis si contente que tu sois là !

Elle attira l'albinos près d'elle sur le divan et se serra tendrement dans ses bras.

— Laisse-moi te parler, Bunny. J'en ai tant besoin. Depuis tant et tant d'années que je ne peux pas dire un mot à personne de...

— Mais je ne comprendrai rien !

— Mais si, mon chou, tu verras. Tu es bien installée ? Bon... Vois-tu, ces cristaux sont pour ainsi dire vivants — comme des animaux, bien qu'ils ne ressemblent à aucun des animaux que les hommes connaissent. D'ailleurs, je crois qu'ils sont venus d'un autre monde que le nôtre. Le Cannibale m'a dit que parfois il voyait dans son esprit l'image d'étoiles blanches et jaunes, dans un ciel tout noir ; c'est à cela, paraît-il, que doit ressembler l'espace interstellaire. Il pense qu'ils sont venus de là.

— Il te l'a dit ? Mais il t'en parlait donc ?

— Des heures entières ! Il faut croire que tout le monde a besoin de pouvoir parler à quelqu'un de temps en temps. C'est moi qu'il avait choisie comme auditoire. Je ne sais combien de fois il m'a menacée de me tuer si je répétais jamais un mot de ce qu'il me confiait. Mais ce n'est pas pour cela que j'ai gardé le secret. Tu comprends, Bunny, il était bon pour moi. Il est souvent cruel, et il est à moitié fou, mais avec moi il a toujours été gentil.

— Je sais. Cela nous étonnait tous.

— Je ne voyais pas quel inconvénient cela pouvait avoir pour les autres. Pas tout de suite, du moins ; pas avant bien des années. Quand j'ai fini par découvrir son but véritable, je ne pouvais plus en parler à personne : on ne m'aurait pas crue. Tout ce que je pouvais faire, c'était de m'instruire le plus possible et d'espérer que, le moment venu, je parviendrais à l'arrêter.

— L'arrêter ?

— Mais oui... Ecoute, attends d'abord que je t'aie parlé un peu plus en détail de ces cristaux et tu comprendras. Ils ont l'habitude de copier des êtres vivants. Je veux dire par là qu'un cristal qui se trouverait auprès d'une fleur pourrait en fabriquer une autre presque pareille. De même pour un chien, pour un oiseau. Mais le plus souvent, la copie est ratée. C'est ce qui est arrivé pour Gogol ou pour le serpent à deux têtes.

— Gogol ?

Zena hocha la tête.

— Oui, l'homme-poisson. Je crois que primitivement il était destiné à être un homme. Il n'a ni jambes, ni bras, ni dents et il ne peut pas transpirer, si bien que, si on ne le laissait pas dans un aquarium, il mourrait.

— Mais pourquoi les cristaux font-ils cela ?

Zena secoua la tête.

— C'est justement une des choses que le Cannibale voudrait tant découvrir. Les créations des cristaux ne sont soumises à aucune règle fixe. Tantôt elles ressemblent à la chose réelle, tantôt elles ont un aspect étrange ou même parfois ne peuvent pas vivre du tout, tant elles sont ratées. C'est pour cela qu'il cherchait son intermédiaire : un être qui aurait été capable de communiquer avec les cristaux. Lui ne pouvait y parvenir que par intermittences. Il ne pouvait pas plus les comprendre que toi ou moi ne comprendrions la chimie transcendantale ou le radar. Une chose surtout n'était pas claire dans son esprit : il existe diverses espèces de cristaux, certaines plus complexes que d'autres et capables de plus de choses. A moins encore qu'il ne s'agisse d'individus de la même espèce mais d'âge différent. Ces êtres-là ne se viennent jamais en aide les uns les autres : ils semblent n'avoir rien de commun entre eux. Et pourtant ils s'accouplent ! Cela le Cannibale l'ignorait. Il savait seulement que deux cristaux cessaient parfois simultanément de répondre à ses impulsions quand il leur faisait du mal. Il en a même disséqué une paire. Une autre fois il en a donné deux au vieux Worble.

— Je me souviens bien de lui. Dans sa jeunesse c'était un hercule, mais il était devenu trop vieux pour travailler. Il aidait le cuisinier, il faisait de petites besognes par-ci, par-là. Il est mort, n'est-ce pas ?

— C'est une façon de parler ! Tu te souviens de ces objets qu'il sculptait avec son couteau ?

— Oh oui ! Des jouets, des poupées, des choses comme cela ?

— Tout juste. Une fois il a fabriqué un diable à ressort et voici ce qu'il a pris pour lui faire des yeux.

Elle lança les cristaux en l'air et les rattrapa au vol.

— Il faisait toujours des cadeaux aux gosses, continua-t-elle. C'était un brave homme. Moi, je sais ce qu'est devenu le diable à ressort. Le Cannibale n'a jamais pu le découvrir, mais Horty me l'a dit. D'une manière ou d'une autre il est passé de main en main et a fini par échouer dans un orphelinat. C'est là que vivait Horty qui était encore tout bébé. En moins de six mois ces deux cristaux sont devenus une partie intégrante de Horty — ou lui d'eux.

— Et Worble ?

— Un an plus tard, le Cannibale s'est demandé si, par hasard, les cristaux ne s'accouplaient pas, et ce qui pouvait bien se passer dans l'affirmative. Il a craint d'avoir jeté par erreur deux gros cristaux bien développés qui, après tout, n'étaient sans doute pas morts. Quand Worble lui a dit qu'il s'en était servi pour faire des yeux à un jouet et qu'il ignorait complètement entre les mains de quel enfant ce jouet pouvait être, le Cannibale est entré dans une telle colère qu'il l'a frappé. Il l'a jeté à terre d'un coup de poing. Le vieux Worble n'a jamais repris connaissance, bien qu'il ne soit mort que quinze jours plus tard. Personne d'autre que moi n'a su ce qui s'était passé ce jour-là. J'étais dehors, derrière la tente des cuisines et j'avais tout vu.

— Je ne savais rien de tout cela, souffla Bunny en ouvrant tout grands ses yeux couleur de rubis.

— Personne ne l'a su, répéta Zena. Tiens, prenons un peu de café. Mais, mon pauvre petit, avec toutes ces histoires, tu n'as pas encore mangé !

— Oh ! ça ne fait rien, dit Bunny. Continue.

— Viens dans la cuisine, dit Zena en se levant avec peine. Vois-tu, il ne faut pas s'étonner si le Cannibale paraît parfois inhumain. Tu comprends, ce n'est pas tout à fait un homme...

— Et qu'est-ce donc ?

— J'y arrive tout de suite. En ce qui concerne les cristaux, le Cannibale dit que la manière la plus approchante de décrire leurs procédés de création de plantes, d'animaux et du reste, c'est de dire qu'ils les rêvent. Il t'arrive aussi de rêver... tu sais que les choses que l'on voit en rêve apparaissent parfois très claires, très nettes, et parfois aussi toutes brouillées, distordues, ou disproportionnées ?

— Oui, bien sûr. Où as-tu mis les œufs ?

— Tiens, les voilà. Eh bien, les cristaux rêvent parfois eux aussi. Quand leurs rêves sont bien nets, bien clairs, ils créent des plantes assez réussies, de vrais rats, de vraies araignées, de vrais oiseaux. Mais c'est assez exceptionnel. Le Cannibale dit que ce sont des rêves érotiques.

— Que veux-tu dire ?

— Ils rêvent comme cela avant de s'accoupler. Mais il y en a qui sont trop... trop jeunes, pas assez développés ou peut-être qui ne trouvent pas, juste à ce moment-là, le partenaire qu'il leur faut. En tout cas, quand ils rêvent de cette façon, ils transforment une à une les molécules d'une plante et la changent en un autre, ou encore ils métamorphosent un tas de moisissures en un oiseau... Personne ne peut dire à l'avance ce qu'ils auront l'idée de créer, ni pourquoi.

— Mais pourquoi ce besoin de créer des êtres pour s'accoupler ?

— Le Cannibale ne pense pas qu'ils les créent exactement *pour* s'accoupler, expliqua Zena en brisant adroitement un œuf dans la poêle. Il appelle ces créations des sous-produits. Imagine que tu sois amoureuse et qu'en pensant à la personne que tu aimerais tu composes une chanson. Ta chanson ne parlerait peut-être pas du tout de ton amoureux, mais de ruisseaux, de fleurs, du vent, de choses comme ça. Peut-être même ne la finiraistu jamais. Bon. Eh bien, ta chanson serait un sous-produit de ton amour. Tu saisis ?

— Je crois.

— Assieds-toi donc, mon lapin, je vais t'apporter des toasts. Vois-tu, à mon petit avis, quand deux cristaux s'accouplent, il se passe quelque chose d'autre encore. Ils créent alors un être entier. Mais pas à partir de n'importe quoi, comme les cristaux isolés. D'abord ils paraissent mourir ensemble. Pendant des semaines ils sommeillent ainsi. Après quoi, ils commencent à rêver ensemble. Ils trouvent un être vivant dans les parages et ils le recréent. Ils le transforment cellule après cellule. On ne voit pas la transformation s'opérer. S'il s'agissait d'un chien, il pourrait fort bien continuer à manger, à galoper après les chats ou à hurler à la lune. Mais un jour, je ne sais pas combien de temps il faut, la transformation est enfin achevée jusque dans ses plus petits détails.

— Et alors ?

— Alors l'être nouveau a le pouvoir de se transformer lui-même — en admettant que l'idée lui en vienne. Il peut devenir à peu près n'importe quoi si l'envie lui en prend.

Bunny s'arrêta un instant de mâcher pour réfléchir.

— Comment cela, changer ? demanda-t-elle.

— Par exemple il pourrait à volonté grandir, rapetisser, se faire pousser des membres supplémentaires. Prendre des formes bizarres : se faire tout mince, ou tout plat, ou rond comme une boule.

S'il était blessé il pourrait se faire repousser des membres neufs. Et il pourrait avec sa pensée opérer des miracles qui passent l'imagination. As-tu jamais entendu parler des loups-garous, Bunny ?

— Ces monstres qui se changent à volonté tantôt en hommes, tantôt en loups ?

Zena but une gorgée de café.

— C'est cela même. Naturellement il y a là-dedans une grande part de légende ; mais ces légendes ont très bien pu se former parce que quelqu'un avait assisté à une transformation du genre de celles dont je te parlais.

— Mais alors il en existe depuis longtemps sur la Terre de ces cristaux ?

— Je pense bien ! Le Cannibale dit qu'il en apparaît sans arrêt. Ils vivent, ils s'accouplent et ils meurent.

— Et tout cela rien que pour créer des monstres ou des loups-garous, murmura Bunny avec stupeur.

— Mais pas du tout ! Ces êtres qu'ils créent ne sont rien pour eux. Ils vivent une vie à part. Le Cannibale lui-même ignore ce qu'ils font ou à quoi ils pensent. Leurs créations ce sont des choses qu'ils font distraitement, comme lorsqu'on griffonne des dessins sur un bout de papier qu'on jettera ensuite. Mais le Cannibale pense qu'il pourrait arriver à les comprendre s'il découvrait jamais son fameux intermédiaire.

— Pourquoi tient-il tant à comprendre ces choses abracadabrantes ?

Le petit visage de Zena se rembrunit.

— Quand j'ai fini par le deviner, je me suis mise à écouter le Cannibale beaucoup plus attentivement. J'espérais ainsi pouvoir l'arrêter, le moment venu. Vois-tu, Bunny, le Cannibale déteste ses semblables. Il méprise et hait tout le monde.

— Ça, c'est bien vrai ! s'écria Bunny.

— Même maintenant où il n'arrive à diriger ses cristaux que très approximativement, il réussit quand même à faire faire ce qu'il désire à certains d'entre eux. Imagine-toi, Bunny, qu'il en a enterré dans des marécages à côté d'œufs de moustiques déjà porteurs d'hématozoaires de paludisme. Il a recueilli des serpents venimeux en Floride et les voilà acclimatés dans la Californie du sud. Il a tout le temps des inventions comme celles-là. C'est une des raisons pour lesquelles il reste forain. Il parcourt le pays d'un bout à l'autre en suivant chaque année le même itinéraire. Il peut ainsi venir reprendre ses cristaux là où il les a enterrés après s'être assuré du mal qu'ils ont fait aux gens. Il en découvre tout le temps de nouveaux, du reste. Il se promène dans les bois, dans les prés, et, de temps en temps, il émet une... une espèce d'onde de pensée, comme il en a le secret. Cela fait souffrir les cristaux, et lui, il les entend se plaindre. Il s'avance ainsi en émettant des ondes jusqu'à ce que la douleur des cristaux l'ait conduit à eux. Ils ne sont pas rares, tu sais. Tant qu'on ne les a pas nettoyés, on les prendrait pour des cailloux, ou pour des petites mottes de terre.

— Oh ! c'est affreux.

Des larmes brillaient dans les yeux de Bunny.

— On devrait tuer un pareil monstre !

— Je ne sais si ce serait possible.

— Tu veux dire qu'il a bien été créé par un cristal ?

— Crois-tu qu'un être humain serait capable de se conduire comme lui ?

— Mais s'il trouvait son intermédiaire, que ferait-il de plus ?

— Il commencerait par le domestiquer. Les êtres nés de l'accouplement de deux cristaux sont tout ce qu'ils croient être. Le Cannibale lui dirait qu'il est son esclave et qu'il doit accepter ses ordres. L'intermédiaire le croirait et se verrait effectivement lui-même sous ce jour. Par lui, le Cannibale pourrait exercer un véritable pouvoir sur les cristaux. Il réussirait probablement à les faire s'accoupler et à rêver tout ce qu'il pourrait inventer de plus horrible. Il pourrait semer des maladies, des fléaux, des poisons de toutes sortes. Il finirait par ne plus rester un seul homme sur la Terre. Et le pire c'est que les cristaux ne semblent même pas souhaiter ce résultat. Ils ne demandent qu'à continuer leur vie telle qu'elle est, en créant de temps en temps une fleur ou un animal, en pensant leurs pensées mystérieuses et en vivant cette existence étrange qui est la leur. Ils n'en veulent pas à l'humanité, eux ! Ils s'en moquent, voilà tout.

— Ma pauvre Zena ! Dire que tu portes ce secret en toi depuis tant d'années !

Bunny fit le tour de la table en courant pour venir l'embrasser.

— Pourquoi n'as-tu rien dit à personne, mon pauvre chou ?

— Je n'ai pas osé. On m'aurait crue folle. Et puis... il y avait Horty.

— Quoi, Horty ?

— Quand Horty était bébé, il avait été recueilli dans l'orphelinat où se trouvait, je ne sais comment, le fameux jouet aux yeux faits de deux cristaux. Les cristaux se sont attachés à lui. Tout concorde parfaitement. Il m'a dit que, quand le diable à ressort qu'il appelait Junky lui avait été enlevé, il avait failli en mourir. Le docteur avait pensé qu'il s'agissait d'une espèce de psychose, mais naturellement ce n'était pas cela du tout. Le petit était uni par un lien mystérieux aux cristaux accouplés et il ne pouvait pas vivre indépendamment d'eux. Il semble qu'on ait jugé plus commode de laisser son jouet à l'enfant — Horty m'a dit que c'était un vilain jouet sans valeur — plutôt que de tenter de le débarrasser de sa psychose. Quand Horty a été adopté — par Armand Bluett, soit dit en passant — Junky l'a suivi dans sa nouvelle famille.

— Quel homme affreux que ce juge Bluett. Il a l'air tout mou... tout moite...

— Ce que le Cannibale cherche depuis plus de vingt ans, c'est un de ces êtres engendrés conjointement par deux cristaux, seulement il ne s'en doutait pas lui-même. Songe que le premier cristal qu'il a découvert faisait sans doute partie d'un couple et qu'il ne l'a pas compris... pas avant d'avoir appris ce qu'était Horty, tout au moins. Il avait entrevu la vérité, mais il n'a pu avoir de certitudes que tout récemment. Moi, j'ai tout deviné le jour où nous avons recueilli Horty. Le Cannibale donnerait n'importe quoi au monde pour mettre la main sur cet humain parfait qu'est Horty. Non je ne devrais pas dire « humain ». Horty n'est pas un humain, ou plutôt il ne l'est plus depuis l'âge d'un an. Enfin, tu me comprends...

— Et il servirait d'intermédiaire au Cannibale ?

— Voilà. Aussi, quand j'ai compris ce qu'était Horty, j'ai profité de l'occasion qui m'était offerte pour le cacher dans le dernier endroit au monde où Ganneval pouvait penser à le chercher : en plein sous son nez !

— Mais c'était terriblement risqué ! Il était fatal qu'il découvre la vérité.

— Pas si fatal que ça. Le Cannibale ne peut pas lire mes pensées. Il peut piquer mon esprit comme avec une aiguille, il peut m'appeler d'une façon étrange, mais il ne peut pas lire ce qu'il y a dans mon cerveau. Il ne peut pas me faire ce que Horty t'a fait tout à l'heure. Tu sais : le Cannibale t'avait hypnotisée pour que tu voles les cristaux et que tu les lui rapportes, et Horty est entré tout au fond de ta pensée et il l'a nettoyée des suggestions du Cannibale.

— Je... je me souviens. C'était terrible...

— J'ai donc gardé Horty auprès de moi et je n'ai pas cessé un seul jour de le préparer à la tâche qui l'attendait. J'ai lu tous les livres que je pouvais trouver et je lui en ai fait absorber le contenu. Tout y a passé, je te dis : anatomie comparée, histoire, musique, mathématiques, chimie, bref tout ce qui, à mon avis, pouvait l'aider à connaître l'humanité. Vois-tu, Bunny, il y a un philosophe français qui a dit : « Je pense, donc je suis. » Horty est la quintessence de cet adage. Quand il était nain, c'est parce qu'il se croyait un nain. Il ne pensait pas à faire muer sa voix, à grandir, à appliquer à lui-même tout ce qu'il avait appris. Il me laissait prendre toutes les décisions à sa place. Il a déversé tout ce qu'il lisait dans un réservoir étanche et n'y a plus prêté attention jusqu'au moment où, de lui-même, il a décidé qu'il était temps de s'en servir. Il a une mémoire « eidétique ».

— Qu'est-ce que c'est que ça ?

— Une mémoire comme un appareil photo. Il se rappelle dans ses moindres détails tout ce qu'il a vu, lu ou entendu. Quand ses doigts ont commencé à repousser — tu te souviens qu'ils étaient irrémédiablement mutilés quand nous l'avons vu pour la première fois — j'ai soigneusement gardé le secret. C'était la seule chose qui aurait pu révéler au Cannibale ce qu'était vraiment Horty. Les humains ne peuvent pas se faire repousser des doigts à volonté. Les créatures nées d'un seul cristal non plus. Le Cannibale passait des heures entières la nuit, dans la ménagerie, à essayer de contraindre l'écureuil sans poils à se créer une fourrure, ou Gogol à se faire pousser des branchies. Pour cela il les aiguillonnait avec son esprit comme je te l'ai expliqué. Si l'un d'eux avait été le produit d'une paire de cristaux, il aurait reconstitué lui-même ce qui manquait à son organisme.

— Je crois que je comprends. En somme tu cherchais à convaincre Horty qu'il était bien un être humain ?

— Tout juste. Il fallait d'abord, par-dessus tout, qu'il s'identifie avec l'idée d'humanité. C'est pour cela que je lui ai enseigné la guitare quand ses doigts ont repoussé ; je voulais qu'il pût apprendre rapidement la musique et on en sait plus en travaillant un an sur une guitare que trois sur un piano. Je savais que de toutes les créations de l'humanité, la musique est la plus humaine. Horty avait en moi une confiance absolue parce que je ne le laissais jamais penser par lui-même.

— C'est la première fois que je t'entends parler comme cela, Zena. On dirait un livre...

— J'ai dû aussi jouer un rôle, dit doucement Zena. D'abord il a fallu que je tienne Horty caché jusqu'à ce qu'il ait appris tout ce que je voulais qu'il sût. Puis il a fallu imaginer un moyen de l'amener à contrecarrer les plans du Cannibale, sans qu'il risquât d'en devenir l'esclave.

— Comment comptais-tu t'y prendre ?

— Je crois que le Cannibale est un être né d'un seul cristal. Je crois que, si seulement Horty pouvait réussir à utiliser cette espèce d'arme psychique dont dispose le Cannibale, il réussirait à le détruire. En le tuant d'une balle de revolver on ne détruirait pas pour cela le cristal qui l'a créé. Peut-être ce cristal s'accouplera-t-il par la suite avec un autre, le créera-t-il de nouveau — avec en plus tout le pouvoir qu'ont les êtres nés de deux cristaux.

— Mais qui te dit que le Cannibale ne soit pas né de deux cristaux ?

— Je n'en sais rien, dit Zena d'un ton morne. Si c'en est un je prie pour l'idée que Horty se fait de son humanité soit assez vigoureuse pour résister à celle que le Cannibale essaiera de lui suggérer. La haine qu'il éprouve pour Armand Bluett est un sentiment humain. L'amour qu'il ressent pour Kay Hallowell en est un autre. Ce sont là les deux aiguillons dont je me suis servie pour le faire agir ; je l'ai taquiné, harcelé avec cela jusqu'à ce que ces deux idées soient devenues une partie de son sang et de sa chair.

Bunny écoutait en silence ce flot amer de paroles. Elle savait bien que Zena aimait Horty et qu'elle était assez femme pour ressentir comme une grave menace l'entrée de Kay Hallowell dans la vie du jeune homme. Zena avait lutté contre la tentation de détourner Horty de Kay et elle l'avait vaincue. Elle affrontait maintenant la terreur et l'angoisse des ultimes combats au moment où sa longue campagne de préparation commençait à porter ses fruits.

Bunny observa le visage fier et meurtri de Zena, ses lèvres légèrement abaissées aux coins, sa tête douloureusement penchée, ses épaules voûtées sous la lourde robe de chambre et comprit que c'était là un tableau qu'elle n'oublierait jamais. L'humanité est un concept familier aux anormaux : à leur grand désespoir, ils s'en sentent en effet tout proches ; ils expriment leur parenté avec elle dans un sanglot de regret et ne cessent jamais de tendre vers elle leurs bras difformes. Dans l'esprit de Bunny cette silhouette déchirante et courageuse venait de se graver comme une médaille représentant à la fois un hommage et un tribut.

Leurs regards se croisèrent et Zena sourit lentement.

— Hello, Bunny ! dit-elle.

Bunny ouvrit la bouche et se mit à toussoter... ou peut-être à sangloter. Elle serra Zena dans ses bras, enfouit son menton dans le creux frais et satiné du cou brun de son amie. Elle ferma les yeux comme pour y enfoncer ses larmes. Quand elle les rouvrit ce qu'elle aperçut lui coupa brusquement la parole.

Par-dessus l'épaule de Zena, elle avait vu, par la porte de la cuisine, une immense silhouette décharnée qui venait d'entrer dans le living-room.

La lèvre inférieure de l'intrus pendait jusqu'à la moitié du menton. Il se pencha sur la table. Ses mains délicates ramassèrent un, puis deux cristaux... Il se redressa, lança à Bunny un regard de morne pitié qui éclaira un instant sa figure verte et sortit silencieusement.

— Mais Bunny, tu me fais mal ! Tu m'étrangles !

« Ces deux cristaux ne font qu'un avec Horty, pensait Bunny. Comment vais-je lui dire que Solum les a repris et qu'il va les remettre au Cannibale ? »

Son visage et sa voix étaient secs et blancs comme de la craie.

— Tu n'es pas encore au bout de tes peines, ma pauvre Zena... commença-t-elle.

15

Horty grimpa l'escalier quatre à quatre et entra en coup de vent dans l'appartement.

— Je joue de malheur, dit-il, haletant. Dès que je veux faire quelque chose, ça rate. Je suis sûr d'arriver toujours trop tôt ou trop tard...

Il aperçut Zena, les yeux ouverts et fixes sur le divan et Bunny accroupie à ses pieds.

— Qu'est-ce qui se passe donc ? demanda-t-il.

— Solum est entré pendant que nous étions dans la cuisine, expliqua Bunny. Il a pris les cristaux. Nous n'avons rien pu faire. Zena n'a pas ouvert la bouche depuis. J'ai peur, Horty. Je ne sais pas quoi faire. Oh ! mon Dieu...

Elle se mit à sangloter tout à coup.

Horty traversa la pièce en deux enjambées, souleva Bunny de terre, la serra une seconde dans ses bras et la reposa sur le plancher. Il s'agenouilla à côté de Zena.

— Zena... commença-t-il.

Elle ne bougea pas. Ses yeux, envahis par leurs

pupilles dilatées, semblaient des fenêtres ouvertes sur une nuit trop noire. Il lui souleva le menton et la fixa de son regard. Elle se mit à trembler et à crier tout haut comme s'il l'avait brûlée. Elle se débattait dans ses bras.

— Non, non... criait-elle. Je vous en prie... pas cela...

— Je te demande pardon, Zena. Je ne savais pas que je te ferais mal.

Elle se renversa en arrière et leva les yeux vers lui, comme si elle le reconnaissait seulement.

— C'est toi Horty ? Il ne t'est rien arrivé ?

— Bien sûr que non. Que s'est-il encore passé avec Solum ?

— Il a pris les cristaux — les yeux de Junky...

— Cela faisait douze ans qu'elle les cachait, murmura Bunny, et maintenant...

— Tu crois que c'est le Cannibale qui l'a envoyé pour les reprendre ?

— C'est certain. Il a dû me suivre et attendre que tu sois sorti. Il était entré et reparti avant que nous ayons seulement eu le temps de nous retourner.

— Les yeux de Junky...

Il se souvenait du jour où, tout enfant, il avait failli mourir, parce que Armand avait jeté son jouet à la poubelle. Et aussi du jour où le vagabond avait écrasé les yeux du polichinelle sous son genou et où il l'avait senti, dans le restaurant à cinquante mètres de là. Maintenant, le Cannibale allait pouvoir... Ah ! non. C'était trop, vraiment.

Bunny porta sa main à sa bouche.

— Horty, je viens de penser que... que le Cannibale n'aurait sûrement pas envoyé Solum comme cela, tout seul. Il voulait à tout prix avoir les cristaux... tu sais comment il est quand il veut quelque chose. Il ne peut supporter d'attendre. Il doit être quelque part en ville, en ce moment.

— Non ! dit Zena en se levant avec raideur. Non, Bunny. Ou je me trompe fort ou le Cannibale est déjà reparti pour regagner sa roulotte. S'il croit que Kay Hallowell et Horty ne font qu'un il voudra avoir les cristaux à la portée de la main pour faire des expériences sur eux et observer la jeune fille en même temps. Je te parie qu'il est déjà en train de filer à toute allure en direction de la foire.

— Si seulement je n'étais pas parti d'ici, se lamenta Horty. J'aurais peut-être pu arrêter Solum, peut-être même rattraper le Cannibale, et... quelle guigne ! La voiture de Nick était au garage. Il a d'abord fallu que je trouve Nick pour la lui emprunter, après ça que je fasse partir le camion qui bloquait l'entrée, que je mette de l'eau dans le radiateur, et que... bref, tu vois ça d'ici. En tout cas, maintenant, j'ai l'auto en bas. Je vais partir tout de suite. Sur trois cents milles je devrais bien arriver à rattraper le... Combien de temps cela fait-il que Solum est parti ?

— A peu près une heure. C'est impossible, Horty. Et je n'ose pas penser à ce qui t'arrivera quand il va s'attaquer à ces deux cristaux.

Horty sortit les clefs de sa poche et les fit danser dans sa main.

— Qui sait ? dit-il tout à coup. Il y a peut-être une chance...

Il se rua sur le téléphone.

En l'écoutant parler rapidement dans l'appareil, Zena se tourna vers Bunny.

— L'avion ! Bien sûr ! Comment n'y avions-nous pas pensé ?

Horty reposa le téléphone et regarda sa montre.

— Si je peux être à l'aéroport dans douze minutes, dit-il, j'aurai un avion.

— Tu veux dire : « Nous aurons ».

— Non, toi tu ne viens pas. Désormais cette affaire me regarde seul. Vous avez déjà assez souffert comme cela, mes pauvres petites.

Bunny s'était accrochée à son pardessus.

— Je retourne près de La Havane, dit-elle avec énergie.

Malgré ses traits enfantins son visage exprimait une résolution indomptable.

— Tu ne vas pas me laisser ici, déclara Zena d'un ton sans réplique, en allant chercher son manteau. Inutile de discuter, Horty. J'ai encore beaucoup de choses à te dire, et peut-être aussi à faire.

— Mais...

— Je crois qu'elle a raison, dit Bunny. Elle a vraiment beaucoup de choses à te dire.

Quand ils arrivèrent à l'aérodrome, l'avion se plaçait déjà sur la piste d'envol. Horty traversa le terrain en auto, en jouant furieusement de son klaxon et l'avion attendit. Sitôt qu'ils furent installés sur leurs sièges, Zena commença à parler. Elle ne termina ce qu'elle avait à dire que dix minutes avant d'arriver.

— Ainsi donc, fit Horty après une longue pause, c'est cela que je suis...

— C'est une grande chose, tu sais, d'être cela, dit Zena.

— Pourquoi as-tu attendu tant d'années pour me le dire ?

— Parce qu'il y avait trop de choses que je ne savais pas... Il y en a encore... Je ne savais pas exactement ce que le Cannibale pourrait arriver à extraire de ton esprit s'il s'en donnait la peine ; je ne savais pas combien de temps il faudrait pour que l'idée que tu te faisais de toi-même s'ancre bien en toi. Tout ce que j'ai voulu, ç'a été que tu t'acceptes sans discussion, comme un être humain véritable, comme une fraction de l'humanité entière et que tu grandisses avec cette idée.

— Pourquoi est-ce que je mangeais des fourmis ? dit-il tout à coup en se tournant vers elle.

Elle haussa les épaules.

— Je n'en sais rien. Peut-être que même en s'y mettant à deux les cristaux ne peuvent pas créer un être parfait. En tout cas, tu avais sûrement une carence en acide formique. Tu sais que les fourmis en sont pleines. C'est de là que cet acide tire son nom. Il y a des enfants qui mangent du plâtre parce qu'ils ont besoin de calcium. D'autres aiment bien les gâteaux brûlés, parce qu'ils y trouvent le carbone qui leur manque. Si tu avais une carence, elle devait être très grave.

Le gouvernail de profondeur s'abaissa et ils sentirent le freinage qu'il exerçait sur l'avion.

— Nous arrivons. A quelle distance d'ici se trouve le champ de foire ?

— A deux ou trois kilomètres. Nous prendrons un taxi.

— Je vais te laisser quelque part, dans les environs du campement, Zena. Tu n'en as que trop supporté déjà.

— Moi, je t'accompagne, dit fermement Bunny. Mais, pour toi, Zena... je crois qu'il a raison. Je t'en supplie, tiens-toi à distance, jusqu'à... jusqu'à ce que tout soit fini.

— Qu'est-ce que tu vas faire ?

Il étendit les mains.

— Ce que je pourrai. D'abord délivrer Kay. Empêcher Armand Bluett d'exécuter ses ignobles desseins sur elle et sur son héritage. Et puis, il y a le Cannibale. Je ne sais pas encore, Zena. Cela dépendra des circonstances. Mais il faut que j'agisse. Tu as déjà fait tout ce que tu pouvais et au-delà. Regardons les choses en face : tu ne tiens pas debout en ce moment. Il faudrait que je m'occupe de toi en même temps que du reste et tu me gênerais plutôt.

— Il a raison, Zena, dit Bunny. Je t'en prie...

— Attention, Horty. Je t'en supplie, fais bien attention...

« Aucun cauchemar ne pourrait être pire, se disait Kay, que celui que je vis en ce moment. On m'enferme dans une roulotte avec un vieux satyre épouvanté et un nain à l'agonie, sans parler d'un fou et d'une espèce de monstre qui ne vont pas tarder à revenir l'un et l'autre. Et je dois subir leurs propos délirants à propos de doigts coupés, de cristaux vivants et je ne sais quoi encore... Et pour comble, on me dit que je ne suis pas moi mais quelqu'un ou quelque chose... »

La Havane gémit sur sa couchette. Kay prit une serviette et une fois de plus lui épongea le front. Comme chaque fois, elle vit ses lèvres trembler et remuer, mais les mots s'arrêtèrent dans sa gorge, en un gargouillement étouffé qui allait s'évanouissant.

« Il veut quelque chose, se dit-elle. Je voudrais bien savoir quoi pour le lui donner tout de suite. »

Armand Bluett était appuyé contre la cloison, près de la fenêtre ; son coude passait au-dehors. Kay savait qu'il était très mal installé là et que probablement il avait fort mal aux pieds. Mais il ne voulait pas s'asseoir. Il ne voulait pas s'éloigner de la fenêtre. Pas si bête ! Il avait bien trop peur d'être obligé d'appeler à l'aide. Maintenant, c'était au tour du vieux satyre d'avoir peur de sa victime. Il la regardait encore avec des yeux luisants et des lèvres baveuses de désir, mais il avait peur.

« Ma foi, tant pis pour lui ! » se dit Kay. Personne n'aime entendre mettre son identité en doute mais, dans le cas présent, elle n'y voyait aucune objection. Cela avait au moins l'avantage de maintenir toute la largeur de la roulotte entre elle et Armand Bluett.

— Ne vous occupez donc pas de ce petit monstre, dit-il sèchement. De toute façon, il va bientôt crever.

Elle lui jeta un regard chargé de haine, mais ne répliqua pas. Le silence se prolongea, coupé seulement pas le traînassement douloureux des pieds du juge.

— Quand M. Ganneval va revenir avec les cristaux, finit-il par dire, nous ne tarderons pas à apprendre qui vous êtes. Je vous dispense de me répéter une fois de plus que vous ne comprenez pas de quoi il s'agit.

— Mais je ne sais rien ! protesta-t-elle. Je voudrais bien que vous arrêtiez de crier tous comme cela. Vous ne pouvez pas tirer de moi des renseignements que je ne possède pas. Et de plus ce pauvre petit bonhomme est très malade.

Le juge renifla dédaigneusement et se rapprocha encore davantage de la fenêtre. Elle se sentit prise d'une violente envie de s'approcher de lui en poussant des grondements de bête féroce. La peur le ferait sans doute basculer de l'autre côté. Mais, à ce moment, La Havane gémit de nouveau.

Elle se contracta soudain. Tout au fond de son cerveau, elle sentait une présence, une entité, vaguement associée à une musique douce et fluide, à un large visage aimable et à un bon sourire. C'était comme si on lui avait posé une question.

Elle y répondit silencieusement :

— *Je suis là. Je vais bien jusqu'à présent...*

Elle se retourna pour regarder le juge et voir s'il partageait cette étrange impression. Il paraissait agité. Il était toujours debout, le coude posé sur l'appui de la fenêtre et il polissait nerveusement ses ongles sur le revers de son veston.

Elle vit alors une main apparaître dans l'encadrement de la fenêtre.

C'était une main mutilée. Elle s'éleva à l'intérieur de la roulotte comme la tête et le cou d'un oiseau aquatique, cherchant une proie, passa pardessus l'épaule d'Armand et se déploya devant son visage. Le pouce et l'index étaient intacts, mais le majeur était d'une longueur moitié moindre que la normale et les deux derniers doigts étaient de simples bourgeons de tissu cicatriciel.

Les sourcils d'Armand Bluett se hérissèrent audessus de ses yeux exorbités, aussi ronds que sa bouche grand ouverte. Sa lèvre inférieure se retroussa vers le haut, jusqu'à recouvrir presque ses narines. Il laissa échapper un faible son qui tenait du râle et du hoquet, et roula sur le sol.

La main disparut comme elle était venue. Des

pas rapides retentirent au-dehors. Ils couraient vers la porte. On y frappa. Une voix se fit entendre.

— Kay ! Kay Hallowell ! Ouvrez-moi !

Elle tremblait sans savoir pourquoi.

— Qui... qui est là ? balbutia-t-elle.

— Horty, dit la voix tandis que le bouton de la porte s'agitait violemment. Dépêchez-vous. Le Cannibale ne va pas tarder à revenir. Nous n'avons guère de temps.

— Horty, je... la porte est fermée à clef.

— La clef doit être dans la poche du juge. Vite !

Surmontant sa répugnance, elle courut jusqu'à la silhouette allongée sur le plancher. Bluett était étendu sur le dos, la tête calée contre le mur, les yeux fermés obstinément, dans un violent effort psychique pour s'isoler du monde extérieur. Dans la poche gauche de son gilet il y avait un trousseau de clefs et une clef séparée. Elle prit cette dernière et ouvrit la porte sans difficulté.

Kay s'arrêta sur le seuil de la roulotte, éblouie par le grand jour.

— Horty ? dit-elle seulement.

— En personne.

Il entra, lui caressa le bras et sourit.

— Vous avez eu tort d'écrire des lettres, dit-il. Viens, Bunny.

— Ils s'imaginaient que je savais où vous étiez, dit Kay.

— Eh bien, maintenant, vous le savez.

Il tourna ses regards vers le corps étendu d'Armand Bluett.

— Charmant spectacle ! Il a mal au cœur ou quoi ?

Bunny avait couru d'un trait jusqu'à la couchette à côté de laquelle elle s'était laissée tomber à genoux.

— La Havane... Oh ! La Havane...

La Havane était allongé sur le dos, très raide. Ses yeux étaient vitreux et ses lèvres desséchées dessinaient une sorte de moue.

— Est-ce que... commença Kay... enfin... Est-il... J'ai fait de mon mieux. Il voulait quelque chose. J'ai peur qu'il...

Elle s'approcha du petit lit.

Horty la suivit. Les lèvres poupines de La Havane, si pâles maintenant, se détendirent lentement, puis se plissèrent de nouveau. Un faible son s'en échappa.

— Je voudrais tant savoir ce qu'il veut, dit Kay.

Bunny, elle, ne dit rien. Elle posa ses mains sur les joues brûlantes du nain, avec douceur mais comme si elle voulait lui arracher à tout prix un secret.

— J'arriverai peut-être à deviner, dit Horty en fronçant le sourcil.

Kay vit ses traits se détendre, prendre une expression de calme profond. Il se pencha au-dessus de La Havane. Le silence devint si absolu tout à coup dans la roulotte que les bruits de la foire, venus du dehors, semblèrent s'abattre sur eux comme une cataracte étourdissante. Quand Horty, une seconde plus tard, se tourna de nouveau vers Kay, son visage était crispé de chagrin.

— Je sais ce qu'il veut, dit-il. Nous n'aurons peut-être pas le temps avant que le Cannibale revienne. Mais... Oh ! tant pis, il faudra bien s'arranger, dit-il avec décision. Je vais être obligé d'aller à l'autre bout de la roulotte, expliqua-t-il. Si celui-là bouge. (Il montrait le juge du doigt :) donnez-lui un bon coup sur la tête avec votre chaussure. Et de préférence, laissez un pied dedans !

Il disparut en serrant sa gorge à pleine main, d'une façon bizarre.

— Qu'est-ce qu'il va faire ?

Bunny ne quittait pas des yeux La Havane, toujours dans le coma.

— Je ne sais pas, dit-elle. Quelque chose pour faire plaisir à La Havane. Avez-vous vu sa figure quand il est parti ? Je ne crois pas que le pauvre La Havane puisse...

Derrière la cloison s'éleva le son d'une guitare, dont les six cordes étaient effleurées d'un doigt léger. On accordait l'instrument. Un accord vibra...

Quelque part, une femme s'était mise à chanter en s'accompagnant sur la guitare. Elle chantait *Stardust* d'une voix pleine et claire, un soprano lyrique, pur comme une voix d'enfant. C'en était peut-être une après tout. La fin de chaque mesure était marquée par un léger vibrato. Les paroles étaient scandées légèrement par la guitare, en un accompagnement ni tout à fait improvisé, ni tout à fait régulier, mais aussi libre et aisé qu'une respiration. Sans accords compliqués, la guitare cerclait seulement d'une rapide et délicate arabesque la ligne de la mélodie.

Les yeux de La Havane étaient grand ouverts ; il ne bougeait toujours pas. Mais ses yeux étaient maintenant brillants et non plus vitreux. Peu à peu un sourire apparut sur ses lèvres. Kay s'agenouilla à côté de Bunny, peut-être pour être encore plus près d'elle...

— Kiddo, murmura La Havane tout en souriant.

Quand la chanson fut terminée, son visage se détendit.

— Hé là ! dit-il très distinctement.

Ces deux syllabes exprimaient le maximum de compliment qu'il pût imaginer. Après quoi, avant même que Horty fût revenu, il mourut.

En entrant, Horty n'accorda même pas un coup d'œil à la couchette. Il semblait avoir mal à la gorge.

— Venez, dit-il d'une voix rauque. Il faut filer maintenant.

Ils appelèrent Bunny et gagnèrent la porte. Mais Bunny restait auprès de la couchette, les mains posées sur les joues de La Havane, son doux visage crispé par la douleur.

— Viens vite, Bunny. Si jamais le Cannibale revenait...

Un pas retentit au-dehors, un choc sourd contre la paroi se fit entendre. Kay pivota sur elle-même pour regarder la fenêtre qui venait de s'obscurcir soudain. Le grand visage triste de Solum s'encadrait dans le châssis. A cet instant précis, Horty poussa un cri aigu et se laissa tomber sur le sol en se tordant de douleur. Kay se retourna pour voir la porte s'ouvrir.

— C'est vraiment aimable à vous de m'avoir attendu ! dit Pierre Ganneval en jetant un coup d'œil à la ronde.

16

Zena se pelotonna en gémissant sur le mauvais lit de sa petite chambre d'hôtel. Il y avait près de deux heures que Horty et Bunny étaient partis ; depuis une heure elle se sentait en proie à une dépression de plus en plus violente qui s'élevait autour d'elle comme une amère fumée d'encens, pour retomber sur ses membres lourds comme des feuilles de plomb. Deux fois elle s'était levée d'un bond pour arpenter la chambre avec impatience, mais son genou qui la faisait toujours souffrir l'avait forcée à regagner son lit, où elle bourrait son oreiller de coups de poing impuissants quand elle ne s'abandonnait pas, passivement, aux inquiétudes qui l'assiégeaient. Avait-elle bien fait d'apprendre à Horty ce qu'il était ? N'aurait-elle pas dû lui donner plus de cruauté, moins de scrupules, non seulement à l'égard de Bluett, mais d'une manière générale ? Jusqu'à quelle profondeur de cette entité malléable qu'était Horty avait pénétré le dressage ? Ganneval ne pourrait-il pas, avec son autorité farouche, défaire en une seconde ce qu'elle avait mis douze ans à construire ? Elle était si ignorante, si petite, pour avoir entrepris cette tâche immense qu'est la fabrication d'un être humain...

Elle eût souhaité de toute son âme pouvoir faire pénétrer son esprit dans ces étranges cristaux vivants, comme le Cannibale essayait de le faire, mais à condition de réussir complètement, de pouvoir apprendre les règles du jeu et découvrir les faits essentiels relatifs à une forme de vie si différente que la logique ne semblait y avoir aucune place. Les cristaux jouissaient d'une puissante vitalité ; ils créaient, s'accouplaient, souffraient ; mais quel était le but de leur vie ? En écrasait-on un que les autres ne semblaient pas s'en soucier. Et pourquoi, mon Dieu, créaient-ils ces objets de rêve, laborieusement, cellule par cellule, pour n'arriver parfois à mettre au monde qu'une horreur, un monstre, une forme aberrante, inachevée, sans fonction définie, alors que d'autres fois leur copie était si parfaite qu'elle ne présentait presque aucune différence d'avec le modèle ? Et pourquoi créaient-ils parfois, comme dans le cas de Horty, un être nouveau qui, en surface, représentait, certes, une moyenne, une norme vivante, mais en profondeur constituait une entité essentiellement fluide et polymorphe ? Quel lien les unissait à ces êtres qu'ils créaient ? Combien de temps les cristaux exerçaient-ils un contrôle sur leur création, et comment, après les avoir fait naître, pouvaient-ils les abandonner brusquement à leur destin ? Quand donc se produisait cette exceptionnelle conjonction par laquelle deux cristaux créaient un être comme Horty, en lui laissant la latitude de vivre indépendant, d'être lui-même... Qu'advenait-il alors ?

Peut-être le Cannibale avait-il raison quand il décrivait les créations des cristaux comme des rêves qu'ils faisaient, produits matériels de leur étrange imagination, construits sur un plan inventé on ne savait comment, calqués sur des suggestions partielles, nées de souvenirs inexacts d'objets réels. Elle savait — le Cannibale le lui avait prouvé — qu'il existait des milliers, peut-être des millions de cristaux sur la Terre, vivant leur vie étrange à côté des hommes, également indifférents les uns aux autres, parce que les cycles vitaux, les buts, les mobiles des deux espèces étaient totalement différents. Et pourtant... Combien y avait-il d'hommes ici-bas qui n'étaient pas vraiment des hommes ? Combien d'arbres, de lapins, de fleurs, d'amibes, de vers, de cèdres, d'anguilles ou d'aigles qui poussaient, fleurissaient, nageaient, chassaient et se mêlaient à leurs archétypes sans que personne soupçonnât qu'ils n'étaient qu'un rêve étrange, n'ayant de passé qu'en lui-même ?

— Ah ! les livres, fit Zena dédaigneuse.

Combien n'en avait-elle pas lus ! Elle avait ingurgité tous ceux sur lesquels elle avait pu mettre la main dans l'espoir d'y trouver une indication si minime fût-elle sur la nature des cristaux pensants. Pour chaque parcelle de connaissance qu'elle avait ainsi acquise — et transmise à Horty — en matière de physiologie, de biologie, d'anatomie comparée, de philosophie, d'histoire, de théosophie et de psychologie, quelle énorme quantité de certitudes entêtées, d'hypothèses hasardeuses, de dogmes routiniers, tendant tous à faire de l'humanité le chef-d'œuvre de la création !

Des réponses ? Les livres en avaient de toutes prêtes et pour tout. Une nouvelle variété de mouches apparaît-elle qu'un savant officiel se met aussitôt le doigt contre le nez pour déclarer : « Mutation. » Parfois, bien sûr... Mais est-ce toujours cela ? Comment ne pas penser au rôle des cristaux mystérieux, cachés pour rêver au fond d'un fossé, effectuant distraitement, par une étrange télékinèse, un miracle de création.

Elle aimait, elle révérait Charles Fort, qui se refusait à croire que la première explication venue était la seule bonne.

Elle regarda de nouveau sa montre et gémit. Si seulement elle savait. Si seulement elle pouvait conseiller Horty... Si elle pouvait obtenir elle-même des conseils, de quelqu'un ou de quelque chose...

Le bouton de sa porte tourna sans bruit. Zena s'immobilisa en le regardant fixement. Une masse pesante s'appuya contre le panneau. Personne ne frappa mais le mince feutre qui apparaissait entre le panneau et le chambranle, tout en haut de la porte, s'élargit soudain. La serrure céda tout à coup et Solum se trouva projeté à l'intérieur de la chambre.

Sa peau verdâtre semblait faire ressortir plus encore qu'à l'ordinaire ses petits yeux rouges. Il fit un demi-pas en arrière, referma la porte derrière lui et traversa la chambre pour s'approcher de Zena ; ses grands bras étaient allongés horizontalement comme s'il eût voulu prévenir tout mouvement de résistance.

La présence de Solum apprit aussitôt quelques terribles nouvelles à Zena. Personne ne savait où elle était, à l'exception de Horty et de Bunny, qui l'avaient déposée dans ce petit hôtel, avant de traverser la grand-route menant au champ de foire. Et aux dernières nouvelles, Solum était sur les chemins en compagnie du Cannibale.

Donc le Cannibale était revenu, il avait rencontré Bunny ou Horty ou tous les deux et, ce qui était encore plus grave, il avait pu leur arracher des renseignements que certainement ni l'un ni l'autre ne lui avaient donnés de bonne grâce.

Elle leva les yeux vers Solum, écartelée entre la résignation et la terreur.

— Solum...

Il remua les lèvres et passa sa langue sur ses dents brillantes et pointues. Il allongea le bras vers elle, et elle se recula dans un frisson d'effroi.

Il se laissa tomber à genoux. Dans un geste très lent, il prit le petit pied de Zena dans une de ses mains et se pencha d'un air qui exprimait manifestement un profond respect.

Il baisa son cou-de-pied avec une infinie douceur et se mit à pleurer. Il lui lâcha ensuite la jambe et resta cloué à la même place, secoué des pieds à la tête par de grands sanglots discrets.

— Allons, voyons, dit-elle, oubliant la surdité de Solum.

Elle allongea la main pour toucher sa joue humide. Il la pressa plus fort. Elle le regardait avec un étonnement profond. Jadis elle se demandait souvent ce qui pouvait bien se passer derrière ce visage hideux, dans cet esprit enfermé dans un univers silencieux, muet, où le monde extérieur ne pénétrait que par ces yeux perçants sans que jamais une impression, une conclusion, une émotion pût se traduire à l'extérieur.

— Qu'y a-t-il, Solum ? murmura-t-elle. Tu as vu Horty ?

Il leva la tête et fit un signe d'acquiescement rapide. Elle le regarda en ouvrant de grands yeux.

— Mais Solum... tu entends maintenant ?

Il parut hésiter, puis lui montra du doigt son oreille et secoua la tête. Aussitôt après il posa son index sur son front et hocha affirmativement la tête.

— Oh ! fit Zena dans un souffle, comprenant tout à coup.

Pendant des années les forains avaient soutenu entre eux des discussions oiseuses pour déterminer si l'homme-crocodile était vraiment sourd. Bien des faits semblaient prouver qu'il l'était sans l'être. Le Cannibale, lui, savait la vérité, mais ne l'avait jamais dite à Zena. Solum possédait des dons de télépathie. Zena rougit rétrospectivement en pensant aux insultes que les forains avaient, à moitié par jeu, prodiguées au pauvre Solum, et aux réactions d'horreur des spectateurs.

— Mais... que s'est-il passé ? As-tu vu Horty et Bunny ?

Il hocha deux fois la tête.

— Où sont-ils ? Sont-ils en danger ?

Il désigna d'un mouvement du pouce la direction du champ de foire et secoua gravement la tête de haut en bas.

— Le... le Cannibale les tient ?

— *Oui.*

— Et la jeune fille ?

— *Oui.*

Zena sauta à bas du lit et se mit à arpenter la chambre sans sentir la douleur de son genou.

— Il t'a envoyé me chercher ?

— *Oui.*

— Mais alors pourquoi ne me prends-tu pas sous ton bras pour me ramener de force ?

Pas de réponse. Il fit cependant un léger mouvement.

— Voyons, dit-elle. Quand il t'a demandé les cristaux, tu les as pris.

Solum se tapa le front et étendit les mains. Zena devina soudain.

— Il t'avait hypnotisé ?

Solum secoua lentement la tête.

Elle comprit alors que sa première mission lui

avait été parfaitement indifférente, mais que cette fois il n'en était pas de même. Quelque chose s'était produit qui avait radicalement modifié son point de vue.

— Oh ! comme je voudrais que tu puisses parler.

Il décrivit d'un air inquiet des zigzags latéraux avec sa main droite.

— Oh ! que je suis bête ! s'écria-t-elle.

Elle alla en boitillant jusqu'à la table vermoulue sur laquelle était posé son sac, qu'elle ouvrit. Elle y trouva un stylo, mais elle n'avait pas d'autre papier que son carnet de chèques.

— Tiens, Solum, dépêche-toi. Dis-moi ce que tu veux.

Les énormes mains du monstre se refermèrent sur le stylo en cachant complètement l'étroit carnet. Il écrivait vite, mais Zena se tordait les mains d'impatience. Il finit par lui tendre le carnet. Son écriture était très soignée, presque microscopique et aussi nette que de l'imprimé.

Voici ce qu'il avait écrit en style télégraphique :

G. déteste tout le monde. Moi aussi. Mais moins. G. voulait que je l'aide. Je l'ai aidé. G. voulait Horty pour pouvoir faire du mal à plus de gens. Ça m'était égal. On me déteste bien, moi ! Je l'ai encore aidé. Moi je suis humain. Un peu. Horty pas du tout. Mais quand La Havane mourait, il a demandé à Kiddo de chanter. Horty a lu dans sa pensée. Il savait qu'il n'avait pas le temps. Il y avait du danger. Horty n'a pas pensé à se sauver lui-même. Il a imité la voix de Kiddo. Il a chanté pour La Havane. Trop tard. G. est arrivé. Horty a fait cela pour que La Havane meure en paix. Ça ne servait à rien à Horty. Horty le savait et il l'a fait quand même. Horty, c'est l'amour. G. c'est la haine. Horty est plus humain que moi. J'ai honte. C'est toi qui as fait de Horty ce qu'il est. Moi, je veux t'aider.

Zena déchiffra rapidement le message et ses yeux devinrent brusquement tout brillants.

— Ainsi La Havane est mort ?

Solum fit un geste significatif en tordant sa tête avec ses mains, en indiquant son cou et en faisant claquer bruyamment ses doigts. Il tendit le poing dans la direction du champ de foire.

— Oui, le Cannibale l'a tué... Comment sais-tu que Horty a chanté pour lui ?

Solum se frappa le front.

— Oh ! tu l'as lu dans l'esprit de Bunny et de la jeune fille ?

Zena s'assit sur le lit en serrant fortement ses pommettes entre ses poings.

— Réfléchis, mais réfléchis donc, se répétait-elle...

Oh ! que n'eût-elle pas donné pour un conseil, pour une parole qui l'éclairât sur ces êtres étranges ! Ce Cannibale, si inhumain dans sa folie, était sûrement un « cristallin » mal réussi. Il devait y avoir un moyen de mettre un terme à ses méfaits. Si seulement elle pouvait entrer en contact avec les cristaux et leur demander ce qu'elle devait faire... Ils sauraient sûrement, eux. Si seulement elle avait à sa disposition cet intermédiaire que le Cannibale cherchait depuis tant d'années...

— Aveugle que je suis ! s'écria-t-elle. Aveugle et idiote !

Pendant des années, son unique but avait été de tenir Horty à l'écart de ce qui concernait les cristaux ; elle ne voulait pas qu'il eût rien de commun avec eux de peur que le Cannibale ne se servît de lui contre l'humanité. Mais Horty était tout de même ce qu'il était ; c'est-à-dire exactement ce que cherchait le Cannibale ; il était capable d'entrer en contact avec les cristaux. Il devait bien y avoir un moyen pour eux de détruire ce qu'ils avaient créé.

Mais les cristaux voudraient-ils lui révéler leur secret ?

Elle devina presque aussitôt que ce ne serait pas nécessaire. Tout ce que Horty aurait à faire serait de comprendre l'étrange mécanisme mental des cristaux ; la méthode à suivre lui apparaîtrait aussitôt clairement.

Si seulement elle pouvait bien le lui dire ! Horty apprenait vite mais pensait lentement ; la mémoire eidétique est l'ennemie de la pensée logique. Il finirait certes par avoir lui-même l'idée de Zena, mais d'ici là il serait peut-être devenu l'esclave impuissant du Cannibale. Que pouvait-elle faire ? Lui écrire un mot ? Il n'aurait peut-être pas la lucidité nécessaire pour le lire ; il était peut-être évanoui. Si seulement elle avait des dons de télépathie... De télépathie !

— Solum, dit-elle d'un ton suppliant en lui touchant le front, peux-tu *parler* avec ta tête de la même manière que tu entends ?

Il secoua la tête, mais, en même temps, il ramassa le chéquier et lui désigna un mot écrit dessus.

— Horty ? Tu peux parler à Horty ?

Il secoua la tête et fit des gestes qui partaient de son front.

— Oh ! dit-elle, tu ne peux pas projeter ta pensée, mais il peut la lire s'il veut.

Il hocha affirmativement la tête.

— Parfait, dit-elle.

Elle respira profondément, elle savait enfin exactement ce qu'elle devait faire. Mais quel prix cela lui coûterait-il... Tant pis ! Cela ne comptait pas.. Cela ne pouvait pas compter.

— Conduis-moi là-bas, Solum. Tu diras que tu m'as emmenée de force. Que j'ai peur. Que je suis en colère. Rejoins Horty. Tu trouveras bien un moyen. Rejoins-le et pense très fort. Voici ce qu'il faut penser : « Demande aux cristaux comment on peut tuer un des êtres qu'ils ont créés. Pose la question aux cristaux. » Tu as bien compris, Solum ?

Le mur avait été édifié bien des années auparavant, quand Horty était arrivé à la conclusion fort simple que les appels péremptoires qui l'éveillaient la nuit dans sa couchette ne s'adressaient pas à lui, mais à Zena. Une fois bâti, ce mur était resté debout, inutile pendant des années, jusqu'au jour où Zena lui avait suggéré de déchiffrer la pensée de Bunny alors qu'elle se trouvait en état de transe hypnotique. Le mur s'était alors effondré d'un seul coup et il était encore à terre, quand Horty se servit de son sixième sens tout neuf pour repérer la roulotte où Kay était emprisonnée et aussi quand il voulut deviner le dernier désir de La Havane râlant sur son lit de mort. Des facultés réceptrices de son esprit étaient donc ouvertes et sans défense quand le Cannibale arriva et lui décocha un trait acéré de sa haine que la pratique avait aiguisé au maximum. Horty s'effondra traversé par une flamme de douleur.

Etant totalement inanimé, il ne vit pas Solum rattraper au vol Kay qui s'évanouissait aussi, et la prendre sous son long bras tandis que son autre main soulevait de terre la brave petite Bunny au doux visage, qui se débattait de toutes ses forces. Il ne se rendit pas compte qu'on le transportait jusqu'à la grande roulotte de Ganneval, où, quelques instants plus tard, Armand Bluett arrivait, épouvanté et prêt à tout. Il ne vit pas Ganneval maîtriser rapidement, en usant de son pouvoir hypnotique, la pauvre Bunny, victime d'une violente attaque de nerfs. Il n'entendit pas la naine révéler de sa voix calme et indifférente le lieu où se cachait Zena, et ne perçut pas non plus l'ordre impérieux de Ganneval enjoignant à Solum de courir à l'hôtel, d'en ramener Zena, et signifiant en même temps un congé brutal à Armand Bluett.

— Je n'ai pas besoin de vous ni de cette jeune fille. Dégagez la piste !

Il ne vit pas Kay s'élancer tout à coup vers la porte ni le poing d'Armand la frapper cruellement et la rejeter dans le couloir.

— Moi, j'ai encore besoin de toi, ma jolie, avait dit le juge d'une voix grinçante et je ne te perds plus de vue, cette fois-ci.

Pendant qu'il se trouvait ainsi retranché du monde extérieur, Horty pénétra dans un univers nouveau pour lui certes, mais non pas totalement étranger. Il sentait que ces deux univers avaient de toute éternité coexisté et qu'il ne voyait le deuxième que parce que le premier lieu était retiré.

Il n'y avait rien dans ce monde étrange qui pût dissiper les ténèbres de l'inconscience. Horty s'y sentait immunisé contre l'étonnement et totalement dépourvu de curiosité. C'était un monde où voltigeaient des impressions et des sensations éparses ; on y rencontrait le plaisir sous la forme d'intégration à des pensées abstraites, l'intérêt du contact de deux problèmes complexes, et une fascinante absorption dans des constructions intellectuelles, ésotériques et lointaines. Horty sentait avec beaucoup de force la présence d'entités autour de lui ; elles n'avaient aucun lien entre elles si ce n'est de rares contacts fortuits ; pourtant dans le lointain il percevait une fusion de deux individualités, qu'il savait être exceptionnelle... A cela près, les entités peuplant cet univers se développaient pour elles-mêmes, chacune selon ses goûts. Il s'en dégageait une impression de permanence, de vie si prolongée que la mort n'était plus un facteur psychologique, mais une pure conclusion esthétique. Là n'existait ni faim, ni désir, ni entraide, ni crainte. Les entités ignoraient ce qui fait la base de notre existence. Entraîné dès son enfance à accepter et à croire tout ce qui l'entourait, Horty ne se posait pas de questions, ne faisait pas de comparaisons, n'était ni intrigué ni surpris.

Bientôt, il sentit s'approcher doucement de lui la force qui l'avait terrassé ; on s'en servait maintenant comme d'un aiguillon, plutôt que comme une arme. Il la repoussa sans peine, mais fit effort pour reprendre conscience afin de se débarrasser de cette source de gêne.

Il ouvrit les yeux et les trouva comme pris au piège dans le regard de Pierre Ganneval, assis à son bureau en face de lui. Horty était allongé dans un grand fauteuil, la tête calée dans l'angle du dossier et d'une oreillette. Le Cannibale pour le moment n'émettait aucune onde psychique. Il observait seulement, et attendait.

Horty ferma les yeux, soupira et remua les mâchoires comme un homme qui s'éveille.

— Horty ! dit le Cannibale d'une voix amicale et sonore, mon cher enfant ! J'attends cet instant depuis si longtemps ! Il marquera le début de grandes choses pour nous deux.

Horty ouvrit de nouveau les yeux et regarda autour de lui. Bluett, debout, non loin de là, le contemplait d'un œil furieux : sa contenance exprimait à la fois la fureur et la crainte. Kay Hallowell était recroquevillée sur le plancher dans l'angle de la pièce opposée à la porte. Bunny était accroupie à côté d'elle, et s'accrochait à son bras, en balayant l'espace d'un regard vide.

— Horty ! insista le Cannibale.

De nouveau Horty rencontra son regard. Sans effort, il bloqua la force hypnotique que déployait Ganneval.

— Te voilà enfin chez toi, Horty, continua la voix douce d'un ton apaisant, vraiment chez toi. Je suis ici pour t'aider. Ta place est avec nous. Je te comprends. Je sais ce que tu désires et je te rendrai heureux. Je t'apprendrai la grandeur, Horty. Je te protégerai, Horty. Et à ton tour, tu m'aideras.

Il lui sourit.

— N'est-ce pas, Horty ?

— Va te faire foutre ! rétorqua brièvement Horty.

La réaction de Ganneval fut instantanée : elle prit la forme d'une flèche de haine tranchante comme un rasoir, acérée comme une pointe d'aiguille. Horty la repoussa sans grand effort et attendit la suite.

Les yeux du Cannibale se rétrécirent, ses sourcils se relevèrent.

— Tu es plus fort que je ne pensais ! Tant mieux. Je préfère ça. De toute façon, tu finiras par travailler pour moi. Tu le sais, n'est-ce pas ?

Horty secoua la tête. De nouveau, puis deux fois encore après cela, le Cannibale le frappa de son arme psychique, laissant volontairement des intervalles de temps irréguliers entre ses coups. Si la défense de Horty avait consisté en une parade, en une contre-attaque comme dans un assaut d'escrime ou un match de boxe, le Cannibale l'aurait percée sans peine. Mais c'était un mur.

Le Cannibale se renversa en arrière ; on voyait qu'il cherchait systématiquement à détendre son esprit. Son arme consommait apparemment une grande quantité d'énergie.

— Parfait, dit-il. Nous allons d'abord te fatiguer un peu.

Il tambourina nonchalamment sur la table avec ses doigts.

De longs moments s'écoulèrent. Pour la première fois, Horty se rendit compte qu'il était paralysé. Il pouvait respirer assez facilement, et même (avec beaucoup de mal, il est vrai) remuer la tête. Mais ses bras et ses jambes étaient engourdis ; ils semblaient changés en plomb. Une vague douleur dans la nuque, jointe à sa connaissance approfondie de l'anatomie, lui révéla qu'il avait reçu une injection, habilement dosée, d'anesthésique dans la moelle épinière.

Kay s'agita sans mot dire dans son coin. Bunny la regarda et détourna les yeux, en conservant sur son doux visage rond la même expression de stupeur béate. Bluett remua les pieds avec gêne.

La porte s'ouvrit sous une poussée brutale et Solum entra. Il portait Zena dans ses bras. Elle était inanimée. Horty essaya de toutes ses forces de bouger, mais sans résultat. Le Cannibale lui sourit d'un air engageant.

— Mets-la dans le couloir, dit-il à Solum. Elle pourra nous servir. Crois-tu que notre ami, ici présent, se montrerait plus compréhensif si nous asticotions un peu cette jeune personne ?

Un sourire gourmand passa sur les traits de Solum.

— Oui, ça serait une idée, fit pensivement le Cannibale. Mais elle n'est pas bien grosse... Il faudra faire attention et ne pas y aller trop fort.

En dépit de son ton indifférent, ses yeux surveillaient les plus légers mouvements du visage de Horty.

— Mon vieux Solum, notre ami Horty est encore un peu trop combatif. Si tu le calmais un brin ? Un bon coup sur la nuque, juste à la base du crâne, avec le tranchant de la main. Comme je t'ai appris... Tu vois ça ?

Solum s'approcha. Il posa la main gauche sur l'épaule du jeune homme et avec l'autre visa soigneusement sa nuque. Sa main gauche serra doucement plusieurs fois de suite l'épaule de Horty. Les yeux brûlants de Solum le fixaient, mais Horty surveillait surtout le Cannibale. Il savait que c'était de là que viendrait le coup le plus redoutable.

La main droite de Solum retomba. Une fraction de seconde après le moment où elle vint frapper la nuque de Horty, les ondes psychiques de Ganneval s'écrasèrent contre la barrière défensive de son prisonnier. Horty éprouva une légère surprise : Solum avait, de toute évidence, retenu volontairement son poing. Il leva rapidement les yeux : Solum, le dos tourné au Cannibale, se toucha le front en agitant anxieusement les lèvres, mais Horty n'y prêta pas attention. Il n'avait pas le temps de se poser des questions oiseuses, car il entendait gémir Zena non loin de lui.

— Tu me gênes, Solum !

Solum s'écarta à regret.

— Tu vas pouvoir recommencer, dit le Cannibale.

Il ouvrit un tiroir devant lui et en tira deux petits objets.

— Tu sais ce que c'est, Horty ?

Horty hocha affirmativement la tête, avec un léger grognement. C'étaient les yeux de Junky. Le Cannibale se mit à rire.

— Si je les écrase, tu mourras. Tu le sais, je suppose.

— Dans ce cas, je ne vous servirais plus à grand-chose, il me semble.

— C'est exact. Je voulais seulement t'indiquer que j'avais des arguments de poids en réserve.

Il alluma cérémonieusement une petite lampe à souder.

— Je n'ai d'ailleurs pas besoin de les détruire. Les êtres nés d'un seul cristal réagissent étonnamment au feu. Avec toi, cela devrait marcher deux fois mieux encore.

Son ton changea brusquement :

— Voyons, mon petit Horty... pourquoi me forcer à te torturer ainsi ?

— Allez-y toujours ! grinça Horty.

— Recommence, Solum !

La voix du Cannibale avait cette fois claqué comme un coup de fouet.

Solum se rua sur Horty, qui eut cependant le temps d'apercevoir le visage avide d'Armand passant un bout de langue sur ses lèvres humides. Cette fois, le coup fut plus violent, mais toutefois moins fort que Horty ne s'y attendait — et moins fort surtout qu'il n'en avait l'air. La tête de Horty roula de côté sous le choc et retomba en arrière. Il avait fermé les yeux. Le Cannibale ne lâcha pas cette fois son habituelle décharge psychique. Il semblait chercher à contraindre Horty à user toutes ses munitions, tandis que lui conservait les siennes.

— Trop fort, imbécile !

La voix de Kay s'éleva dans l'angle de la pièce.

— Oh ! assez, gémit-elle, assez...

— Tiens, dit le Cannibale qui se retourna en faisant grincer son fauteuil, mais c'est miss Hallowell. Je vous avais oubliée. Voyons, pensez-vous que ce jeune homme serait disposé à faire quelque chose pour vous ? Amenez-la donc un peu par ici, Bluett.

Le juge obéit.

— Surtout laissez-m'en un morceau, Pierre ! fit-il en ricanant.

— Je ferai ce qu'il me plaira, répliqua sèchement le Cannibale.

— C'est bon, c'est bon, marmonna le juge, en retournant dans son coin, sans oser se rebiffer.

Kay se tint debout devant le bureau, toute tremblante, mais très droite.

— Vous aurez à vous expliquer avec la police, menaça-t-elle.

— Le juge se chargera de la police. Asseyez-vous, ma chère.

Voyant qu'elle ne bougeait pas, il gronda : « Asseyez-vous » sur un tel ton qu'elle sursauta et se laissa tomber dans le fauteuil placé à l'extrémité du grand bureau. Il allongea le bras, lui saisit le poignet et l'attira vers lui.

— Le juge me dit que vous aimez beaucoup vous faire couper les doigts...

— Je ne comprends pas... Lâchez-moi... Lâch...

Pendant ce temps, Solum s'était agenouillé près de Horty dont il faisait rouler la tête entre ses mains en lui donnant de petites tapes sur les joues. Horty, qui avait toute sa connaissance, se laissait faire sans réagir. Kay se mit à hurler.

— Dieu merci, nous sommes entourés du vacarme d'un champ de foire assez bruyant, murmura le Cannibale avec un sourire. Vous perdez votre temps, miss Hallowell !

Il sortit un grand sécateur d'un tiroir. Elle recommença à hurler. Il le reposa sur le bureau, prit la lampe à souder et passa légèrement la langue de flammes sur les deux cristaux qui scintillaient devant lui et, à cet instant précis, par un coup de chance extraordinaire, ou peut-être grâce à une intuition plus subtile que la chance, Horty le regardait entre ses paupières baissées. Au moment où la flamme pâle effleura les cristaux, il renversa la tête en arrière et fit une affreuse grimace... Mais c'était à dessein, car il n'avait rien senti.

Il regarda Zena, sur le visage tendu de laquelle toute l'âme se reflétait, elle essayait désespérément de lui dire quelque chose...

Il ouvrit son esprit pour recevoir le message. Le Cannibale vit les paupières de Horty se relever et il lui décocha aussitôt une de ses effroyables décharges. Horty referma son esprit juste à temps ; une partie des ondes de haine y pénétra cependant et le secoua jusqu'au tréfonds de son être.

Pour la première fois il se rendait pleinement compte de son incapacité naturelle et invétérée à comprendre clairement les choses par lui-même. Il fit un effort désespéré. Zena essayait sûrement de lui dire quelque chose... Si seulement il était possible, ne fût-ce qu'une seconde, de percevoir son message... Mais il était perdu s'il s'exposait à recevoir un coup semblable au premier. Il y avait autre chose encore, une chose qui avait un rapport avec Solum... Mais oui c'était cela ! Cette main serrant son épaule comme pour le prévenir, ces yeux brûlants, chargés d'un message qu'il n'avait pas su déchiffrer...

— Encore, Solum ! dit le Cannibale en prenant le sécateur.

Kay recommença à hurler.

Solum se pencha encore une fois sur Horty et de nouveau lui pressa l'épaule avec une discrète insistance. Horty regarda l'homme vert droit dans les yeux et ouvrit son esprit au message qu'il croyait deviner :

— *Interroge les cristaux,* entendit-il. *Demande-leur le moyen de tuer les créatures qu'ils ont rêvées. Interroge les cristaux.*

— Qu'est-ce que tu attends, Solum ?

Kay ne cessait pas de hurler, Horty ferma ses yeux et son esprit à la fois. Les cristaux... Pas seulement ceux qui étaient sur la table, mais le... les... cristaux qui vivaient dans... dans...

La lourde main de Solum s'abattit sur sa nuque. Il se laissa emporter sous le choc dans ce pays obscur rempli de fugitives et structurales sensations où il était déjà allé. Il s'y arrêta, jetant désespérément autour de lui, dans une enquête précipitée, les regards de son esprit. Il ne rencontra qu'une complète, qu'une majestueuse indifférence. Mais il sentit qu'on ne lui opposait pas pour cela une défense. Ce qu'il cherchait était là ; il n'avait qu'à le comprendre. On ne l'y aiderait pas, mais on ne l'entravcrait pas non plus dans ses recherches.

Il s'apercevait maintenant que le monde des cristaux n'était pas plus inabordable que l'autre. Il était seulement... différent. Ces abstractions d'*ego* qui se suffisaient à elles-mêmes, c'étaient les âmes des cristaux qui suivaient leurs penchants, vivaient leurs existences totalement étrangères les unes aux autres et pensaient avec une logique et une échelle des valeurs parfaitement incompréhensibles à un être humain.

Il pouvait en partie les percevoir, étant par nature entièrement détaché de toute idée préconçue, mais il avait été coulé trop solidement dans un moule humain pour pouvoir se fondre complètement avec ces êtres impensables. Il comprit presque aussitôt que la théorie de Ganneval sur les rêves des cristaux était à la fois vraie et fausse, comme l'est la théorie commode selon laquelle le noyau d'un atome est environné de particules gravitant autour de lui. La théorie se vérifiait dans les cas simples. La création d'êtres vivants par les cristaux était en réalité une fonction à laquelle répondait un but déterminé, mais ce but ne pourrait jamais se traduire en des termes appartenant au langage humain. Horty acquit cependant la certitude que cette fonction était sans importance aucune pour les cristaux ; ils la remplissaient, mais elle leur était à peu près aussi inutile que son appendice l'est à l'homme. Et la destinée des créatures qu'ils avaient fait naître leur était aussi indifférente qu'est le destin de telle ou telle molécule de CO^2 à l'homme qui l'exhale en respirant.

Néanmoins le mécanisme de cette création était accessible à Horty. Le but le dépassait, mais il pouvait en saisir les opérations. En l'étudiant de toute la force de son esprit eidétique et réceptif à la fois il apprit pas mal de choses. Deux, pour être précis. L'une concernait les yeux de Junky et l'autre...

C'était une chose qu'il s'agissait de faire. Très grossièrement, cela pouvait se comparer à l'action d'arrêter dans sa course un rocher dévalant une pente, en en roulant un autre sur sa route. Ou encore de soulever le porte-balai dans un moteur électrique, ou de couper les tendons d'un cheval au galop. C'était une chose que l'on devait faire avec l'esprit, au prix d'un effort considérable, qui se traduisait par un ordre irrésistible enjoignant à une certaine forme de vie de cesser net.

Ayant compris cela, il battit en retraite sans être remarqué — ni dédaigné des étranges entités qui l'environnaient. Il laissa la lumière pénétrer de nouveau en lui. Il revint dans l'univers sensible et éprouva sa première grande surprise de la journée. Sa nuque était toujours endolorie du coup que venait de lui assener la main de Solum, mais celle-ci rebondissait encore. Le même hurlement qui remplissait ses oreilles au moment où il avait perdu conscience se terminait juste au moment où il la retrouva. Bunny le regardait toujours entre ses paupières meurtries qui clignotaint lentement. Zena était toujours recroquevillée dans un coin avec la même expression torturée sur son visage triangulaire.

A ce moment le Cannibale lui décocha sa flèche psychique. Horty la repoussa sans peine et se mit à rire.

Pierre Ganneval se leva, le visage noirci par la rage. Le poignet de Kay glissa entre ses doigts et Kay se précipita vers la porte. Armand Bluett lui barra le passage. Elle recula, revint près de Zena et se laissa tomber sur le sol en sanglotant.

Maintenant Horty savait ce qu'il avait à faire. Il avait appris quelque chose de nouveau. Il se livra à un premier essai avec son esprit, mais s'aperçut aussitôt que ce n'était pas là un exercice facile. Il fallait d'abord obtenir une intense concentration de toute l'énergie mentale dont on disposait, puis il fallait façonner cette masse informe d'énergie, lui donner une direction, viser, appuyer sur une détente... Il replia son esprit sur lui-même et se mit à la besogne...

— Tu n'aurais pas dû rire, dit le Cannibale d'une voix rauque.

Il ramassa les deux cristaux et les laissa tomber dans un plateau de métal. Il prit sa lampe à souder et régla soigneusement la flamme. Horty travaillait toujours. Pourtant une partie de son esprit seulement prenait part à cette tâche. « Tu peux tuer les créatures nées des cristaux, lui disait l'autre partie. Le Cannibale, oui... Mais ce que tu vas faire, c'est quelque chose de prodigieux. Tu risques d'en tuer d'autres. Et quels autres ? Moppet, le chat ? Le serpent à deux têtes ? Gogol ? Solum ?... »

Solum... L'affreux Solum, le prisonnier muet, qui, au dernier moment, s'était retourné contre son tyran et était venu en aide à Horty... En lui transmettant le message de Zena il avait signé son propre arrêt de mort.

Horty regarda l'homme vert qui s'était un peu reculé, ses yeux étincelants et anxieux continuaient à exprimer leur message, sans savoir que Horty l'avait déjà déchiffré et avait agi dans le sens indiqué quelques secondes plus tôt. Pauvre être emprisonné, meurtri...

Mais le message émanait en dernière analyse de Zena. Zena avait toujours été son arbitre, son guide. Pour lui avoir donné cet ordre, elle avait sûrement évalué le prix qu'il faudrait payer ; sa décision avait été prise en conséquence. Peut-être était-ce mieux ainsi. Peut-être, d'une manière impossible à imaginer ici-bas, Solum pourrait-il jouir d'une paix que la vie lui avait toujours refusée.

La force étrange s'amassait toujours en lui, son métabolisme polymorphique se déversait tout entier dans l'arsenal de son esprit. Il sentait sa force, engourdie par la drogue, se retirer de ses mains, de ses mollets, pour se déverser ailleurs...

— Et ça, ça chatouille ? grommela le Cannibale, en grinçant des dents.

Il passa la flamme de sa lampe sur les cristaux scintillants. Horty resta immobile, très raide dans son fauteuil, sentant que maintenant cette force qui grandissait toujours n'était plus sous son contrôle et qu'elle se détendrait d'elle-même quand elle aurait dépassé le point critique. Il garda son regard fixé sur le visage furieux du Cannibale qui s'empourprait de plus en plus.

— Je me demande comment les cristaux se répartissent leur travail de création quand ils s'y mettent à deux, dit le Cannibale.

Il abaissa la flamme comme un scalpel et en traversa un des cristaux.

— Est-ce que comme ça ?...

A ce moment, la chose arriva. Horty, lui-même, ne s'y attendait pas. Cette force dont les cristaux lui avaient enseigné le secret éclata en lui comme une bombe. Il n'y eut pas de bruit. Rien qu'un monstrueux éclair bleuâtre, au-dedans de sa tête ; quand l'éclair se fut éteint, il en resta comme aveuglé. Il entendit un cri étouffé, suivi du choc sourd d'un corps qui s'effondre. Lentement, des genoux, des hanches, puis une tête heurtèrent successivement le sol : un autre corps venait de s'affaisser à son tour. Horty s'abandonna alors à la douleur atroce qui le transperçait de part en part ; l'intérieur de son cerveau était maintenant semblable à une plaine ravagée par un feu de brousse : tout y était écorché, calciné, fumant, parsemé de flammèches qui s'éteignaient peu à peu...

Les ténèbres l'enveloppèrent lentement, piquetées, par-ci, par-là, de quelques lumineux éclairs de douleur. Sa vue commença à lui revenir. Il se laissa retomber en arrière, épuisé.

Solum gisait sur le sol à côté de lui. Kay Hallowell était appuyée contre le mur, les deux mains plaquées sur les yeux. Zena était appuyée contre elle, et ses yeux étaient clos. Bunny, toujours assise sur le plancher, les avait gardés grand ouverts ; elle vacillait lentement. Près de la porte, Armand Bluett était allongé sur le dos, très droit, très raide.

« Cet imbécile a l'air de porter un corset même après sa mort », pensa Horty. Il regarda du côté du bureau.

Le Cannibale était pâle et défait, mais toujours debout.

— Tu as commis une légère erreur de jugement, dit-il froidement.

Horty le regarda d'un œil morne, sans répondre.

— Avec tous tes talents, continua le Cannibale, je t'aurais cru capable de reconnaître un humain d'un cristallin !

« Dire que je n'ai pas pensé à m'en assurer ! s'écria silencieusement Horty. Quand donc apprendrai-je à douter ? C'était toujours Zena qui se chargeait de douter à ma place... »

— Tu m'as beaucoup déçu. Moi aussi, je me heurte souvent à la même difficulté. Mais ma moyenne est quand même assez élevée : je les repère près de huit fois sur dix. Pourtant je reconnais que dans le cas de cet individu j'ai eu une surprise...

Il désignait négligemment Armand Bluett du pouce.

— Enfin... ça ne sera jamais qu'un cas supplémentaire d'embolie sur le champ de foire. Un cristallin mort ressemble exactement à un homme mort. A moins de savoir ce qu'il faut chercher !

Sa voix subit un de ses effrayants changements d'intonation.

— Tu as essayé de me tuer, dit-il avec une rage contenue.

Il s'approcha du fauteuil de Horty et regarda Solum.

— Il va falloir désormais me passer de ce pauvre Solum. C'est embêtant : il m'était bien utile.

Il décocha un coup de pied indifférent au géant inanimé. Après quoi, pivotant sur lui-même, il gifla Horty à toute volée.

— Mais tu en feras deux fois plus que lui et tu t'estimeras encore bien heureux, hurla-t-il. Tu accourras à mon coup de sifflet, tu...

Il se frotta les mains.

— Oh-h-h-h...

C'était Kay. Elle avait fait un léger mouvement

et la tête de Zena était retombée lourdement sur ses genoux. Elle frictionna de son mieux les petits poignets de la naine.

— Ne vous fatiguez pas, dit négligemment le Cannibale. Elle est morte.

Les extrémités des doigts de Horty, et particulièrement les moignons de sa main gauche le chatouillèrent tout à coup. « Elle est morte, se répétait-il. Elle est morte... »

Le Cannibale prit un des cristaux sur son bureau et le fit sauter dans sa main en regardant Zena.

— Dommage, dit-il. Elle était très réussie. Traîtresse comme une chatte, bien sûr, mais réussie quand même. Je voudrais bien savoir où le cristal qui l'a créée avait pris son modèle. Une véritable œuvre d'art !

Il se frotta de nouveau les mains.

— Mais ce n'est rien à côté de ce que nous allons réussir à nous deux, hein, Horty ? (Il s'assit en caressant le cristal.) Détends-toi donc, petit, détends-toi. Après un pareil effort tu dois être complètement vanné. Je voudrais bien connaître ton truc. Tu crois que je pourrais arriver à en faire autant ? Et puis, non ; je crois que je te laisserai opérer. Ça me paraît bien fatigant...

Horty tendit tous ses muscles, mais sans bouger. Ses forces lui revenaient peu à peu, mais elles ne lui étaient pas d'un grand secours. La piqûre que le Cannibale lui avait faite l'aurait réduit à l'impuissance même s'il avait eu des forces doubles.

« Elle est morte... Elle est morte... »

En disant cela il pensait à Zena. Zena aurait voulu être pareille au reste des humains... Mais quoi ? Tous les monstres sont ainsi... Cependant ce sentiment était encore plus vivace chez Zena parce qu'elle n'avait rien, absolument rien, d'humain dans sa nature physique, à part les apparences. C'était pour cela qu'elle n'avait jamais laissé Horty lire dans sa pensée. Elle voulait que personne ne le sût. Elle eût tant aimé être humaine ! Et pourtant elle avait compris le danger auquel elle s'exposait. Elle avait sûrement deviné ce qui lui arriverait quand elle avait envoyé son message à Horty par l'intermédiaire de Solum. Elle savait qu'elle en mourrait. Elle était plus humaine, après tout, que n'importe quelle femme...

« Bientôt, je vais essayer de remuer », pensa-t-il.

— Tu resteras ici sans manger ni boire jusqu'à ce que tu crèves, dit aimablement le Cannibale, ou du moins jusqu'à ce que tu sois assez affaibli pour me laisser entrer dans ta cervelle obstinée et en balayer toutes les sottes idées d'indépendance que tu pourrais t'être faites. Tu m'appartiens maintenant ! Et plutôt trois fois qu'une.

Il caressa tendrement les deux cristaux.

— Et vous, restez tranquille, gronda-t-il à l'intention de Kay Hallowell qui voulait se lever.

(Surprise, à bout de forces, elle retomba sur le sol. Ganneval se dressa et se pencha sur elle.) Et maintenant, qu'allons-nous faire de vous ? Voyons...

Horty ferma les yeux et, de toute son énergie renaissante, s'efforça de réfléchir. De quelle drogue Ganneval s'était-il servi ? Sans doute d'un dérivé de la cocaïne : de benzocaïne ? de monocaïne ?... Il sentit un vertige le gagner, puis une légère nausée. Quel corps pouvait produire cet effet exact ? Au quel correspondaient ces symptômes ? Tout au fond de son esprit il feuilletait rapidement les pages d'un dictionnaire pharmacologique.

« *Réfléchis bien.* »

Une douzaine de corps au moins pouvaient avoir cette action. Mais Ganneval en avait sûrement choisi un qui répondit exactement à ses désirs : il devait souhaiter non seulement l'immobilité de son patient, mais aussi une stimulation de son psychisme.

Il eut une brusque illumination. Le chlorydrate de cocaïne ! Antidote : l'épinéphrine. Ou l'adrénaline...

Ce dernier corps était assez facile à trouver dans les circonstances présentes puisque la colère suffit à accroître dans de grandes proportions sa production par l'organisme. Horty n'avait qu'à ouvrir les yeux et à bien regarder le Cannibale. Ses lèvres se retroussèrent. Son vertige disparut. Son cœur commença à battre plus fort. Il sentit son corps se préparer à l'action presque malgré lui. Ses pieds commencèrent à le chatouiller d'une façon presque insupportable.

— Dans le fond, vous aussi vous pourriez très bien être victime d'une embolie, dit pensivement le Cannibale à Kay. Un peu de curare peut-être... Et puis, non. C'est assez du juge pour aujourd'hui.

Sans quitter des yeux le dos de Ganneval, Horty plia les mains et appuya ses coudes contre ses côtes jusqu'à en faire craquer ses pectoraux. Il essaya de se lever : une fois, deux fois... Il manqua de s'évanouir, mais l'idée de sa liberté à reconquérir se combina avec sa haine pour accélérer le retour de ses forces physiques. Il se leva en serrant les poings et en s'efforçant de mettre une sourdine à sa respiration haletante.

— Bah ! nous trouverons bien un moyen de nous débarrasser de vous, dit le Cannibale en regagnant son bureau. Ce ne sera pas long, soyez tranquille.

Il s'était retourné pour lancer ces mots à la jeune fille épouvantée. Une exclamation étouffée lui échappa soudain quand il se retrouva face à face avec Horty.

Le Cannibale allongea la main et la referma sur les cristaux.

— Un pas de plus, fit-il d'un ton grinçant, et je les écrase. Tu t'effondreras comme un château de cartes. Ne bouge pas, entends-tu ?

— Zena est vraiment morte ?

— Tout ce qu'il y a de plus morte, mon garçon. Je le regrette. Ou plutôt je regrette que sa mort ait été si rapide. Elle méritait un traitement plus artistique. Ne bouge pas !

Il tenait les cristaux dans sa main comme deux noix qu'on s'apprête à broyer.

— Tu ferais mieux d'aller te rasseoir dans le bon fauteuil qui te tend les bras.

Leurs regards se croisèrent, s'accrochèrent. Une fois, deux fois, le Cannibale darda sur Horty les aiguillons acérés de sa haine.

— Magnifique défense ! dit-il avec admiration en constatant son échec. Maintenant, va te rasseoir.

Ses doigts se serrèrent sur les cristaux.

— Je connais aussi un moyen de tuer les humains malfaisants, dit Horty.

Il fit un pas en avant.

Le Cannibale recula. Horty fit le tour du bureau et continua à avancer.

— Tu l'auras voulu, dit le Cannibale haletant.

Il referma sa main osseuse sur les cristaux. On entendit un faible bruit de verre brisé.

— J'appelle ça le coup de La Havane, dit Horty d'une voix pâteuse, en souvenir d'un excellent ami que j'ai perdu.

Le Cannibale était acculé, le dos au mur ; il ouvrait des yeux stupéfaits et son visage était blême. Il contemplait bouche bée l'unique cristal resté intact dans sa main. (Quand on serre deux noix l'une contre l'autre, une seule se brise...) Il poussa un cri rauque d'oiseau de nuit, laissa tomber le second cristal à terre et l'écrasa sous son talon. Horty lui tenait déjà la tête à deux mains, et la tordait de toutes ses forces, comme pour la dévisser. Ils roulèrent sur le plancher. Horty passa ses jambes autour de la poitrine du Cannibale, affermit sa prise à la nuque et tordit de plus belle. On entendit soudain un petit bruit semblable à celui qu'aurait fait une poignée de spaghetti secs, brisée en deux ; le corps du Cannibale devint subitement inerte et flasque entre les mains de Horty.

Les ténèbres s'abattirent sur lui comme une nappe de suie. Il s'éloigna en rampant du cadavre de son ennemi et approcha son visage à quelques centimètres de celui de Bunny. Bunny regardait très loin devant elle, et son expression n'était plus ni surprise ni absente. Ses lèvres se retroussaient en découvrant ses dents. Son cou était raide et les tendons y saillaient comme des cordes. Douce petite Bunny... Elle regardait le cadavre du Cannibale et elle riait...

Horty ne bougea plus. Il se sentait las, si las... Respirer était pour lui un effort presque au-dessus de ses forces. Il leva le menton pour laisser l'air pénétrer plus facilement dans sa gorge. Comme ce coussin était doux et tiède... Une chevelure douce comme un duvet effleurait ses paupières closes... Tiens ! Ce n'était pas un coussin, mais un bras rond posé derrière sa nuque. Un souffle parfumé parvint à ses narines. Elle avait grandi maintenant ; elle était devenue une vraie femme comme elle l'avait toujours tant désiré. Il baisa ses lèvres.

— Zena, murmura-t-il. Ma grande Zena...

— C'est Kay, Horty chéri. Oui, Kay. Que tu as été brave, mon pauvre chéri...

Il ouvrit les yeux et la regarda ; pendant un instant son expression redevint celle d'un enfant étonné et las.

— Zena ? dit-il.

— N'aie pas peur. Tout est arrangé maintenant, dit-elle d'une voix apaisante. C'est moi, Kay Hallowell. Tout va bien.

— Kay ?

Il se redressa. Il aperçut le cadavre d'Armand Bluett... celui du Cannibale... celui de... Un son rauque s'échappa de sa gorge et il se leva en titubant. Il courut jusqu'au mur, prit Zena dans ses bras et la déposa doucement sur la table. Elle y avait bien assez de place, la pauvre petite... Horty baisa ses cheveux. Il lui joignit les mains et l'appela doucement par deux fois comme si elle s'était cachée non loin de là pour le taquiner.

— Horty...

Il ne bougea pas. Le dos tourné, il murmura d'une voix indistincte.

— Dis-moi, Kay... où est donc allée Bunny ?

— Près de La Havane.

— Va un peu avec elle. Va, va donc...

Elle hésita une seconde et s'enfuit tout à coup en courant.

Horty entendit quelqu'un gémir près de lui, mais il ne l'entendit pas avec ses oreilles. Le son prenait naissance dans son propre cerveau. Il leva la tête. Solum était debout derrière lui. De nouveau le même gémissement s'éleva dans le cerveau de Horty.

— Je te croyais mort ? dit-il stupéfait.

— *C'est toi que je croyais mort,* répondit silencieusement Solum, très étonné, lui aussi. *Le Cannibale a pourtant écrasé tes cristaux ?*

— Je m'étais séparé d'eux. Cela fait des années que la séparation est achevée. Je suis grand, maintenant... complet... terminé... Je suis comme cela depuis l'âge de onze ans. Je l'ai compris tout à l'heure seulement quand tu m'as dit d'aller... d'aller parler aux cristaux. Je ne m'en doutais pas avant. Zena non plus. Dire que pendant tant d'années, elle... Oh ! Zena, Zena...

Au bout d'une seconde Horty leva les yeux. Il regarda l'homme vert.

— Et toi ? demanda-t-il.

— *Je ne suis pas un cristallin, Horty, je suis humain. Seulement j'ai un don de télépathie réceptrice. Tu m'as flanqué une sale secousse tout à l'heure, et juste à l'endroit sensible ! Ça ne m'étonne pas que le Cannibale et toi m'ayez cru mort. Moi-même, pendant un moment, je l'ai bien cru aussi. Mais Zena...*

Ils contemplèrent tous deux en silence le petit corps torturé. Ils gardaient pour eux leurs pensées.

Ils recommencèrent ensuite leur étrange conversation.

— Que va-t-on faire du juge ?

— *La nuit est tombée. Je le déposerai sur la grand-route. On croira à une crise cardiaque.*

— Et le Cannibale ?

— *Dans le marécage. Je m'en occuperai vers minuit.*

— Tu me rends un fier service, Solum. Je me sens un peu... un peu perdu. Sans toi, j'étais cuit.

— *Ne me remercie pas. Je ne suis pas assez intelligent pour imaginer un truc pareil. C'est Zena qui a tout fait. Elle m'a dit exactement ce que je devais faire. Elle savait ce qui allait se passer. Elle savait aussi que j'étais humain. Elle savait tout. Elle a tout fait.*

— Oui, Solum, oui... Et Kay ? Que va-t-elle devenir ?

— *Ça, je ne sais pas.*

— Je crois qu'il vaudrait mieux qu'elle retourne à Eltonville, là où elle travaillait. Je voudrais bien qu'elle parvienne à oublier tout ceci.

— *Cela ne dépend que de toi.*

— De moi ?... Oh ! bien sûr. Oui, je pourrais le faire, mais tu comprends, elle...

— *Je sais. Elle t'aime comme si tu étais humain.*

Elle te croit humain. Elle ne comprend rien à tout ceci.

— J'aimerais bien... Oh ! tant pis. Non, au fond, je ne veux pas. Elle n'est pas... de la même espèce que moi. Zena aussi m'aimait...

— *Oui ! oh oui ! Et toi ? Que vas-tu faire maintenant ?*

— Moi ? Je ne sais pas. M'en aller n'importe où. Je jouerai de la guitare...

— *Tu sais ce qu'elle te conseillerait de faire ?*

— Je...

— *Le Cannibale a fait beaucoup de mal autour de lui. Elle voulait l'en empêcher. Maintenant, il n'en fera plus, c'est vrai. Mais il me semble qu'elle aimerait que tu répares une partie du mal qu'il a semé tout le long de nos circuits... Des microbes d'anthrax dans le Kentucky, des herbes vénéneuses dans les pâturages du Wisconsin, des vipères à corne dans l'Arizona, la poliomyélite dans les montagnes Rocheuses, la fièvre jaune dans les Alleghanys... Songe qu'il a même infesté la Floride de mouches tsé-tsé, grâce à ses cristaux. Je connais certains des coins où il en a caché, mais tu es mieux placé que personne pour trouver les autres.*

— Mais comment gagner ma vie ? Qui va diriger la troupe ?... Solum, pourquoi regardes-tu le Cannibale comme cela ? Tu... tu crois que...

— *Alors ?*

— Il avait dix centimètres de plus que moi... de longues mains... une figure maigre... Au fond je ne vois pas pourquoi je ne suivrais pas ton conseil. Je pourrais jouer quelque temps cette comédie — juste assez longtemps pour permettre à Pierre Ganneval de céder sa troupe à Sam Horton et de prendre sa retraite définitive. Solum, tu as du génie.

— *Non. C'est elle qui m'avait dit de te le suggérer si tu n'y pensais pas de toi-même.*

— Elle ! Oh ! Zena. Solum, si ça t'est égal, je voudrais bien rester un peu seul.

— *Entendu. Je vais enlever toute cette charogne d'ici. Bluett d'abord. Je vais le porter jusqu'à la tente de l'infirmerie. Personne ne demande jamais rien au vieux Solum.*

Horty caressa les cheveux de Zena. Ses yeux parcoururent la roulotte et se fixèrent sur le cadavre du Cannibale. Il marcha brusquement vers lui et le retourna sur le ventre.

— Je n'aime pas qu'on me regarde comme cela, murmura-t-il.

Il s'assit devant la table où était allongée Zena. Il en rapprocha son fauteuil, croisa ses bras et y posa sa joue. Il ne touchait pas Zena, il ne la regardait même pas, mais il était cependant avec elle, près... si près... Doucement il lui parlait dans leur vieux langage d'autrefois comme si elle avait été vivante.

— Zena ?... Tu as mal, Zena ? Tu as l'air d'avoir

mal. Tu te souviens, quand nous avions de la peine nous jouions à imaginer qu'un petit chat jouait sur notre tapis ? On tâchait de se représenter tous ses gestes un à un. Et quand on était arrivé à le voir complètement, avec la petite place sur sa nuque où la fourrure est tout ébouriffée et le bout de sa langue rose au coin de la gueule, on disait qu'on ne pouvait plus avoir mal, que la douleur s'était envolée pour toujours...

« Cela te faisait de la peine d'être différente de... des autres, n'est-ce pas, Zena ? Je me demande si tu t'es jamais rendu compte à quel point tout le monde est pareil à cet égard. Tu sais, les phénomènes, les nains, ont des richesses que beaucoup pourraient leur envier. Surtout toi. Maintenant j'ai compris pourquoi tu voulais tant être grande. C'est parce que tu faisais semblant d'être humaine et que ton chagrin d'être une naine te semblait comme une preuve de cette humanité que tu convoitais. C'est pour cela que tu as essayé de faire de moi un humain aussi accompli que tu le pouvais. Sais-tu que pour avoir fait tout cela par simple amour de l'humanité, il fallait déjà être rudement humaine toi-même ? Je suis sûr que tu t'es crue vraiment, totalement humaine... jusqu'à aujourd'hui, où il a bien fallu que tu regardes la réalité en face.

« Et c'est de cela que tu es morte.

« Tu étais toute pleine de rires, de musiques, de larmes et de passions comme une vraie femme. Tu savais partager, tu savais aimer.

« Il avait vraiment fait un beau rêve, le cristal qui t'avait créée.

« Pourquoi n'avait-il pas achevé son rêve ?

« Pourquoi n'achèvent-ils pas ce qu'ils commencent ? Pourquoi ces esquisses qui ne deviennent jamais des tableaux, ces accords sans point d'orgue ? Ces pièces interrompues au deuxième acte ?

« Chut ! Zena... Attends... Ne dis rien...

« Faut-il vraiment qu'il y ait un tableau pour chaque esquisse ? Faut-il composer une symphonie pour chaque thème ? Attends, Zena, il me vient une grande idée...

« Et c'est à toi que je la dois ! Tu te souviens de ce que tu m'as appris ? De la leçon des livres, de la musique, des tableaux ? Quand je t'ai quittée, je connaissais Tchaïkovsky et Django Reinhardt. Je connaissais *Tom Jones* et les livres de Wells. Et plus tard j'ai construit, en me servant des matériaux que tu m'avais fournis. J'ai découvert des beautés nouvelles. Maintenant je connais Bartok et Gian Carlo Menotti, *La critique de la raison pure* et *Le jardin de l'infante...* Tu comprends ce que je veux dire, ma chérie ? Ce sont de nouvelles beautés, des choses dont jamais auparavant je n'avais rêvé.

« Zena je ne sais pas si cela tient une grande ou une petite place dans leur existence, mais les cristaux ont un art à eux. Lorsqu'ils sont jeunes, lorsqu'ils se développent encore, ils s'exercent d'abord en copiant des modèles. Mais quand ils sont en âge de s'accoupler, si c'est vraiment là un accouplement, ils créent du neuf. Au lieu de copier, ils s'attachent à un être vivant et, cellule par cellule, ils le transforment en une image de la beauté, telle qu'ils se la représentent.

« Moi, je vais leur montrer une nouvelle espece de beauté. Je vais donner une nouvelle direction à leur art. Je vais leur parler d'une chose qu'ils n'ont encore jamais rêvée.

Horty se leva et gagna la porte. Il ferma les volets, tira le verrou. Il revint au bureau, s'y assit et fouilla dans les tiroirs. Dans celui de gauche, il prit une lourde boîte d'acajou, l'ouvrit avec les clefs du Cannibale et en tira les casiers remplis de cristaux. Il leur jeta un regard plein de curiosité, et, sans prêter attention aux étiquettes qui s'y trouvaient collées, il les entassa tous à côté du cadavre de Zena et posa sa tête entre ses mains, au beau milieu du tas. Il faisait très sombre, autour du cône de lumière que projetait la lampe, car les rideaux étaient opaques, autour des petites fenêtres ovales.

Horty se pencha en avant pour baiser le coude lisse et frais de Zena.

— Reste là, dit-il tout bas. Je vais revenir, ma chérie.

Il baissa la tête, ferma les yeux et laissa son esprit s'obscurcir. Il perdit conscience de sa présence dans la roulotte et son esprit, se détachant de son corps, devint un voyageur au pays des ténèbres.

Comme les autres fois, un sens nouveau remplaça sa vue et il prit conscience de « présences » qui l'entouraient. Toute aura collective avait cette fois disparu, à l'exception de celle qui émanait d'un... non, de trois couples, très lointains. Toutes les autres étaient solitaires, isolées, ne partageant rien ; chacune de ces « présences » déroulait seule de mystérieuses et complexes arabesques de pensée... non, pas exactement de pensée, mais de quelque chose qui y ressemblait. Horty percevait très nettement les différences séparant ces entités. L'une était toute grandeur concentrée, toute dignité paisible. Une autre était dynamique et hautaine ; une autre encore thésaurisait jalousement des séries d'idées étranges et secrètes qui fascinaient Horty bien qu'il sût ne pouvoir jamais les comprendre.

Le plus étrange, c'était qu'il ne se sentît pas dépaysé, lui l'étranger parmi les cristaux. Ici-bas un étranger qui entre dans un club, dans une piscine, dans une salle de spectacle pour la première fois prend conscience, dans une certaine mesure, de sa non-appartenance au groupe considéré. Mais Horty n'éprouvait rien de pareil. Il n'avait ni l'impression d'être accueilli dans une communauté, ni celle d'en être rejeté. Il sentait seulement qu'on avait remarqué sa présence. Les cristaux savaient qu'il les observait. Il savait aussi qu'ils le savaient.

Il était sûr que, si longtemps qu'il restât là, personne n'essaierait d'entrer en communication avec lui, mais que personne non plus ne l'éviterait.

Soudain, dans un brusque éclair d'intuition, il comprit la vérité. Toutes les actions des créatures terrestres procèdent d'un impératif unique : « Survis ! » Un esprit humain ne peut concevoir d'autre base à la vie. Pourtant les cristaux en avaient une toute différente.

Horty la comprenait presque. C'était un concept aussi simple que celui de la survie, mais si éloigné de tout ce qu'il avait jamais lu ou entendu qu'il lui échappait encore. Pourtant il savait déjà, grâce à ce premier indice, qu'ils trouveraient aussi complexe qu'attirant le message qu'il leur apportait.

Et il leur parla. Il n'existe pas de mots pour exprimer ce qu'il leur dit, aussi ne s'en servit-il pas. Ce qu'il avait à dire jaillit du fond de son âme dans un grand élan lyrique. Dans ce bref éclair de pensée étaient contenues toutes les pensées qui avaient sommeillé dans son esprit depuis vingt ans, et aussi tous ses livres, toute sa musique, toutes ses craintes, toutes ses joies, tous ses étonnements, toutes ses aspirations. Son message passa d'un cristal à un autre comme une traînée de poudre.

Il y parlait des magnifiques dents blanches de Zena et de sa voix musicale, et du jour où elle avait fait renvoyer Huddy, et de la courbe de sa joue et de la profondeur expressive de ses yeux. Il y parlait du corps de Zena, il énumérait les mille et une raisons qu'avait un être humain de la trouver belle. Il y parlait du chant éloquent de sa guitare d'enfant, de sa tendresse généreuse, du danger qu'elle n'avait pas craint d'affronter pour défendre cette forme de vie qu'un cristal lui avait déniée en la créant. Il décrivait sa nudité sans artifices ; il évoquait les larmes amères qu'elle tentait de dissimuler sous les clairs arpèges de son rire ; il rappelait ses souffrances et sa mort.

Et tout cela contenait une définition implicite de l'humanité. Il s'en dégageait une espèce de morale splendide qui formait la véritable base du principe de concurrence vitale. « Le premier impératif de survie s'exprime en fonction de l'espèce ; le suivant en fonction du groupe ; le dernier en fonction de l'individu. » Tout le bien, tout le mal, toute la morale, tout le progrès dépendent de l'ordre dans lequel on se conforme à ces trois impératifs. Si l'individu survit aux dépens du groupe, il met l'espèce en danger. Si le groupe entend survivre aux dépens de l'espèce il va manifestement au suicide. L'essence du bien et du mal réside là ; c'est de cette source que coule la justice pour l'humanité entière.

Il revint ensuite à Zena, à celle qui s'était volontairement sacrifiée pour l'humanité. Elle avait donné sa vie pour une caste étrangère et l'avait fait en se conformant à la plus haute des morales. Les idées de justice et de pitié n'avaient peut-être qu'une valeur relative, mais rien ne pouvait empêcher que sa mort, survenue alors qu'elle avait gagné le droit de survivre, ne fût, du seul point de vue esthétique, une faute.

Tout cela, malgré la maladresse, l'imprécision de nos pauvres mots humains était implicitement contenu dans l'unique phrase du message que Horty apportait aux cristaux.

Horty attendit.

Rien. Pas de réponse. Pas un signe de reconnaissance. Rien.

Il revint à lui. Il sentit le bois du bureau sous ses bras et ses bras sous sa joue. Il leva la main et, de ses yeux éblouis par la lumière trop vive, regarda la lampe. Il remua une jambe. Elle n'était même pas engourdie. Il se dit qu'il lui faudrait un jour élucider cette curieuse modification de la durée qu'il constatait chaque fois qu'il se trouvait plongé dans cette atmosphère supraterrestre.

Ce fut alors seulement qu'il prit conscience de son échec total.

Il poussa un cri rauque et tendit les bras vers Zena. Elle était aussi immobile, aussi morte qu'avant. Il la toucha du doigt : elle était déjà raide. La rigidité cadavérique avait encore accentué la dissymétrie de son sourire, dernière trace visible des brutalités du Cannibale. Elle paraissait à la fois courageuse, triste et pleine de regrets. Les yeux de Horty le brûlaient. « Tu n'as plus qu'à creuser un trou et à l'y enterrer, pensa-t-il. Et après, qu'est-ce que tu feras du reste de ta vie ? Tu n'en sais rien, hein ? »

Il sentit une présence derrière la porte. Il prit son mouchoir et essuya ses yeux qui le brûlaient toujours. Il éteignit la lampe et alla ouvrir la porte. C'était Solum.

Horty sortit, referma la porte derrière lui et s'assit sur le petit escalier de bois.

— *Ça va vraiment si mal que ça ?*

— Oui, tu vois, dit Horty. Jusqu'à présent je n'avais pas vraiment cru à sa mort.

Il se tut une seconde.

— Parle-moi, Solum, ordonna-t-il rudement.

— *Nous avons perdu un tiers de nos phénomènes. Tous ceux qui se trouvaient dans un rayon de cinquante mètres autour de la roulotte sont morts.*

— Qu'ils reposent en paix.

Il leva les yeux vers l'homme-crocodile.

— Et je le pense vraiment, Solum, tu sais. Ce n'est pas une simple formule.

— *Je sais.*

Un silence.

— Je ne me suis jamais senti si mal fichu depuis le jour où on m'a flanqué à la porte de l'école parce que j'avais mangé des fourmis.

— *Pourquoi faisais-tu ça ?*

— Demande-le à mes cristaux. Quand ils transforment un être vivant, ils provoquent chez lui une déficience énorme en acide formique. Je ne sais pas pourquoi. Je ne pouvais pas m'empêcher de manger ces fourmis.

Il renifla.

— Tiens, j'en sens d'ici en ce moment.

Il se baissa, renifla de nouveau.

— Tu as de la lumière ?

Solum lui tendit son briquet allumé.

— C'est bien ce que je pensais, dit Horty. J'ai mis le pied en plein sur une fourmilière.

Il prit une pincée de terre et la fit couler dans sa paume.

— Des fourmis noires, dit-il avec regret. Les petites brunes sont bien meilleures.

Lentement, il retourna sa main, et laissa tomber la terre. Il s'épousseta.

— *Viens donc à la cantine, Horty.*

— Oui, tu as raison.

Il se leva. Son visage exprimait une perplexité croissante.

— Et puis non. Va devant, Solum. J'ai quelque chose à faire.

Solum hocha tristement la tête et s'éloigna. Horty revint dans la roulotte et s'approcha à tâtons de la paroi du fond, celle où le Cannibale avait accroché les étagères de son laboratoire.

— Il y en a sûrement ici, murmura-t-il en allumant la lampe.

Voyons : acide muriatique... sulfurique... nitrique... acétique... Ah ! j'y suis.

Il s'empara de la bouteille d'acide formique et la déboucha. Il prit un tampon de coton, le trempa dans l'acide et le posa sur sa langue.

— Ça fait du bien, murmura-t-il. Qu'est-ce qui m'arrive donc ? Tout va recommencer ?

Il se servit de nouveau de son tampon.

— Oh ! ce que ça sent bon. Qu'est-ce que c'est ? Tu veux m'en donner un peu ?

Horty se mordit violemment la langue en pivotant sur lui-même.

Elle pénétra en bâillant dans la zone lumineuse.

— Quelle drôle d'idée j'ai eue de m'endormir là-dessus, s'écria Zena. Mais, Horty, qu'est-ce qu'il y a donc ? Tu... mais tu pleures ?

— Moi ! Ah ! ça non, par exemple !

Il la prit dans ses bras et se mit à sangloter. Elle blottit sa tête au creux de son épaule en flairant la bouteille d'acide.

— Que s'est-il donc passé, Horty ? demanda-t-elle un peu plus tard quand il se fut calmé et qu'elle eut pris à son tour une bonne dose d'acide formique.

— J'ai des tas de choses à te dire, commença-t-il doucement. Je te raconterai d'abord l'histoire d'une femme que l'on considérait dans son pays d'adoption comme une étrangère indésirable, jusqu'au jour où elle a sauvé le pays tout entier. Il s'est alors constitué une sorte de comité international qui s'est arrangé pour obtenir sa naturalisation, à elle et à son mari. C'est une histoire étonnante et vraiment une œuvre d'art...

CONCLUSION : EXTRAIT DE LETTRE

... Encore à l'hôpital à me reposer, mon petit Bobby. J'ai dû avoir une dépression nerveuse. Je ne me souviens de rien. Il paraît qu'un soir je suis sortie du magasin et qu'on m'a retrouvée quatre jours plus tard errant dans la campagne. Il ne m'est rien arrivé de grave, Bobby, je te le promets. C'est pourtant une chose bien étrange que cette impression d'avoir un trou dans sa vie. Mais je ne m'en porte pas plus mal.

J'ai de bonnes nouvelles à t'apprendre. Ce vieux satyre de Bluett est mort d'une embolie. Hartford est prêt à me reprendre si je le désire. Autre chose : tu te souviens de cette histoire extraordinaire du jeune guitariste qui m'avait prêté trois cents dollars, le fameux soir où je me suis sauvée ? Eh bien, il vient de m'envoyer un mot pour me dire qu'il avait fait un héritage de plusieurs millions et que je pouvais garder son argent sans arrière-pensée. Je ne sais vraiment pas quoi faire. On ne sait rien de lui et on ignore même où il est allé.

Il a quitté définitivement la ville. Un de ses voisins m'a dit qu'il avait deux petites filles ou, plus exactement, qu'il était parti avec deux petites filles. J'ai mis l'argent à la banque. L'héritage de papa est en lieu sûr.

Donc, ne t'en fais surtout pas pour moi. Quant à ces quatre jours, ils n'ont laissé aucune trace en moi, à part un bleu sur une joue. Ce n'est pas trop grave. Quelquefois, en me réveillant, j'ai une drôle d'impression que je n'arrive pas tout à fait à préciser ; il me revient comme un vague souvenir de quelqu'un de très, très bon, que j'aurais beaucoup aimé. Mais c'est peut-être une idée que je me fais. Je sens que tu es en train de te moquer de moi !

Le maître du Haut Château (567★★★★)
L'occupation des U.S.A. par le Japon et l'Allemagne après leur victoire en 1947.
Simulacres (594★★★)
Le pouvoir était-il détenu par des hommes ou des simulacres animés électroniquement?
A rebrousse-temps (613★★★)
Le sens du temps s'est inversé : les morts commencent à renaître.
Ubik (633★★★)
Le temps s'en allait en lambeaux. Une bouffée de 1939 dérivait en 1992.
Les clans de la lune alphane (879★★★)
Cette ancienne colonie terrienne n'est plus peuplée que de malades mentaux.
La vérité avant-dernière (910★★★)
Enterrés depuis quinze ans, ils attendent la fin de la guerre atomique.
L'homme doré (1291★★★)
L'essentiel des nouvelles de Dick. Inédit.
Le dieu venu du Centaure (1379★★★)
Palmer Eldritch: on connaît ses yeux factices, son bras mécanique, ses dents en acier, mais qu'y a-t-il au delà?

FARMER Philip José
Des rapports étranges (712★★)
Sur une planète isolée, un géant barbu, qui ressuscite les morts, déclare être Dieu.
La nuit de la lumière (885★★)
C'est un arbre, c'est aussi un homme.

FOSTER Alan Dean
Alien (11153★★★)
Avec la créature de l'Extérieur, c'est la mort qui pénètre dans l'astronef.
Le trou noir (1129★★★)
Un maelström d'énergie les entraînerait au delà de l'univers connu.
Le choc des Titans (1210★★★★)
Un combat titanesque où s'affrontent les dieux de l'Olympe. Inédit. Illustré.
Outland... loin de la Terre (1220★★)
Sur l'astéroïde Io, les crises de folie meurtrière et les suicides sont quotidiens. Inédit. Illustré.

HARNESS Charles
L'anneau de Ritornel (785★★★)
C'est dans l'Aire Nodale, au cœur de l'univers, que James Andrek trouvera son destin.

HARRISON Harry
Appsala (1150★★★)
Jason dinAlt tombe de Charybde en Scylla.

HEINLEIN Robert
Une porte sur l'été (510★★)
Pour retrouver celle qu'il aime, il lui suffit de revenir 30 ans en arrière.

HERBERT Frank
La ruche d'Ellstrom (1139★★★★)
Ou l'enfer des hommes insectes.

KLEIN Gérard
La loi du talion (935★★★)
Elle seule régit ce monde où s'affrontent cinquante peuples stellaires.

LARSON et THURSTON
Galactica (1083★★★)
L'astro-forteresse Galactica reste le dernier espoir de l'humanité décimée.

LEINSTER Murray
La planète oubliée (1184★★)
Des hommes s'efforcent de survivre sur une planète peuplée d'insectes géants.

LEVIN Ira
Un bonheur insoutenable (434★★★)
Programmés dès leur naissance, les hommes subissent un bonheur uniforme.
Les femmes de Stepford (649★)
Ces jeunes femmes trop parfaites ne seraient-elles que des robots?

MacDONALD John D.
Le bal du cosmos (1162★★)
Traqué sur Terre, il se voit projeté dans un autre monde.

MOORE Catherine L.
Shambleau (415★★★)
Parmi les terribles légendes qui courent l'espace, l'une est vraie: la Shambleau.

PADGETT Lewis
L'échiquier fabuleux (689★)
Un homme venu du futur intervient dans une guerre du présent.
Kid Jésus (1140★★★)
Il est toujours dangereux de prendre la tête d'une croisade. Inédit.
Nos armes sont de miel (1305★★★)
Après mille ans dans le non-temps, ils parviennent enfin au but. Inédit.

SADOUL Jacques
Les meilleurs récits de:
Astounding Stories (532★★)
Wonder Stories (663★★)
Unknown (713★★)
Famous Fantastic Mysteries (731★★)
Startling Stories (784★★)
Thrilling Wonder Stories (822★★)
Fantastic Adventures (880★★)
Astounding Science-Fiction (988★★)
Une quintessence des revues de S-F aux Etats-Unis de 1910 à 1955.

SILVERBERG Robert
Les monades urbaines (997★★★)
70 milliards d'humains dans des tours de 1000 étages.
Trips (1068★★★)
Corps d'emprunt, temps parallèles, tissu urbain proliférant...: huit drôles de trips.
L'oreille interne (1193★★★)
Télépathe, il sent son pouvoir décliner.
L'homme stochastique (1329★★★)
Carjaval connaissait tout de l'avenir, même sa propre mort.
Les chants de l'été ((1392★★★)
Silverberg est aussi un maître de la nouvelle. Inédit.

SIMAK Clifford D.
Demain les chiens (373★★★)
Les hommes ont-ils réellement existé? se demandent les chiens le soir à la veillée.
Au carrefour des étoiles (847★★)
Sur Terre, une station secrète où transitent les voyageurs de l'espace.
Projet Vatican XVII (1367★★★★)
Curieuse entreprise pour des robots sans âme: créer un pape aussi électronique qu'infaillible. Inédit.

SPIELBERG Steven
Rencontres du troisième type (947★★)
Le premier contact avec des visiteurs venus des étoiles.

SPINRAD Norman
Jack Barron et l'éternité (856★★★★)
Faut-il se vendre pour l'immortalité?

STEINER Kurt
Brebis galeuses (753★)
Un monde où les maladies servent à punir.
Ortog et les ténèbres (1222★★)
La science permet-elle de s'aventurer dans le domaine de la mort?

STURGEON Theodore
Les plus qu'humains (355★★)
Ces enfants étranges ne seraient-ils pas les pionniers de l'humanité de demain?
Killdozer - le viol cosmique (407★★★)
Des extra-terrestres à l'assaut des hommes.
Les talents de Xanadu (829★★★)
Visitez le monde le plus parfait de la galaxie.

VAN VOGT A.E.
Le monde des Ã (362★★★)
Gosseyn n'existe plus: il lui faut reconquérir jusqu'à son identité.
La faune de l'espace (392★★★)
Au cœur d'un désert d'étoiles, le vaisseau spatial rencontre des êtres fabuleux.
Les joueurs du Ã (397★★★)
L'enjeu de ce siècle éloigné dans le futur, c'est la domination des mondes.
Les armureries d'Isher (439★★★)
Lorsque McAllister entra dans la boutique d'armes, il se trouva dans le futur.
Les fabricants d'armes (440★★★)
La Guilde des Armuriers a condamné à mort Robert Hedrock, mais il est immortel.
La guerre contre le Rull (475★★★)
Seul Tevor pouvait sauver l'humanité de son plus mortel ennemi, le Rull.
Destination univers (496★★★)
De la Terre jusqu'aux confins de la galaxie.
Invasion galactique (813★★★)
Deux races galactiques s'affrontent sur la Terre.
Le Silkie (855★★)
Surhomme ou démon électronique?
L'horloge temporelle (934★★)
Les nouvelles les plus récentes du grand écrivain américain.
Rencontre cosmique (975★★★)
Celle d'un vaisseau corsaire de 1704 et d'un astronef du futur.
Les monstres (1082★★)

ZELAZNY Roger
L'île des morts (509★★)
Qui avait bien pu ressusciter plusieurs ennemis défunts de Francis Sandow?

J'ai Lu Policier

Chaque mois J'ai Lu réédite deux grands classiques de la littérature policière

BOILEAU-NARCEJAC
Les victimes (1429**)
Une inconnue avait pris la place de sa maîtresse.

Usurpation d'identité (1513****)
Des pastiches étincelants de tous les grands auteurs policiers. (sept. 83).

DEMOUZON
Section rouge de l'espoir (1472**)
L'explosion révèle l'existence d'un nouveau groupe terroriste. (juin 83).

CASPARY Vera
Laura (1561***)
Il est dangereux de s'éprendre d'une morte. (déc. 83).

GARDNER Erle Stanley
La jeune fille boudeuse (1459***)
On l'a vue commettre un crime dont elle est innocente. (mai 83).

Sur la corde raide (1502***)
Perry Mason menacé d'être rayé du barreau. (août 83).

La nièce du somnambule (1546***)
Tuer en état de somnambulisme est-il un crime ? (nov. 83).

GRUBB Davis
La nuit du chasseur (1431***)
Il poursuit ses victimes en chantant des psaumes à la gloire du Seigneur.

LEBRUN Michel
L'Auvergnat (1460***)
Dans son bistrot, tous les paumés de la nuit viennent se réfugier. (mai 83).

Mac CLOY Helen
Le miroir obscur (1430***)
A-t-elle réellement le pouvoir de se dédoubler ?

Mac DONALD Ross
Un regard d'adieu (1545***)
La peur se tapi derrière les façades des riches villas californiennes. (nov. 83).

Mac GERR Pat
Un faubourg d'Elseneur (1446***)
Une pièce de théâtre peut-elle servir à dénoncer un meurtre ?

MASTERSON Whit
La soif du mal (1528***)
Que peut un homme seul contre la conspiration du mensonge. (oct. 83).

MEYER Nicholas
La solution à sept pour cent (1473***)
Une nouvelle et stupéfiante aventure de Sherlock Holmes. (juin 83).

QUEEN Ellery
La ville maudite (1445***)
Ellery tombe amoureux et est le témoin d'un crime impossible.

Il était une vieille femme (1489***)
Une comptine rythme des meurtres insensés. (juillet 83).

Le mystère égyptien (1514***)
...ou la crucifixion d'un maître d'école. (oct. 83).

Et le huitième jour (1560***)
Ellery est pris pour Dieu par des fanatiques religieux. (déc. 83).

SADOUL Jacques
L'héritage Greenwood (1529***)
Amanda était jeune, riche, belle et dénuée de tout scrupule. (sept. 83).

SYMONS Julian
La splendeur des Wainwright (1432***)
Est-ce son fils ou un imposteur ?

Les dessous de l'affaire (1488***)
On n'empoisonne vraiment bien que dans la bonne société anglaise. (juillet 83).

J'ai Lu Cinéma

Une centaine de romans J'ai Lu ont fait l'objet d'adaptations pour le cinéma ou la télévision.
En voici une sélection.

Demandez à votre libraire le catalogue semestriel gratuit.

ANDREVON Jean-Pierre
Cauchemar... cauchemars! (1281**)
Répétitive et différente, l'horrible réalité, pire que le plus terrifiant des cauchemars. Inédit.

ARSENIEV Vladimir
Dersou Ouzala (928****)
Un nouvel art de vivre à travers la steppe sibérienne.

BENCHLEY Peter
Dans les grands fonds (833***)
Pourquoi veut-on empêcher David et Gail de visiter une épave sombrée en 1943?
L'île sanglante (1201***)
Un cauchemar situé dans le fameux Triangle des Bermudes.

BLIER Bertrand
Les valseuses (543****)
Plutôt crever que se passer de filles et de bagnoles.
Beau père (1333**)
Il reste seul avec une belle-fille de 14 ans, amoureuse de lui.

BRANDNER Gary
La féline (1353****)
On connaît les loups-garous mais une femme peut-elle se transformer en léopard?

CAIDIN Martin
Nimitz, retour vers l'enfer (1128***)
Le super porte-avions Nimitz glisse dans une faille du temps. De 1980, il se retrouve à la veille de Pearl Harbor.

CHAYEFSKY Paddy
Au delà du réel (1232***)
Une terrifiante plongée dans la mémoire génétique de l'humanité. Illustré.

CLARKE Arthur C.
2001 - L'odyssée de l'espace (349**)
Ce voyage fantastique aux confins du cosmos a suscité un film célèbre.

CONCHON, NOLI et CHANEL
La Banquière (1154***)
Devenue vedette de la Finance, le Pouvoir et l'Argent vont chercher à l'abattre.

COOK Robin
Sphinx (1219****)
La malédiction des pharaons menace la vie et l'amour d'Erica. Illustré.

CORMAN Avery
Kramer contre Kramer (1044***)
Abandonné par sa femme, un homme reste seul avec son tout petit garçon.

COVER, SEMPLE Jr et ALLIN
Flash Gordon (1195***)
L'épopée immortelle de Flash Gordon sur la planète Mongo. Inédit.

DOCTOROW E.L.
Ragtime (825***)
Un tableau endiablé et féroce de la réalité américaine du début du siècle.

FOSTER Alan Dean
Alien (1115★★★)
Avec la créature de l'Extérieur, c'est la mort qui pénètre dans l'astronef.
Le trou noir (1129★★★)
Un maelström d'énergie les entraînerait au delà de l'univers connu.
Le choc des Titans (1210★★★★)
Un combat titanesque où s'affrontent les dieux de l'Olympe. Inédit, illustré.
Outland... loin de la terre (1220★★)
Sur l'astéroïde Io, les crises de folie meurtrière et les suicides sont quotidiens. Inédit. Illustré.

GROSSBACH Robert
Georgia (1395★★★)
Quatre amis, la vie, l'amour, l'Amérique des années 60.

GANN Ernest K.
Massada (1303★★★★)
L'héroïque résistance des Hébreux face aux légions romaines.

HALEY Alex
Racines (2 t. 968★★★★ et 969★★★★)
Ce triomphe mondial de la littérature et de la TV fait revivre le drame des esclaves noirs en Amérique.

ISHERWOOD Christopher
Adieu à Berlin (1213★★★)
Ce livre a inspiré le célèbre film Cabaret.

JONES John G.
Amityville II (1343★★★)
L'horeur semblait avoir enfin quitté la maison maudite; et pourtant... Inédit.

KING Stephen
Shining (1197★★★★)
La lutte hallucinante d'un enfant médium contre les forces maléfiques.

RAINTREE Lee
Dallas (1324★★★★)
Dallas, l'histoire de la famille Ewing, au Texas, célèbre au petit écran.
Les maîtres de Dallas (1387★★★★)
Amours, passions, déchaînements, tout le petit monde du feuilleton "Dallas".

RODDENBERRY Gene
Star Trek (1071★★)
Un vaisseau terrien seul face à l'envahisseur venu des étoiles.

SAUTET Claude
Un mauvais fils (1147★★★)
Emouvante quête d'amour pour un jeune drogué repenti. Inédit, illustré.

SEARLS Hank
Les dents de la mer - 2e partie (963★★★)
Le mâle tué, sa gigantesque femelle vient rôder à Amity.

SEGAL Erich
Love Story (412★)
Le roman qui a changé l'image de l'amour.
Oliver's story (1059★★)
Jenny est morte mais Oliver doit réapprendre à vivre.

SPIELBERG Steven
Rencontres du troisième type (947★★)
Le premier contact avec des visiteurs venus des étoiles.

STRIEBER Whitley
Wolfen (1315★★★★)
Des êtres mi-hommes mi-loups guettent leurs proies dans rues de New York. Inédit, illustré.

YARBRO Chelsea Quinn
Réincarnations (1159★★★)
La raison chancelle lorsque les morts se mettent à marcher. Inédit, illustré.

Grands auteurs

Presque des classiques, des auteurs consacrés mais encore et tellement proches de nous.

Demandez à votre libraire le catalogue semestriel gratuit.

APOLLINAIRE Guillaume

Les onze mille verges (704★)
Une œuvre scandaleuse et libertine écrite par un grand poète.

CARRIÈRE Jean-Claude

Humour 1900 (1066★★★★)
Un feu d'artifice des plus brillants humoristes du début du siècle.
Lettres d'amour (1138★★★★)
Les plus belles pages inspirées par l'amour.

CESBRON Gilbert

Chiens perdus sans collier (6★★)
Le drame de l'enfance abandonnée.
Vous verrez le ciel ouvert (65★★★)
L'injustice, le miracle et la foi.
Il est plus tard que tu ne penses (131★★★)
L'euthanasie par amour.
Ce siècle appelle au secours (365★)
Un regard aigu sur notre civilisation.
C'est Mozart qu'on assassine (379★★★)
Le divorce de ses parents plonge Martin dans l'univers sordide des adultes. En sortira-t-il intact?
L'homme seul (454★)
Une tragédie inspirée par le personnage de Mussolini.
Je suis mal dans ta peau (634★★★)
Après des études à Paris, deux jeunes Africains cherchent à reprendre racine dans leur terre natale.
Ce qu'on appelle vivre (851★★★★)
L'itinéraire d'une vie fervente et fraternelle.
La ville couronnée d'épines (979★★)
Amoureux de la banlieue, l'auteur recrée sa beauté passée.
Mourir étonné (1132★★★)
Au seuil de la mort, Cesbron s'interroge.
Mais moi je vous aimais (1261★★★★)
Assoiffé d'amour, le petit Yann se heurte à l'égoïsme des adultes, car son esprit ne grandit pas aussi vite que son corps.
Huit paroles pour l'éternité (1377★★★★)
Comment appliquer aujourd'hui les paroles du Christ.

CLANCIER Georges-Emmanuel

Le pain noir:
1 - Le pain noir (651★★★)
2 - La fabrique du roi (652★★★)
3 - Les drapeaux de la ville (653★★★★)
4 - La dernière saison (654★★★)
De 1875 à la Seconde Guerre mondiale, la chronique d'une famille pauvre qui tente de survivre, à l'heure des premiers grands conflits du travail.

CLAVEL Bernard

Le tonnerre de Dieu (290★)
Une fille perdue redécouvre la nature et la chaleur humaine.
Le voyage du père (300★)
Le chemin de croix d'un père à la recherche de sa fille.
L'Espagnol (309★★★)
Brisé par la guerre, il renaît au contact de la terre.
Malataverne (324★)
Ce ne sont pas des voyous, seulement des gosses incompris.
L'hercule sur la place (333★★)
L'aventure d'un adolescent parmi les gens du voyage.
Le tambour du bief (457★★)
Cette malade était incurable: Antoine, l'infirmier, avait-il le droit d'abréger ses souffrances?

Le massacre des innocents (474★)
La découverte, à travers un homme admirable, des souffrances où la guerre jette les enfants.

L'espion aux yeux verts (499★★)
Des nouvelles qui sont aussi les souvenirs les plus chers de Bernard Clavel.

La grande patience:
1 - La maison des autres (522★★★★)
2 - Celui qui voulait voir la mer (523★★★★)
3 - Le cœur des vivants (524★★★★)
4 - Les fruits de l'hiver (525★★★★)
Julien ou la difficile traversée d'une adolescence sous l'Occupation.

Le seigneur du fleuve (590★★★)
Le combat, sur le Rhône, de la batellerie à chevaux contre la machine à vapeur.

Pirates du Rhône (658★)
Le Rhône d'autrefois, avec ses passeurs, ses braconniers, ses pirates.

Le silence des armes (742★★★)
Après la guerre, il regagne son Jura natal. Mais peut-on se défaire de la guerre?

Ecrit sur la neige (916★★★)
Un grand écrivain se livre à ses lecteurs.

Tiennot (1099★★)
Tiennot vit seul sur son île lorsqu'une femme vient tout bouleverser.

La bourrelle - L'Iroquoise (1164★★)
Au Québec, une femme a le choix entre la pendaison et le mariage.

Les colonnes du ciel:
1 - La saison des loups (1235★★★)
"Un hiver terrible où le vent du nord portait la peur, la mort et le hurlement des loups."

2 - La lumière du lac (1306★★★★)
L'histoire de ce "fou merveilleux" qui bouleverse les consciences, réveille les tièdes, entraîne les ardents.

3 - La femme de guerre (1356★★★)
Pour poursuivre l'œuvre du "fou merveilleux", Hortense découvre "l'effroyable devoir de tuer".

Lettre à un képi blanc (D 100★)
La lutte contre la guerre est le combat essentiel.

COLETTE

Le blé en herbe (2★)
Phil partagé entre l'expérience de Léa et l'innocence de Vinca.

DAUDET Alphonse

Tartarin de Tarascon (34★)
Sa vantardise en a fait un héros immortel.
Lettres de mon moulin (844★)
Le curé de Cucugnan, la chèvre de M. Seguin... Des amis de toujours.

FLAUBERT Gustave

Madame Bovary (103★★)
De cet adultère provincial Flaubert a fait un chef-d'œuvre.

FOURASTIÉ Fr. et J.

Les écrivains témoins du peuple (1090★★★★)
De Chrétien de Troyes à Zola, la vie quotidienne des générations qui ont fait la France d'aujourd'hui.

PEREC Georges

Les choses (259★)
Le bonheur est-il lié aux choses qui peuvent s'acheter?

PERRAULT Gilles

Casanova (1279★★★★)
Le plus célèbre séducteur de son temps, un grand écrivain.

RENARD Jules

Poil de carotte (11★)
Sous son ironie facilement amère, que de tendresse pour son père!

ROY Claude

Victor Hugo, témoin de son siècle (1171★★★★)
Le XIXe siècle décrit par le grand visionnaire

TROYAT Henri

La neige en deuil (10★)
Une tragédie dans le cadre grandiose des Alpes.

La lumière des justes:
1 - Les compagnons du coquelicot (272★★★)
2 - La barynia (274★★★)
3 - La gloire des vaincus (276★★★)
4 - Les dames de Sibérie (278★★★)
5 - Sophie ou la fin des combats (280★★★)
Entre 1814 et 1870, les amours d'une jeune Parisienne et d'un lieutenant du tsar.

Le geste d'Eve (323★)
Les histoires les plus invraisemblables ne sont pas forcément les moins vraies.

Les Eygletière:
- Les Eygletière (344★★★)
- La faim des lionceaux (345★★★)
- La malandre (346★★★)
Dans une famille bourgeoise, l'égoïsme, les appétits et les vices se déchaînent.

La pierre, la feuille et les ciseaux (559★★)
Un rêveur impénitent lutte avec maladresse contre la passion qui le dévore.

Anne Prédaille (619★★)
L'amour étouffant d'Anne dévore aussi bien son père que le jeune Laurent.

Le Moscovite:
- Le Moscovite (762★★)
- Les désordres secrets (763★★)
- Les feux du matin (764★★)
Emigré français en Russie sous la Révolution, il se retrouve exilé à Paris, pris entre deux amours.

Grimbosq (801★★★)
Un architecte français à la cour du tsar Pierre le Grand.

Le front dans les nuages (950★★)
Deux femmes mûres découvrent la vie.

Le prisonnier n° 1 (1117★★)
Nul ne saura qui il est, ainsi en a décidé Catherine II.

Viou (1318★★)
Cette petite fille transforme en lumière la grisaille de la vie.

ZOLA Emile

L'assommoir (900★★★)
Gervaise, courageuse ouvrière, affronte le drame de l'alcool et de la misère.

Germinal (901★★★)
Le mineur Etienne Lantier appelle ses camarades à la révolte.

La terre (902★★★)
Le monde des paysans dans sa réalité terrible et grandiose.

Nana (954★★★)
Une courtisane sensuelle et subversive.

La bête humaine (955★★★)
Elle fonce et tue, telle la locomotive folle...

La fortune des Rougon (1008★★)
«C'était une famille de bandits à l'affût, prêts à détrousser les événements.»

Thérèse Raquin (1018★★)
La déchéance d'une femme soumise à ses sens.

Achevé d'imprimer sur les presses de l'imprimerie Brodard et Taupin
7, Bd Romain-Rolland, Montrouge. Usine de La Flèche,
le 25 mars 1983
6628-5 Dépôt Légal mars 1983. ISBN : 2 - 277 - 12369 - 2
Imprimé en France

369
★ ★ ★

Editions J'ai Lu
31, rue de Tournon, 75006 Paris
diffusion France et étranger : Flammarion